DE PEUR QUE LES MARÉES NE CHANGENT

DÉTECTIVE LIZ MOORLAND
TOME 3

PHILLIPA NEFRI CLARK

DE PEUR QUE LES MARÉES NE CHANGENT

UNE PETITE NOTE

Les livres de la détective Liz Moorland se déroulent en Australie et sont écrits en anglais australien pour une expérience authentique.

Certains termes et usages peuvent être spécifiques à l'Australie.

PROLOGUE

Les ânes l'avaient réveillée.

Ils brayaient à tue-tête au lieu de dormir, dans les deux abris communs où ils aimaient tous s'entasser, plutôt que de s'y répartir. Pourquoi elle s'était donné la peine de construire autant d'abris — et de bons abris en plus — restait un mystère. Ces fichus animaux établissaient leurs propres règles concernant leur hébergement et à peu près tout le reste.

La plupart du temps, ils étaient calmes la nuit, et elle attendit quelques minutes, s'attendant à ce que le vacarme cesse.

C'est peut-être un renard qui traverse leur enclos à la recherche d'un dîner plus adapté à sa taille et qui craint de recevoir un coup de sabot dans le derrière. Ils sont probablement énervés de voir leur espace envahi.

Mais le bruit continua et Lyndall se traîna hors du lit.

Avant d'ouvrir la porte coulissante en verre qui menait à la véranda couverte, elle glissa ses pieds nus dans des bottes et prit la torche suspendue par une boucle à l'un des nombreux crochets. Il pleuvait et elle marmonna quelques jurons bien choisis à propos des créatures qu'elle aimait tant d'ordinaire, tout en enfilant un ciré et en fourrant un chapeau sur ses cheveux épais, gris et rebelles.

Dehors, c'était la misère, avec la pluie qui tombait de côté sous l'effet d'un vent fort. Les lumières à détecteur de mouvement parvenaient à percer l'obscurité, mais sa torche ne faisait pas grande différence.

Les braiements s'intensifièrent et elle se dépêcha le long du chemin menant à l'enclos du haut. Quelle que soit la raison qui les motivait, ils étaient dans tous leurs états. Au moins, Pomme n'était pas là ce soir. La vieille ponette appartenant à son voisin, Vince Carter, rendait souvent visite aux ânes pour leur tenir compagnie, mais elle était rentrée chez elle ce matin et serait bien au chaud dans son écurie.

J'aimerais bien y être aussi.

Lyndall estima qu'il devait être bien passé minuit. Elle n'avait pas l'habitude de vérifier l'heure quand elle se réveillait la nuit — ce qui lui arrivait presque toutes les nuits — car elle se mettrait alors à calculer le temps de sommeil restant, ce qui l'agaçait. Normalement, elle se rendormait, du moins ces derniers temps, elle se sentait enfin en sécurité chez elle. Cette nuit était déjà fichue car elle était complètement réveillée.

— Calmez-vous, les enfants ! cria-t-elle en franchissant le portail de l'enclos, mais le vent et la pluie ne porteraient pas sa voix bien loin. Il n'y avait pas de lumière à détecteur de mouvement ici et elle utilisa sa torche pour vérifier le sol devant elle. C'était glissant et boueux, et tomber ne serait pas agréable.

Le plus grand abri était ouvert d'un côté et, d'après un rapide comptage, les douze ânes l'utilisaient. Ils tournaient le dos aux intempéries et se plaignaient amèrement à un mur.

— Les gars ! Personne ne peut arrêter la pluie et vous êtes ici au sec, alors pour l'amour du ciel, taisez-vous.

Un par un, ils remarquèrent Lyndall et se rassemblèrent autour d'elle, reniflant leur désapprobation et poussant ses poches. Il n'y avait rien ici qui puisse provoquer un tel remue-ménage. Pas de créatures sauvages, ni de trous dans le toit, ni de seaux d'eau renversés. C'était simplement des ânes qui se comportaient comme des ânes.

Elle attendit que chacun d'eux l'ait câlinée et reçu une caresse avant de se calmer et de les quitter. Il suffisait toujours qu'un seul prenne ombrage d'une offense réelle ou imaginaire pour déclencher une révolte contre la paix et le calme. Mais chacun d'eux avait été secouru de situations terribles et Lyndall n'allait pas leur en vouloir pour leur réaction excessive. L'obscurité de la nuit était pire pour certaines âmes.

Lyndall se déshabilla derrière la porte, accrochant son ciré à son crochet et son chapeau à un autre. La torche aussi. Elle verrouilla la porte coulissante. Elle était à double vitrage. Lourde. Le verrou montait et descendait dans de l'acier renforcé au-dessus et au-dessous des rails. Comme toutes les portes et fenêtres de la maison.

Son pyjama était sec malgré le temps. Mais ses pieds étaient froids et elle partit à la recherche d'une paire de grosses chaussettes, allumant la lumière au-dessus du plan de travail de la cuisine en passant. Elle reviendrait se faire une boisson. Quelque chose de chaud avec une bonne rasade de brandy. Elle mangerait peut-être un morceau du fudge au caramel que Melanie avait apporté hier. La petite-fille de Vince était rapidement devenue une lumière dans sa vie. Pendant des années, rien n'avait pu pénétrer les ténèbres sans fin de son âme, mais cette petite fille... même son grand-père... opéraient une sorte de magie sur elle.

Avec un sourire qui devenait familier à la pensée de ses seuls voisins, Lyndall enfila les chaussettes et retourna à la cuisine.

Elle était dans l'obscurité.

J'avais allumé cette lumière.

Et il y avait une odeur. Une odeur humaine. Quelque chose qui n'avait rien à faire ici.

Pour la première fois depuis son réveil, l'esprit de Lyndall se dirigea vers des endroits qu'elle n'aimait pas.

Mais c'était *sa* maison.

D'un côté se trouvait l'immense espace de vie ouvert. Une table à manger. Un salon en contrebas. Elle savait où se trouvait chaque meuble.

La seule lumière était celle de l'horloge du four. Inutile.

Lyndall se dirigea lentement vers les chambres. Cinq en tout. La sienne au bout du couloir.

Avant la porte de la chambre, il y en avait une autre et d'un geste rapide — sa main contre un petit écran — cette porte s'ouvrit silencieusement vers l'intérieur et Lyndall se glissa à l'intérieur, la refermant derrière elle.

Encore une réaction excessive ?

Elle dormirait ici cette nuit et garderait un œil sur les caméras. C'était peut-être aussi simple qu'une ampoule grillée... sauf que l'odeur avait été bien réelle.

Sans se soucier des lumières dans cette partie sécurisée de la maison, Lyndall alluma les moniteurs. Dix au total. Six à l'intérieur de la maison, dont une caméra au-dessus de la porte de la pièce de sécurité.

Il y avait des silhouettes sombres à la porte qu'elle venait de fermer.

Trois, tous le visage couvert et tous armés.

Alors, vous m'avez trouvée.

À moins de faire sauter la maison, ils n'entreraient pas dans la pièce. Cela n'arrangerait pas les choses meilleures qu'ils soient là et cela ne rendrait pas la nuit agréable de les avoir à quelques centimètres d'elle.

Lyndall tapa un code sur un placard en hauteur et tendit la main vers son fusil.

Il n'était pas là.

Mais la même odeur humaine était présente.

Elle avait un excellent odorat. Et une excellente vue et ouïe.

Faisant semblant de chercher le fusil qu'elle s'attendait à voir pointé sur sa tête, Lyndall trouva le minuscule bouton d'alerte caché dans le grain du bois et appuya dessus, puis saisit le téléphone portable qui était toujours allumé ici. Elle tapa dessus, le cœur battant, espérant contre tout espoir pouvoir envoyer un message à Vince.

— Je n'enverrais pas ça si j'étais toi.

Comment as-tu même pu entrer dans cette pièce ?

Mais même en se tournant pour faire face à l'homme qu'elle n'avait pas vu depuis des décennies, Lyndall savait. Il avait toujours su trouver un moyen.

— Bonjour, Marcus.

UN

~PREMIER JOUR~

Ce n'était pas ce à quoi Liz s'attendait.

Toute cette mise en valeur de l'*Opération Nobody* lui avait mis des images en tête.

— Tout ce que tu peux imaginer de plus moderne dans le domaine de la police, Liz, lui avait répété Pete à plusieurs reprises. Des systèmes d'information comme tu n'en as jamais vus et des équipements à la pointe de la technologie.

— Tout ?

— Des armes aux renseignements en passant par les transports. Attends de voir notre nouveau QG.

Liz n'avait plus vraiment de chez elle. Après sa dernière affaire, elle avait enfin pu se débarrasser de l'appartement miteux dans lequel elle avait vécu pendant près de vingt ans. Une partie de ses affaires était dans un garde-meuble et le reste dans la chambre d'amis de sa sœur, mais les objets dont elle se servait au quotidien se trouvaient dans un appartement Airbnb en ville.

Elle avait choisi l'appartement en fonction de son emplacement, de son intimité et de son accès aux transports en commun et aux grands axes routiers. Pour l'instant, cela suffirait. Il y avait une chambre, un séjour, une cuisine et quelque chose qu'elle n'avait jamais eu auparavant : un balcon. Un engagement mois par mois. Le fait qu'il donne sur le fleuve était un bonus, tout comme le parking sécurisé au rez-de-chaussée. Ce n'était pas une solution à long terme, mais en attendant qu'elle ait le temps de trouver un endroit à elle, c'était plus que suffisant.

Mais le bâtiment devant lequel elle se tenait était décevant.

En tant que membre de la nouvelle équipe d'élite, choisie par l'un des meilleurs détectives qu'elle ait jamais rencontrés, Liz s'attendait à un bureau flambant neuf. Peut-être quelque chose aux derniers étages d'un des plus récents gratte-ciel de Melbourne, avec de la place pour deux hélicoptères et un parking souterrain rempli de véhicules d'intervention tactique élégants et blindés.

Elle aurait pensé s'être trompée d'adresse, sauf qu'elle ne se trompait jamais d'adresse.

Le bâtiment était en brique rouge. Vieux d'au moins cent ans. En plein milieu d'une zone industrielle proche de Citylink et d'autres axes routiers principaux, entouré d'entrepôts et de terrains vagues.

Un triste quartier de Melbourne pris entre ses racines et un avenir où tout cela pourrait être démoli pour devenir une tour ou des rangées de maisons mitoyennes avec un supermarché haut de gamme et un parc symbolique.

Liz frissonna.

Elle en avait eu assez des parcs de banlieue pour le reste de sa vie.

Eh bien, elle était là maintenant et que le bâtiment lui plaise ou non n'était pas la question. Ben Rossi l'avait choisi et elle lui faisait confiance.

La porte côté rue du bâtiment était condamnée. Liz suivit les instructions envoyées par messagerie une demi-heure plus tôt et s'engagea dans une ruelle étroite entre ce bâtiment et le suivant, qui était abandonné. Elle était assez large pour un véhicule. Aux trois quarts du chemin se trouvait un quai de chargement creusé sur le côté. Quelqu'un avait imaginé qu'un camion pourrait y reculer, et peut-être qu'un chauffeur talentueux y parviendrait, mais il y avait de la place pour deux voitures tout au plus. Le quai se composait d'une large porte à enroulement et, à côté, d'une porte piétonne normale.

Si on peut qualifier de normale une porte aussi lourde qu'une porte coupe-feu et équipée de deux panneaux de sécurité.

Elle regarda autour d'elle, cherchant des caméras de surveillance, puis tapa un code court sur le panneau inférieur. Il s'alluma en vert et elle ajouta un second code, plus long, sur le panneau supérieur.

Puis, comme rien ne se passait, Liz fixa du regard la plus cachée des quatre caméras qu'elle avait repérées.

Dans un déclic, la porte d'accès s'entrouvrit légèrement.

Pete est probablement là-dedans en train de bien s'amuser à mes dépens.

Il avait été son partenaire occasionnel à la brigade criminelle ces dernières années et avait joué un rôle déterminant dans son recrutement pour ce poste. Elle était prête à quitter la police et il le savait. Il était dans le même cas. Mais dans un de ses moments les plus sombres, cela s'était produit. Une nouvelle unité spéciale si secrète que seule une poignée d'officiers très haut gradés connaissait son existence.

Liz s'engagea dans un couloir étroit et la porte se referma derrière elle. Il y avait une seule ampoule qui clignotait de façon erratique, plus adaptée à un film d'horreur. Un escalier juste devant était la seule option et Liz l'emprunta.

Après trois étages, elle atteignit le dernier niveau et la seule chose qui l'empêchait d'appeler Pete pour obtenir de nouvelles instructions était le système de sécurité ultra-moderne en bas. Si ce n'était pas le bon endroit, alors le code n'aurait pas fonctionné.

Et maintenant ?

Elle se tenait sur un petit palier sans fenêtres. D'un côté, c'était la même brique rouge que l'extérieur. En face se trouvait une porte verrouillée par deux gros cadenas et condamnée de son côté. Liz faillit éclater de rire. Si c'était un test, elle était en train d'échouer. Son premier jour pourrait bien être le dernier.

Elle scruta la cage d'escalier. Il y faisait sombre en raison de l'absence de lumière naturelle et de la présence d'une seule ampoule nue pendouillant au-dessus de chacun des trois paliers. Un cauchemar pour la sécurité au travail. Elle s'appuya contre la porte condamnée, l'oreille collée contre le bois rugueux, et écouta. Rien.

Sur le point de descendre d'un étage, elle se ravisa et fit la même chose contre la brique. C'était stupide, mais dans son nouvel univers étrange, elle devait être prête à tout. L'équipe — enfin, ce qu'elle en connaissait jusqu'à présent — était composée de personnes ingénieuses et intelligentes. Ce n'était pas une unité typique et elle devait se rappeler de ne rien considérer comme ordinaire.

Elle s'attendait à ce que la brique soit froide. Ce n'était pas le cas. Il y avait le plus faible des bourdonnements de l'autre côté.

Liz recula en souriant et alluma la lampe torche de son téléphone.

— Je sais ce qui se passe ici.

La lumière révéla de minuscules interstices autour de la maçonnerie dans un motif rectangulaire. Pas de la taille normale d'une porte, c'était néanmoins le chemin le plus probable pour avancer.

Refusant d'abandonner et d'appeler Pete, Liz passa légèrement sa main sur la zone, appuyant sur les briques. Rien. Mais lorsqu'elle dirigea la lumière vers le haut, elle trouva une caméra. Une caméra minuscule et très sophistiquée entre les briques. Elle lui envoya un baiser.

La lampe torche pointée vers le sol de chaque côté de la pseudo-porte, Liz trouva la clé.

Il y avait une lame de plancher qui était juste un peu moins sale que les autres et elle marcha dessus, près du mur. Bien sûr, ce n'était pas aussi simple que ça, alors elle essaya des combinaisons. Un pas, deux. Deux pas, trois. Court. Long. Fatiguée de ces jeux, elle recula et brandit son majeur en direction de la caméra.

Dans un léger bruissement, la maçonnerie bougea, s'ouvrant vers l'extérieur.

Pete se tenait de l'autre côté.

— Trois secondes, Liz. Maintiens puis relâche. Ensuite, tape à nouveau.

Derrière lui, Ben Rossi apparut dans la pénombre.

— Liz, bienvenue à l'Opération Nobody.

DEUX

Ben s'était retourné immédiatement et avait disparu. Pete arborait un sourire stupide.

— Je pensais que tu l'avais, Liz. T'étais si proche.

— Content que tu te sois amusé. Et maintenant ?

— Maintenant, tu me suis.

Ce couloir ne faisait que quelques mètres et le long d'un mur se trouvait un ascenseur. Il était étroit, mais la porte semblait neuve.

— Ça fonctionne ?

— Bien sûr.

— Alors c'était quoi tout ça... oh, ne te donne pas la peine de répondre. Un test que tu as imaginé ?

— Pas moi.

Au-delà de l'ascenseur, il y avait un autre type de porte. Celle-ci était faite d'un matériau noir et brillant et quand Pete la toucha, le pigment disparut, laissant une vue presque claire de ce qu'il y avait derrière.

Liz retint son souffle.

C'était là que se trouvaient tous les gadgets sophistiqués.

Pete leva la main au-dessus de sa tête et posa sa paume sur la surface. Un panneau intégré dans le matériau de la porte apparut et il tapa un code.

— Meg te configurera ta propre version de ceci.

— Meg ? Notre Meg ?

Il sourit alors que la porte s'ouvrait.

— Entre, je vais faire du café.

J'ai regardé trop de séries policières futuristes et maintenant j'en rêve d'une toute éveillée.

C'était un tout nouveau niveau de technologie et un doute inattendu ébranla Liz. Et si tout cela était au-delà de sa capacité d'apprentissage ? Et si la confiance que Ben Rossi avait en ses capacités n'était pas justifiée ?

Elle était seule. Pete était la seule autre personne ici, sifflotant de l'autre côté d'un mur aux deux tiers de hauteur. Une cuisine, peut-être.

Liz balaya la pièce du regard.

C'était immense. Elle estima qu'elle pourrait y loger tout son appartement — son ancien appartement — avec de l'espace en plus. Bien que ce soit un plan ouvert, il y avait quelques bureaux vitrés à l'extrémité et entre eux, une porte ouverte sur une autre pièce.

Au milieu de la pièce se trouvait une table. Elle était vide, le dessus fait du même matériau noir que la porte par laquelle elle était entrée et un peu plus grande qu'une table de billard. Autour, en cercle grossier, il y avait six postes de travail. Chacun avait de longs bureaux incurvés et deux ordinateurs. Tous sauf celui le plus éloigné d'elle qui avait un long bureau avec trois écrans et claviers.

C'est celui de Meg. Je n'arrive pas à croire qu'elle soit ici.

Liz avait travaillé avec Meg Mackie plusieurs fois au cours des deux dernières années. C'était une analyste scientifique qui avait été détachée d'un autre département par l'unité de recherche des personnes disparues pour une expérience à court terme. Les compétences et les résultats qu'elle apportait avaient vu le détachement se prolonger indéfiniment et Meg avait été l'un des officiers qui avaient récemment contribué à résoudre une affaire vieille de plusieurs décennies. Une affaire qui avait bouleversé Liz, tout en apportant une conclusion à son propre passé sombre. Ou une partie de celui-ci.

Il y avait peu d'autres choses dans la pièce. Pas de classeurs, ni de tableaux blancs, ni de désordre.

Ni de personnes.

— Liz ?

Ben lui fit signe depuis la porte entre les deux bureaux vitrés.

— Tu nous rejoins ?

Malgré un frisson de nervosité, elle se dirigea vers lui.

Le fait est que Liz n'avait pas vraiment compris ce qu'était cette équipe secrète. On l'avait invitée à rejoindre l'équipe sur la base d'une conversation de deux minutes avec Ben dans un parc. Pete avait suivi avec quelques détails épars sur quelque chose de si nouveau, si secret et autogéré que personne qu'ils connaissaient n'était au courant de son existence. C'était suffisant pour que Liz accepte. Elle en avait fini avec la police. Ou du moins, fini d'être détective travaillant sur des homicides et des crimes majeurs. Maintenant, à toutes fins utiles, elle ne travaillait plus pour la police de Victoria. Elle avait démissionné. Elle avait pris un verre avec des collègues qui lui souhaitaient bonne chance mais ne comprenaient pas vraiment pourquoi une collègue au sommet de sa carrière qui venait de résoudre une affaire majeure voulait partir.

À un moment donné avant que tout cela n'arrive, Pete avait fait allusion à l'idée de se mettre à son compte. Gérer une agence. Voulant qu'elle le rejoigne.

Elle avait été tentée.

N'importe quoi plutôt que les restrictions de son rôle où ses mains avaient été liées pendant l'affaire la plus importante de sa vie.

Mais ensuite Ben Rossi — anciennement le Sergent-Détective Ben Rossi qui avait été à la tête de l'unité de recherche des personnes disparues jusqu'à il y a deux ans — lui avait fait une offre.

Liz jeta un coup d'œil aux deux bureaux vitrés. Ils n'avaient rien qu'elle n'ait déjà vu auparavant, conçus pour être utilisés par le personnel le plus haut gradé. Elle franchit la porte entre eux.

Cette pièce était plus petite que la première, s'étendant de l'avant à l'arrière du bâtiment et clairement divisée pour différents usages. Elle eut le sentiment qu'il y avait des zones de travail et d'autres de détente, mais son attention fut complètement accaparée par les visages qui la regardaient autour d'une table.

Meg était à côté de Ben et elle sourit et fit un signe à Liz.

Il y avait deux personnes qu'elle n'avait jamais rencontrées et deux qu'elle ne s'attendait pas à voir.

L'une était une merveilleuse agent de police de rue qu'elle avait croisée au fil des ans, la brigadière Annette Benski. Voir son visage souriant était comme une chaude étreinte. Bien qu'elles n'aient jamais été des amies proches, elles entretenaient de bons rapports et travaillaient bien ensemble.

L'autre était tout aussi inattendue mais pour d'autres raisons.

Le Docteur Candace Carroll. Psychologue, criminologue, experte scientifique. Une profileuse.

Elles s'étaient rencontrées lors de la dernière affaire de Liz. La docteure était une conseillère, prenant l'ébauche de profil fournie par Liz et la transformant en un portrait poli et étrangement précis de leur suspect. Liz avait des sentiments mitigés à propos de Candace, une personne extrêmement intelligente qui semblait capable de lire dans son esprit bien trop facilement, mais pour qui elle avait également un profond respect.

— Prends un siège, Liz. Pete finira par t'apporter un café. Ben sourit, faisant un geste vers le choix de plusieurs chaises vides. Tu connais presque tout le monde. Et si on faisait un tour de table pour mentionner les choses importantes ?

— Comme mon en-cas préféré si vous voulez que quelque

chose soit fait rapidement ? demanda Meg, faisant un clin d'œil à Liz.

Elle choisit un siège avec des places vides de chaque côté.

— Les danoises et les roulés à la cannelle. Du bon café et je veux dire, du vraiment bon. Une dose de caramel en bonus.

— Et c'est pour ça que Liz aura toujours mon attention éternelle.

— Et moi.

Pete portait un grand plateau.

— Je te fais du bon café, du *vraiment* bon.

— Oh... c'est donc pour ça que tu es là. Chef préparateur de café. Meg fit une bonne imitation de quelqu'un qui venait de découvrir le sens de la vie.

— L'un de mes nombreux talents les plus évidents. Pete plaça le plateau au milieu de la table. Non seulement il y avait deux tasses de café fumant, dont une que Pete donna à Liz, mais aussi un plateau de pâtisseries, de fruits et de boules protéinées. Voici, Liz, notre façon de te souhaiter la bienvenue.

Pendant quelques minutes, la table fut relativement silencieuse tandis que les personnes autour de la table se servaient selon leurs préférences. Liz sirota son café et il était bon. Bien loin de la piquette servie à la criminelle. Tout le monde avait une boisson, la plupart chaude, avec des jus.

Est-ce la norme ? Ou c'est juste pour m'impressionner ?

Pete avait pris l'une des chaises à côté de Liz et discutait tranquillement avec la personne de son autre côté, l'une de celles qu'elle ne connaissait pas. Ben observait la pièce et quand leurs regards se croisèrent, il sourit légèrement. Il avait toujours été un observateur et c'était en partie ce qui l'avait rendu si bon à l'unité de recherche des personnes disparues. Il repérait les plus petits indices, souvent ceux négligés plus d'une fois. Mais il était censé vivre heureux le long de la côte de Gippsland, jouant au flic local avec sa famille.

— Je commence ! annonça Meg. Je m'appelle Meg et je suis une accro au travail.

— Bonjour, Meg, répondirent-ils tous en chœur, rappelant un autre type de réunion pour addicts.

— Et c'est tout pour moi.

Il y eut un éclat de rire jusqu'à ce que l'homme à côté d'elle prenne la parole.

— Bonjour, Liz. Je suis Reuben Barnes. J'ai passé une décennie dans un poste de haut niveau dans une organisation que je ne peux pas nommer. Il avait l'air très sérieux et sincère. Quelque chose en rapport avec la sécurité du pays. Ça commence par A et se termine par O... si tu as vraiment besoin d'un indice. Son expression était impassible mais ses yeux d'un bleu saisissant pétillaient.

— Si je remplis les deux lettres manquantes et que je les prononce, j'aurai des ennuis ? demanda Liz.

— Tu n'as pas idée à quel point.

Liz l'aimait bien.

— Bien, à mon tour, dit Pete.

Tout le monde le fit taire et il essaya d'avoir l'air contrarié mais échoua. À la place, il se servit la plus grosse pâtisserie et mordit dedans, indifférent aux miettes qui tombaient.

Ben lui tendit une serviette.

— Tout le monde me connaît.

Et j'ai tellement de questions sur la raison de ta présence ici.

Ne voulant pas parler hors de propos de la personne qui était son nouveau patron, Liz se contenta d'acquiescer. Ben lui fit un clin d'œil et elle se surprit à sourire. Il la mettrait au courant quand le moment serait venu.

— Je dois dire, Liz, que je suis plus qu'excitée de travailler avec toi. C'était Annette Benski qui regardait autour de la table. Je sais que certains d'entre nous ne se connaissent pas encore, mais Liz et moi nous connaissons depuis longtemps. Plus d'une décennie, je pense. Nous n'avons jamais travaillé directement ensemble, mais j'ai un tel respect pour Liz.

— C'est réciproque, dit Liz. Son sentiment d'inadéquation initial s'estompait à chaque personne qui parlait. Tout le monde était ici dans un but précis et bien qu'elle ne connaisse pas encore le sien, elle était excitée par ce qui l'attendait.

Consciente de deux paires d'yeux brûlant sur elle, Liz tourna son attention vers le visage qu'elle ne connaissait pas. Candace Carroll pouvait attendre un moment et pour être honnête avec elle-même, Liz voulait un peu de temps pour se ressaisir.

La femme qu'elle regardait maintenant était la plus jeune de l'équipe, peut-être à la fin de la vingtaine. Elle arborait une expression intense et légèrement inquiète sous un maquillage parfait et de magnifiques cheveux roux mi-longs. Bien qu'assise, il était clair qu'elle était mince comme un mannequin et ses bijoux et son chemisier criaient la qualité.

— Salut, dit Liz, souriant avec encouragement quand la jeune femme ne répondit pas.

— Euh... d'accord. Je suis Phoebe Renshaw. Je suppose que vous savez déjà qui je suis. Mais bon, j'espère apprendre des choses de vous. Et bonjour.

Ses yeux se baissèrent vers ses mains qui s'entrelaçaient sur la table.

— Ravie de te rencontrer, Phoebe.

Et je n'ai aucune idée de qui tu es.

Pete avait fini de dévorer sa pâtisserie.

— Vu qu'il nous en manque un, je vais prendre sa place pour les besoins de la présentation.

— S'il te plaît, ne le fais pas, supplia Ben.

— Je n'ai pas entendu ce que tu as dit. Bref... ah, belle dame, venez vous asseoir à côté d'Hamish. La voix de Pete était devenue snob et il tapota le siège vide à côté de lui. Hamish Mathers-Smythe. Mathers suffira. À votre service.

— Arrête, Pete. Ce n'est pas comme ça qu'il parle, dit Ben.

— En fait, si. C'était Meg, mais Candace, Annette et Phoebe acquiescèrent toutes.

— Vous ne trouverez aucune mention de moi nulle part, sauf si vous cherchez parmi les plus riches et les plus snobs du monde, continua Pete. Je suis cependant exceptionnel dans mon travail. Et quel est mon travail, me demandez-vous ?

Liz rit.

— Pauvre Hamish. Je pense que je dois prendre son parti si tu le détestes autant.

Pete abandonna son numéro avec un large sourire.

— Nan. Tu te feras vite ta propre opinion. Mais il t'aimera bien. Beaucoup.

Candace avait l'ombre d'un sourire sur les lèvres. Elle analysait sans doute chacun d'eux durant cette séance de présentation et c'était peut-être ce qui déstabilisait Liz. Il n'y avait aucune logique derrière ses sentiments pour l'autre femme, qui n'avaient pas changé depuis leur première rencontre. Liz était attirée par elle à un niveau qu'elle ne comprenait pas encore, mais elle était profondément méfiante à l'idée de trop se révéler.

Ce n'est pas comme si je ne le faisais jamais avec qui que ce soit.

— Il semble que ce soit mon tour, dit Candace. Mon parcours et ma passion sont la compréhension de l'esprit et du psychisme humain. J'ai travaillé dans plusieurs domaines, mais tous sont liés au profilage et je pense que je ne fais que commencer à accomplir mon meilleur travail. J'ai une politique de porte ouverte pour quiconque souhaite explorer sa propre voie.

Ces derniers mots étaient adressés à Liz. Les yeux du docteur étaient sincères et Liz offrit un petit sourire en réponse. Si elles allaient faire partie de la même équipe — à nouveau — alors il était temps d'arrêter d'être si sur ses gardes. Candace n'avait jamais été qu'encourageante et gentille.

— À ton tour, Liz, dit Pete en souriant. Projecteur sur la nouvelle venue et toutes les questions sont les bienvenues.

— Pourquoi ne le fais-tu pas pour moi ? En gardant à l'esprit que je suis à portée de bras, plus ou moins, contrairement au pauvre Hamish.

Les yeux de Pete s'illuminèrent.

— Pas de problème. Okay, je m'appelle Liz Moorland et je

suis l'une des meilleures détectives que ce pays ait jamais produites. Je suis extrêmement intelligente…

— Arrête, Pete.

— Empathique, courageuse. Vous ne voulez pas être dans mon collimateur parce que je suis implacable.

— D'accord, j'aime bien la dernière partie.

Liz sentit la chaleur monter à son visage et tous les yeux étaient braqués sur elle tandis qu'il continuait.

— De plus, j'ai eu la chance d'avoir le meilleur partenaire qui ait jamais foulé les couloirs de la police de Victoria.

Il sourit à nouveau.

Liz hocha la tête, le visage sérieux.

— Cette partie est vraie. Vince Carter était un flic exceptionnel.

Tout le monde éclata de rire tandis que Pete laissait tomber sa tête dans ses mains.

TROIS

L'équipe s'était dispersée, emportant avec elle le plateau et les assiettes vides, et avait fermé la porte, laissant Ben et Liz seuls.

— Pourquoi suis-je ici ? Cette question hantait Liz depuis des semaines, mais elle était devenue plus urgente maintenant qu'elle avait rencontré tout le monde et qu'elle avait été entraînée dans ce nouveau monde. Certaines des personnes qu'elle avait rencontrées étaient à juste titre incluses dans le projet. Pete. Meg. Candace. Reuben. D'autres, mais pas tant que ça.

— Tu as entendu Pete. Il parlera en ta faveur quand tu ne le feras pas. Tes compétences sont assez claires pour moi et, considérant les différences entre les personnes qui ont rejoint l'équipe, j'ai besoin de quelqu'un qui peut faire son travail sans qu'on lui tienne la main.

— Ah. Donc je suis douée pour suivre les ordres ? Elle ne put s'empêcher de sourire.

— Bien sûr. Crois-le si tu veux.

— Jusqu'à présent, je vois des spécialistes. Meg. Candace. Pete — si tu veux quelqu'un qui sait se faufiler dans les ruelles sombres — et Reuben doit apporter des compétences en sécurité ou quelque chose comme ça, non ? Je suis censée savoir qui est

Phoebe Renshaw. Et même si j'aime bien et respecte Annette... eh bien, c'est une flic de terrain dévouée.

— Tu as oublié Hamish.

— Je ne peux pas commencer à me faire une opinion sur lui parce que, selon Pete, Hamish est une sorte de personnage à la James Bond. Il aime les femmes et elles l'*adorent*.

Ben rit doucement.

— Fais-toi ta propre opinion quand tu le rencontreras. Il sera là un peu plus tard. Quant à Annette ? C'est une policière solide. Plus que solide. Elle est exceptionnelle et son talent était gâché là où elle était. Non seulement elle est fiable et constante, mais elle aime aussi fouiller dans les dossiers et ce genre de choses.

Liz était d'accord avec son résumé mais était un peu surprise qu'Annette quitte le travail qu'elle avait aimé pendant si longtemps.

— Et Phoebe. Clairement, tu ne passes pas de temps sur TikTok et Instagram.

— J'en sais assez pour les utiliser dans une enquête, mais ça s'arrête là. Est-elle une influenceuse ?

— En quelque sorte. Elle a une chaîne sur les crimes réels et bien qu'elle paraisse superficielle et divertissante, malgré le sujet, il se passe en réalité beaucoup de choses en coulisses. Phoebe a aidé les personnes disparues à retrouver des enfants enlevés par un parent, envoyé des renseignements à divers flics sur toute une série de crimes et a réussi à le faire sans éveiller les soupçons de ceux qui l'avaient mise au courant.

— C'est intelligent. Vraiment intelligent.

Bien qu'elle soit apparue nerveuse et timide. Ça ne colle pas vraiment.

— Je veux te mettre au courant et ensuite tu choisiras qui tu penses pouvoir t'aider pour ta première mission.

— Qui est ?

— Trouver Kyle Moorland.

Le cœur de Liz fit un bond.

— Tu ne penses pas qu'il est temps qu'on retrouve ton père

une bonne fois pour toutes et qu'on le traduise en justice ? Ben recula sa chaise. Tu veux faire un petit tour ?

C'est plus que temps.

— Vais-je devoir passer d'autres tests pour accéder aux toilettes, par exemple ?

— Je laisserai Candace t'expliquer son raisonnement derrière les petits puzzles qu'elle nous prépare à tous.

— Candace ? Je pensais que c'était Pete qui était agaçant. Liz suivit Ben dehors.

— Pas cette fois.

La pièce principale bourdonnait d'activité. Les gens étaient à leur poste de travail et seule Meg leva les yeux avec un large sourire. Si elle faisait partie de cette nouvelle unité, alors Liz savait que c'était important. Meg était l'une des personnes les plus intelligentes qu'elle connaissait et une de celles qui pouvaient voir des motifs là où personne d'autre ne le pouvait. La cybercriminalité était peut-être son domaine, mais elle avait plus que débordé sur d'autres domaines de la police depuis que Liz l'avait rencontrée il y a deux ans.

— C'est le Centre Nobody ou la plaque tournante, dit Ben. L'objectif est que nous serons suffisamment dotés en personnel pour avoir une présence vingt-quatre heures sur vingt-quatre. On en est encore loin, mais c'est mon objectif. Trouver puis recruter des personnes qui sont non seulement brillantes dans leur domaine, mais qui complètent l'équipe existante ce n'est, eh bien... pas facile.

— Mais tu te situes au-delà des forces de l'ordre ?

— Oui. Nous nous assiérons bientôt pour passer en revue la structure afin que tu comprennes bien où tout cela se situe. Ce n'est pas exactement ce à quoi tu pourrais t'attendre.

Liz avait eu cette impression dès le début. Le soir où Ben avait suggéré qu'elle pourrait envisager sa nouvelle unité, il y avait eu une allusion au fait qu'il ne s'agissait pas d'une unité secrète ordinaire, si tant est qu'on puisse en qualifier une d'ordinaire. La journée prouvait qu'elle n'avait même pas effleuré la surface en imaginant ce à quoi elle avait accepté de participer.

Le téléphone de Ben vibra et avant de le vérifier, il la conduisit dans la zone où Pete se trouvait plus tôt.

— Je vais voir qui veut me parler, alors passe quelques minutes à faire le tour. Par cette porte, tu trouveras des toilettes, des douches, quelques zones de couchage. Si tu veux un autre café, n'hésite pas à en prendre un et viens me trouver quand tu seras prête.

Il disparut en un instant et Liz regarda autour d'elle.

C'était une zone de cuisine aussi bien équipée qu'une maison de luxe. Four double. Plaque de cuisson à induction. Grand réfrigérateur et congélateur et quand elle jeta un coup d'œil à l'intérieur de chacun, Liz fut surprise par la qualité et la quantité de nourriture à l'intérieur. Il y avait un petit réfrigérateur de bar — approvisionné — sous un comptoir, et des armoires vitrées avec une gamme de couverts, tasses et verres. Une machine à café haut de gamme était la touche finale et elle se surprit à secouer légèrement la tête.

Qui diable avait financé cela ? Pas la cuisine, mais l'unité.

Elle ouvrit une porte sur un couloir étroit. Plusieurs pièces s'ouvraient de chaque côté, dont des vestiaires avec des casiers, des salles de bains avec douches, une salle de stockage et trois chambres à coucher. Celles-ci avaient des lits doubles, un petit bureau et une télévision.

Incroyable. Suis-je dans un hôtel bizarre ?

Après être allée aux toilettes, Liz retourna dans la pièce principale, instantanément consciente d'un changement d'ambiance. Meg fixait Ben par-dessus un écran alors qu'il parlait au téléphone à un mètre de là. Pete avait les mains sur les hanches, écoutant attentivement. Le reste de l'équipe était très attentif.

Ben jeta un coup d'œil à Liz et lui fit signe d'approcher, mettant le téléphone sur haut-parleur.

— Mon pote, Liz est là maintenant.

La voix rauque à travers le haut-parleur fit se dresser les poils sur les bras de Liz. Vince Carter était l'un de ses plus vieux et plus chers amis, et un collègue et mentor quand elle avait commencé dans la police. Ils avaient traversé des bons moments et des moments difficiles.

— Lizzie, c'est Lyndall.

— Que s'est-il passé ? Tu vas bien ? Et Melanie ?

— Oui. Mais quelque chose ne va pas du tout. Lyndall a disparu.

Dix minutes plus tard, toute l'équipe était rassemblée autour de la table au milieu de la pièce. Liz était encore en train d'analyser la conversation de Vince. Enfin, ce qu'elle en avait entendu. La détresse dans sa voix était le pire, car Vince Carter n'était pas du genre à montrer ses émotions.

— Je dois admettre que la dernière chose à laquelle je m'attendais durant notre première semaine d'activité était de devoir retrouver une personne connue de certains membres de notre équipe. Du moins, quelqu'un qui n'est pas un méchant.

Ben passa une main dans ses cheveux. Il était assis à une extrémité de la table et Reuben avait pris place à l'opposé. Ce dernier n'avait rien dit après la fin de l'appel, contrairement à Pete, Meg et Annette, qui s'étaient immédiatement lancés dans une conversation. Même Candace s'était jointe à eux, bien qu'avec seulement quelques mots de réconfort.

— Qui ne connaît pas Vince Carter... ou n'a pas entendu parler de lui ? Ben balaya la table du regard et seule Pheobe leva la main. Et Lyndall ? Cette fois, tout le monde leva la main sauf Pete, Liz et Meg. Qui veut donner quelques détails parmi vous deux ?

Si Pete dit une seule connerie à propos de Vince…

— Je vais laisser Liz parler. C'est elle qui les connaît le mieux.

Tous les regards se tournèrent vers Liz.

— Pour l'information de Phoebe, Vince Carter est un ancien sergent de la police de Victoria. Il a fait toute sa carrière en uniforme. Il a pris sa retraite il y a quelques années et vit avec sa petite-fille dans le coin de Razorback, vers la forêt d'État de Lerderderg.

Phoebe hocha la tête tout en griffonnant dans un carnet.

— Lyndall est la voisine de Vince, la seule à portée de vue. Ils vivent tous les deux sur des terrains voisins, mais le sien est assez grand. C'est une bonne amie de Vince et Melanie, qui a perdu ses parents l'année dernière et est venue vivre avec Vince. Lyndall est comme une figure de grand-mère.

— Une grand-mère tueuse, marmonna Pete.

— Pardon, vous avez dit qu'elle était une tueuse ? Les yeux de Phoebe s'écarquillèrent.

Annette répondit :

— Il y avait des rumeurs selon lesquelles elle aurait abattu un homme qui en voulait à Melanie avant que Pete ne l'attrape.

— Hé ! C'était bien moi, évidemment.

Pete et Liz échangèrent un rapide regard.

— Que sait-on d'autre sur Lyndall ? demanda Ben.

— Pas grand-chose, en réalité, dit Liz. Elle sait se servir d'un fusil. Selon Melanie, Lyndall était une artiste célèbre à une époque. Vince pense que quelque chose de grave est arrivé à sa proche famille il y a des années. Et puis il y a l'autre chose.

Phoebe arrêta d'écrire et leva les yeux. Tout le monde était à l'écoute.

— Elle a une chambre forte dans sa maison.

Plusieurs personnes se mirent à parler en même temps. Ben leva une main et le brouhaha s'estompa.

— Je n'ai jamais rencontré Lyndall mais je connais Vince. Le fait qu'il m'ait appelé, moi, alors qu'il croyait que je dirigeais une petite unité dans le Gippsland, montre à quel point il ne fait confiance qu'à peu de gens. Liz, il ne t'a pas appelée en premier. Il pensait que tu voyageais après avoir démissionné.

Liz se mordit la lèvre. Elle avait menti à pratiquement tout son entourage depuis un mois, le temps de mettre en ordre sa nouvelle vie.

— Je ne sais pas pourquoi il ne m'a pas appelée.

Si Liz avait eu quelque chose à lancer, elle l'aurait envoyé dans la direction de Pete, mais elle choisit de l'ignorer. L'antipathie mutuelle persistante entre ses deux partenaires de confiance dans la police - l'un âgé, l'autre pas tout à fait aussi vieux - devenait épuisante et ce n'était pas le moment. Mais Pete lui fit un clin d'œil. Il essayait juste de détendre l'atmosphère à sa façon.

Ben poursuivit :

— Lyndall a disparu de chez elle pendant la nuit. Il n'y a eu aucune alarme et aucun signe d'effraction, d'après l'enquête de Vince. Et la porte de la chambre forte est déverrouillée et entrouverte. Meg, Liz, Pete. Je veux que vous vous rendiez là-bas maintenant, s'il vous plaît. Reuben, occupe-toi de la surveillance. Phoebe, aide-moi à découvrir qui elle est vraiment. Annette, des dossiers vont arriver. Ils concernent principalement l'affaire de la fusillade de l'année dernière, mais c'est à peu près la seule fois où je trouve Lyndall dans notre système.

— Et moi ? demanda Candace.

— Commence à établir un profil. Aide Annette et nous te transmettrons tous la moindre miette d'information que nous trouverons.

— J'adore les miettes. De l'autre côté de la table, Candace fixa Liz du regard. Nous la retrouverons. Il n'y a personne ici qui ne souhaite pas une issue rapide.

Alors pourquoi est-ce que je me sens si mal à l'aise ?

QUATRE

Le paysage défilait tandis que Pete prenait le rôle de conducteur pour leur première affaire. C'était une énorme amélioration par rapport aux voitures de leur passé et elle était équipée de plus de matériel que Liz n'avait le temps d'assimiler. Il valait mieux qu'il conduise jusqu'à ce qu'elle ait eu l'occasion de se familiariser avec un tableau de bord comme elle n'en avait jamais vu.

— Tu as une idée d'où sont les gyrophares et les sirènes ? demanda Pete.

— Sérieusement ?

— Il dit ça à chaque fois qu'il conduit une de ces voitures, Liz. On les a toutes conduites, dit Meg depuis le siège arrière, son ordinateur portable ouvert. Je pense que Pete est un père refoulé.

— Hé, je suis là. Et je ne suis pas refoulé.

— Donc tu *es* un père ? demanda Meg avec une innocence feinte. Je n'imagine pas une femme assez désespérée pour te laisser...

— D'accord, d'accord. À ma connaissance, mes glorieux gènes n'ont pas été transmis.

— Pourtant, tu insistes pour faire des blagues de papa

comme si tu aspirais à avoir un enfant crédule à éblouir avec ton humour étincelant.

Pete jeta un coup d'œil à Liz.

— Public difficile aujourd'hui.

Liz n'était pas d'humeur à plaisanter. Pete utilisait son horrible sens de l'humour pour relâcher la tension et la plupart du temps, elle y participait.

Pas cette fois.

Meg ferma son ordinateur portable.

— Tu as des informations sur cette prétendue chambre forte de Lyndall ? Est-ce juste une pièce avec une porte lourde et des verrous ? Y a-t-il quelque chose que je devrais rechercher ?

Se tournant un peu pour mieux voir Meg, Liz secoua la tête.

— C'est du sérieux. Correctement intégrée à la maison pendant la construction avec tout renforcé. Il y a même une alarme cachée, ce qui rend la situation encore plus inquiétante.

— Et où dans la maison ?

— Toutes les chambres sont dans un couloir, à l'écart des espaces de vie. La chambre de Lyndall est tout au bout et la chambre forte est juste avant.

Meg inclina la tête.

— Tu vois, il y a beaucoup d'informations qui ne me sont pas facilement accessibles et ça craint. Je sais que Lyndall a tiré la balle qui a tué cet homme horrible, mais il n'y a presque aucune trace pour confirmer ce qu'on m'a dit.

Pete la regarda dans le rétroviseur.

— La conclusion était que le tir mortel venait de mon fusil. Le truc, c'est... qu'elle a tiré en premier. J'ai senti la balle me frôler alors que je le mettais encore en joue, mais j'ai fait en sorte de le toucher au même endroit avant qu'il ne s'effondre.

— Par fierté ? sourit Meg.

— En fait, non. L'esprit fait des choses étranges sous pression et c'est la visée de Lyndall qui m'a montré où tirer. Lyndall m'a toujours semblé être quelqu'un de *bien* et quelque chose s'est déclenché pour s'assurer qu'elle n'ait pas d'ennuis à cause de ça.

Ça m'en a causé beaucoup, mais elle était une civile protégeant son voisin inoffensif d'un tueur. Pas besoin qu'elle en souffre.

Il y a tellement de choses à démêler là-dedans.

Ils n'étaient pas loin de chez Vince. Pete ralentit alors que la route se rétrécissait et commençait à serpenter en longues courbes. Les côtés s'effondraient, l'un vers des terres agricoles et l'autre dans une vallée profonde remplie de brousse, et au-delà, des crêtes encore plus hautes. Une route sinueuse s'en détachait et Pete la prit. Il y avait peu de maisons le long de celle-ci et aucune pendant au moins un kilomètre avant que le véhicule ne ralentisse et ne tourne dans une allée.

Meg se pencha en avant pour voir.

— C'est la maison de Vince sur la gauche ?

— Oui. Son terrain s'étend assez loin mais est trop escarpé pour être utilisé, à part un petit verger plus haut.

Ils passèrent devant une maison presque neuve avec un bout de pelouse et un potager. Une ponette paissait dans le seul enclos, levant la tête pour les regarder.

— Et ça, c'est Pomme, dit Pete.

Surprise qu'il s'en soucie assez pour s'en souvenir, Liz prit une longue inspiration pour calmer sa nervosité soudaine. Elle n'était pas ici en tant que détective. Pas au sens habituel. Elle ne représentait ni la brigade criminelle ni l'unité de recherche des personnes disparues.

— Sait-on si des policiers vont venir ?

— Ben m'a envoyé des infos, dit Meg. Il a demandé à Vince d'attendre avant de parler à qui que ce soit d'autre jusqu'à ce qu'on ait évalué la situation même si Vince ne semblait pas intéressé par le fait de signaler ça via les canaux habituels. C'est pourquoi, il a besoin des antécédents de Lyndall, d'une manière ou d'une autre. Tout ce qu'elle pourrait garder chez elle sur son passé. Garder les choses si secrètes pourrait signifier qu'elle a eu de l'aide à un moment donné.

— De l'aide ? Tu veux dire... comme une protection des témoins ?

— C'est juste une des nombreuses options.

L'allée faisait environ deux cents mètres de long et devenait de plus en plus raide. Au sommet de la colline, elle s'aplanissait et ils passèrent devant un garage assez grand pour plusieurs véhicules, et des grands en plus. Liz se rappela avoir vu les portes ouvertes et il y avait eu un tracteur ainsi que le vieux 4x4 de Lyndall. Mais pour l'instant, les portes étaient fermées. L'allée se terminait par une zone carrée pour se garer et Pete s'y arrêta. C'était le seul véhicule.

— Autre chose que je devrais savoir, Liz ? demanda Meg en passant son sac d'ordinateur portable sur une épaule et son sac bandoulière sur l'autre. À propos de Vince ?

Pete rit mais un regard sévère de Liz l'empêcha de dire ce qu'il allait dire et il sortit, fermant sa portière derrière lui.

— Vince est bourru. Il sera terriblement inquiet, ce qui pourrait le rendre brusque. Il va droit au but. Mais il a un esprit vif et des instincts incroyables, alors laisse-le parler... incite-le même à parler.

Vince s'approcha de Pete depuis la direction de la maison. Ils s'arrêtèrent à quelques pas l'un de l'autre, tous deux avec un langage corporel défensif... les bras croisés, les jambes écartées, chacun se penchant un peu en arrière. Liz et Meg savaient bien que les hommes avaient une relation difficile et jusqu'à récemment, ils ne s'accordaient pas un regard.

Mais Pete tendit soudainement sa main droite et quand Vince la prit, leur poignée de main fut ferme et dura quelques secondes.

— Les miracles existent, dit Liz.

Tous les quatre se tenaient dehors pendant que Vince racontait les événements des dernières heures.

— Quand as-tu vu Lyndall pour la dernière fois ? demanda Liz.

— Vers neuf heures hier soir. Mel et moi avons dîné ici et sommes rentrés à pied au chalet après. On n'avait pas prévu de rester si longtemps, étant donné que c'était un soir d'école, mais elles dessinaient toutes les deux et j'ai pensé que ça ne ferait pas de mal qu'elles finissent.

— Melanie est à l'école en ce moment ?

— Ouais. Elle ne sait pas.

Le visage de Vince ne trahissait pas l'émotion que Liz percevait dans sa voix. Après tout ce qu'il avait traversé, cela devait être dur pour lui.

Pete regardait fixement la route en contrebas. La vue s'étendait sur plusieurs enclos parsemés de bétail appartenant à Lyndall, sans pratiquement aucun angle mort sur ses propriétés ou celles de Vince. Il y avait quelques abris pour le bétail et une rangée d'arbres offrant de l'ombre du côté opposé à celui de Vince, mais à part cela, il y avait peu d'endroits où une personne ne serait pas visible depuis la maison.

— Avant que tu ne demandes, je n'ai entendu aucun véhicule. Rien d'inhabituel à part les ânes qui se sont mis à braire comme des fous vers une heure du matin.

Pete se retourna brusquement.

— Tu as vérifié pourquoi ?

Vince émit un son d'irritation qui aurait pu être dirigé contre Pete ou contre les animaux.

— Lyndall a une règle des cinq minutes. S'ils ne se calment pas dans ce délai, elle va vérifier. J'ai attendu cinq minutes et ils se sont arrêtés, mais le truc c'est, combien de temps ont-ils fait du bruit avant que je ne les entende ? Je suis sorti mais il n'y avait pas un bruit et bien qu'une lumière se soit allumée dans la maison, elle s'est éteinte quelques secondes plus tard. Et si c'est à ce moment-là qu'elle a été enlevée alors... Ses poings se serrèrent.

— Pouvez-vous me montrer la chambre forte ? Meg prit la parole pour la première fois depuis que Liz l'avait présentée à Vince. Et me montrer toutes les parties de la maison qui auraient pu être compromises.

— Désolé... Meg, c'est ça ? Si ce sont des empreintes que vous cherchez, je doute que vous en trouviez. Celui qui a enlevé

Lyndall savait ce qu'il faisait. Vince jeta un coup d'œil à la mallette qu'elle avait récupérée dans le coffre du véhicule.

— Les empreintes, c'est tellement dépassé. Elle sourit à Vince. Je pense que vous pourriez trouver mes outils de travail assez intéressants. Vous voulez bien me montrer le chemin ?

Bien qu'il parût incertain, Vince acquiesça et tous deux se dirigèrent vers l'arrière de la maison. Meg avait un don avec les gens. Ceux qu'elle appréciait, elle les traitait avec respect et attention, comme avec Vince. Les autres ? Ils croiraient qu'elle faisait ce qu'ils voulaient jusqu'au moment opportun, et là, c'était parti. Cela faisait d'elle un élément important de n'importe quelle équipe, sans parler de ses compétences en tant qu'analyste scientifique.

Liz fit signe à Pete de la suivre et emprunta un chemin qu'elle savait mener au premier des enclos arrière.

— Combien de fois es-tu venue ici ? Il gardait le rythme.

— Assez pour avoir une bonne idée de la disposition. Lyndall m'a invitée à dîner quelques fois avec Vince et Mel.

— Ouais, moi aussi, mais pas avec eux.

S'arrêtant net, Liz se retourna vers Pete.

— Tu n'en as jamais parlé. Que sais-tu sur Lyndall ?

— Moi ?

— Allez, mon vieux. Tu n'es pas capable de faire disparaître le détective en toi juste parce que tu passes prendre un repas.

— À t'entendre, on dirait que c'est une mauvaise chose.

— Non. Non, c'est l'une des raisons pour lesquelles nous avons résolu la dernière affaire sur laquelle nous avons travaillé et je t'en serai éternellement reconnaissante. Mais là, c'est différent. De quoi avez-vous parlé ? As-tu vu la chambre forte ?

Pete secoua la tête.

— Non pour la chambre forte. Et nous avons parlé de choses que je ne vais pas répéter et avant que tu ne me cries dessus, rien de tout cela n'avait à voir avec son passé. Pas même une question n'a franchi mes lèvres à propos de son talent de tireuse d'élite. On va voir ces ânes ?

Vince les rejoignit quelques minutes plus tard. Il y avait douze ânes dans une série d'enclos reliés par des portails ouverts. Chaque enclos avait un abri et il y avait un abri beaucoup plus grand dans cet enclos du haut. Tous étaient occupés à tirer des bouchées de foin d'un énorme râtelier et ne se préoccupèrent pas quand Liz et Pete marchèrent autour d'eux. Mais quand Vince apparut, plusieurs d'entre eux cessèrent de manger assez longtemps pour le saluer.

Tous les trois se tenaient au milieu de l'enclos.

— Nous avons trouvé le téléphone de Lyndall sur sa table de chevet. Cette Meg, elle s'y connaît.

Bien. Il faisait assez confiance à Meg pour la laisser seule dans la maison de Lyndall. Il n'était pas du genre à faire confiance rapidement ou à accorder le bénéfice du doute aux gens, mais il avait un excellent jugement. C'était l'une des choses qui avait un jour sauvé la vie de Liz.

— Qu'est-ce qui pourrait les faire réagir ? demanda Liz en désignant les ânes. Est-ce normal qu'ils perturbent ton sommeil la nuit jusqu'à chez toi ?

— Pas tellement la nuit. Comme tu peux le voir, il y a plusieurs abris, mais Lyndall a renoncé à les enfermer dans des enclos séparés parce qu'ils veulent être ensemble tout le temps. Mais cela a ses propres inconvénients, l'un étant la rapidité avec laquelle un petit problème s'aggrave quand ils sont si proches les uns des autres. Mais la présence de gens, et des étrangers, le ferait.

Ses yeux trahissaient sa lutte pour ne pas s'en vouloir et Liz décida de le garder occupé.

— Y a-t-il un autre moyen d'accéder à la propriété, en particulier avec un véhicule ?

— Il est fort probable que quelqu'un puisse monter par les sentiers de la vallée à l'arrière, mais il faudrait un bon 4x4 et il faudrait couper beaucoup de clôtures. Le terrain d'à côté, là-bas — Vince pointa le doigt vers le coin arrière le plus éloigné d'eux — tu peux juste voir où ça commence avec ce bouquet d'arbres ? Ça vaut le coup d'y jeter un œil. Avant que Lyndall ne construise ici, il y avait une piste menant jusqu'à la route principale. Je pense qu'elle est envahie par la végétation et inutilisable maintenant, mais ce serait le chemin que j'emprunterais pour m'infiltrer.

— Pete ?

Avec un hochement de tête, Pete partit dans cette direction. Un des ânes le suivit un moment, jusqu'à ce qu'il escalade la première clôture.

Vince agrippa le bras de Liz.

— Faut qu'on parle. Avant qu'il ne revienne.

CINQ

Pete courait le long de la clôture, passant devant plusieurs enclos, chacun aménagé selon les plans précis de Lyndall. Des clôtures de poteaux et de traverses, un abri décent à trois côtés, un petit réservoir d'eau qui maintenait un abreuvoir plein. Même si les ânes n'appréciaient pas ses efforts, cette propriété se vendrait à un bon prix quand elle déciderait de vivre dans quelque chose de plus petit.

Si jamais.

Il n'aurait pas dû dire un mot à Liz sur le fait qu'il avait dîné ici. Parler avant de réfléchir était son truc et il était trop vieux pour changer. Elle ne lâcherait pas l'affaire et il devait trouver quelque chose à lui dire. Juste pas la vérité.

Ce qu'il fallait, c'était une fouille complète de la propriété. Des policiers en uniforme, des membres du service d'urgence de l'État, des bénévoles, tous fouillant dans tous les recoins des terres de Lyndall et les milliers d'hectares alentour qui étaient pour la plupart des buissons denses. Jusqu'à présent, Ben voulait que cela reste dans l'unité jusqu'à ce que les premières informations les orientent dans une direction. Mais il était peut-être déjà trop tard.

Pete atteignit le bout de la propriété de Lyndall et prit de longues respirations peu profondes pour faire baisser son rythme cardiaque.

Il jeta un coup d'œil en arrière. Vince et Liz disparaissaient de vue, plongés dans une discussion. Vince avait-il connaissance de cette nouvelle unité ? Comment Liz expliquerait-elle sa présence ici alors que le monde croyait qu'elle avait démissionné de la police ? Après tout, Vince avait appelé Ben, sachant qu'il était toujours dans la police.

La clôture de poteaux et de traverses de Lyndall était collée contre du fil barbelé et des piquets métalliques. Il nota sur son téléphone de se renseigner sur le propriétaire du terrain voisin. Pourquoi ne pas simplement enlever la clôture pourrie plutôt que d'avoir deux limites ?

Pete escalada la clôture, jurant quand un barbelé accrocha son pantalon. Il se libéra et atterrit sur ses deux pieds, puis jura à nouveau en regardant vers le bas. Il y avait des traces de pneus fraîches devant et des empreintes de pas sur lesquelles il marchait. Trouvant un endroit plus ferme, il marcha sur l'herbe et commença à prendre une série de photos, marchant lentement le long de la boue presque sèche et terminant à la première des traces de pneus. Il les envoya à Ben.

L'appel téléphonique presque immédiat était attendu.

— Patron.

— Envoie-moi les coordonnées de ces photos.

— Ouais, j'apprends encore à utiliser ce téléphone mais je vais le faire.

Ben rit.

— Facile pour toi de rire. Tu veux venir ici et nous aider ? On pourrait utiliser cinquante, peut-être cent personnes de plus pour chercher.

Sérieux maintenant, Ben répondit :

— Pas encore. Et tu penses qu'elle s'est juste égarée ? Ou qu'elle a été tuée et laissée quelque part près d'ici ?

— Non et non.

— Alors on utilise nos ressources pour suivre où elle est allée.

Envoie les coordonnées de toute urgence, puis continue à prendre des photos. Suis la piste, mon vieux. Il termina l'appel.

— Je suivrais la piste si je pouvais faire fonctionner ce truc.

Il avait reçu une formation de base sur le logiciel que l'unité utilisait. Jusqu'à présent, il n'avait pas été testé sur le terrain et il semblait que Pete allait être le premier. Il perdit quelques minutes à choisir les mauvaises applications nichées dans le programme et était sur le point d'appeler Meg quand il la trouva. Il lui suffit de l'ouvrir et soudain son téléphone fut doté de sa propre volonté, l'écran se transformant en quelque chose comme un programme de navigation futuriste. En quelques secondes, les mots « Connexion établie » clignotèrent deux fois puis l'écran devint noir.

— Oh, oh.

Il appela Ben qui répondit à la première sonnerie.

— J'ai la connexion, Pete. Continue à prendre des photos tant que tu vois quelque chose qui vaut la peine d'être enregistré. Je vais envoyer quelqu'un là-bas pour t'aider.

Avant que Pete ne puisse demander ce qu'il entendait par la connexion, Ben avait raccroché à nouveau.

Il y avait tellement à apprendre sur ce nouveau travail. Seuls Meg, Candace et Reuben avaient terminé tous les modules de formation — les bases, en tout cas — et les autres rattrapaient leur retard. La pauvre Liz ne s'était même pas encore assise à son propre bureau.

Il regarda le long de la piste. Qui aurait pensé que Lyndall disparaîtrait ? L'Opération Nobody était conçue comme une unité d'intervention rapide, sans limites, mais était terriblement mal préparée pour une véritable enquête. Ben avait prévu de commencer avec l'équipe par la recherche du père criminel de Liz comme moyen de s'adapter en douceur et de se familiariser avec la technologie, les véhicules et les armes sans être sous pression.

Ouais. Cette idée est tombée à l'eau.

Vince et Liz quittèrent l'enclos des ânes et se dirigèrent vers la maison. Pete était hors de portée de voix et Liz était certaine de savoir ce que son ancien partenaire allait demander.

— Tu as quitté la police, Liz. Pourtant te voilà avec Pete et Meg. Il y a aussi un SUV chic, seulement plus grand que la normale, que je n'ai jamais vu comme voiture de police. Et Ben t'a envoyée ici, bien qu'il travaille dans un poste du Gippsland.

Ils s'arrêtèrent au bas des marches menant à la terrasse arrière et il croisa les bras, attendant une réponse.

Elle grimaça.

— En fait, je ne sais pas ce que j'ai le droit de dire. C'est mon premier jour de travail et je n'ai même pas encore été briefée.

— C'est une équipe secrète ?

— En quelque sorte. Eh bien, oui, totalement. Je ne suis pas au courant de tous les détails de notre place encore.

Vince hocha la tête.

— Et c'était pure chance que j'appelle Ben et qu'il soit impliqué... il dirige ?

— Oui.

— Et pourquoi ce crétin est-il là ?

Liz retint un rire avant qu'il ne passe ses lèvres. Vince et Pete avaient été ennemis pendant des années et, bien qu'ils aient récemment trouvé un terrain de respect mutuel, tous deux préféraient faire semblant que l'autre n'existait pas. La poignée de main chaleureuse de tout à l'heure était sincère cependant, et le reste pour le spectacle. Mais elle redevint vite sérieuse. Ce n'était pas le moment de s'attarder sur autre chose que la raison pour laquelle elle était ici.

— Allons trouver Meg. J'aimerais faire le tour de la maison avec vous deux et poser des questions.

La maison de Lyndall avait été conçue par un architecte, belle et fonctionnelle. La grande terrasse couverte sur laquelle ils montèrent était construite en bois renouvelable et profitait du soleil d'après-midi en hiver, en faisant un endroit agréable pour s'asseoir. Il y avait une table avec six chaises et Liz avait apprécié un repas ici avec Lyndall, Vince et Melanie il y a quelques mois.

Cela menait à la porte vitrée coulissante de derrière. Il y avait une porte d'entrée mais Liz ne l'avait jamais vue utilisée.

Meg sortit.

— Ça ne me dérangerait pas de poser quelques questions, Vince.

— Je pensais qu'on ferait ça toutes les deux pendant que Vince nous montre la maison. Tu as dit qu'une lumière s'était allumée pendant une minute. Une idée de quelle lumière ?

Ils s'arrêtèrent juste derrière la porte. Sur un mur, il y avait des crochets avec des vestes, des chapeaux et autres, et en dessous, un range-chaussures et un siège. Tournée vers l'intérieur, cette zone n'était qu'à quelques pas de la cuisine qui donnait sur la salle à manger et le salon en contrebas. Sur la gauche se trouvait un couloir qui, Liz supposait, menait à la buanderie.

— Je dirais la cuisine. Ou alors la salle à manger. Les deux sont visibles depuis l'extérieur de mon chalet, ce que Melanie m'a montré un soir. Il sourit brièvement. On mettait Pomme au lit et quand on est revenus à la porte, elle a levé les yeux et a vu une lumière allumée ici. Elle m'a fait deviner, puis elle a deviné à son tour, et enfin elle a demandé mon téléphone pour appeler Lyndall et lui poser la question.

— Il faut absolument que je rencontre Melanie ! s'exclama Meg. On dirait qu'elle a un avenir dans l'analyse.

— Ou dans l'art. Lyndall lui a tellement appris cette dernière année et Mel a un vrai talent.

L'art était en haut de la liste des sujets d'enquête de Liz.

— Sais-tu quel était le nom de Lyndall quand elle évoluait dans le monde de l'art ? demanda Liz.

Vince secoua la tête.

— Aucun. Je sais qu'elle a un passé difficile, mais je l'ai toujours connue sous le nom de Lyndall Smith. Elle l'a dit à Mel, par contre.

— Y a-t-il une chance qu'elle s'en souvienne ?

Il était protecteur envers sa petite-fille et l'année dernière, quand elles avaient toutes les deux été en danger, il avait refusé de laisser Liz ou quiconque parler à l'enfant qui venait tout juste de perdre ses parents. S'il ressentait toujours la même chose, alors Liz devrait laisser tomber pour le moment.

Avec un soupir, il hocha la tête.

— C'est possible. Elles passent tellement de temps ensemble qu'elle pourrait savoir. Mais laisse-moi lui demander, une fois qu'elle sera rentrée.

Soulagée, Liz n'allait pas insister.

— Cool, merci.

Meg était dans la cuisine, vérifiant les lumières. Elle allumait puis éteignait l'une après l'autre.

— Elles marchent toutes. Et aussi démodé et improbable que ce soit d'obtenir des résultats, je *vais* passer de la poudre à empreintes sur les interrupteurs. Elle sourit à Vince. Et ceux de la salle à manger aussi.

Liz se tenait dans la chambre forte, à la fois impressionnée par l'installation et peinant à comprendre pourquoi elle était nécessaire. Elle connaissait Lyndall depuis longtemps — pas intimement, il est vrai — et ce côté de la femme était complètement en contradiction avec la personnalité qu'elle montrait au monde.

Que sais-je vraiment de toi ?

Elle avait sauvé la vie de Vince. Et celle de Melanie. Elle aimait ses ânes et la poignée de vaches actuellement dans le pré du bas, toutes sauvées d'un avenir sombre. Elle était dure, gentille et drôle. Et elle savait manier un fusil à longue distance, ce que très peu de gens faisaient bien.

Vince et Meg la rejoignirent.

— Son armoire à fusils ne se trouvait-elle pas à l'extérieur de la pièce ? demanda Liz à Vince.

— Elle l'a déplacée après ce qui s'est passé l'année dernière. Pour plusieurs raisons. Melanie étant ici si souvent. La crainte que son arme puisse être prise par la police... non pas qu'elle les aurait arrêtés s'ils l'avaient vraiment voulu. Elle se sentait plus en sécurité en déplaçant l'armoire ici et je l'ai aidée à le faire.

L'armoire en question était assez large pour contenir des fusils et était grande ouverte. Il y en avait un visible avec quelques boîtes de munitions.

— Le truc, c'est que, Vince désigna l'armoire, à l'intérieur il y a un bouton d'alarme silencieuse. Il est conçu pour alerter une société de sécurité et je suis la première personne qu'ils appelleraient. Rien ne s'est passé, donc soit elle n'a pas eu le temps de l'actionner, soit elle l'a fait et quelque chose a mal tourné.

Meg faisait quelque chose sur le panneau près de la porte.

— C'est comme ça qu'on entre, et c'est vraiment le seul moyen à part les explosifs. Bien qu'il y ait un code, la biométrie a fait beaucoup de progrès et Lyndall n'aurait eu qu'à poser sa main ouverte sur l'écran pendant une demi-seconde pour y avoir accès. C'est beaucoup plus rapide que d'entrer un code si elle était poursuivie, mais il y a aussi une solution de secours.

— Comment ça ? demanda Liz.

— Ces choses sont sensibles, donc si on forçait une main à appuyer sur l'écran, ça ne s'ouvrirait pas. Il se souvient du toucher de Lyndall ainsi que de ses empreintes. Mais si quelque chose l'empêchait d'utiliser sa main — disons, une blessure — alors il y a un code à entrer que seule Lyndall connaît.

Vince s'agita et tous les regards se tournèrent vers lui.

— Elle voulait que j'aie un moyen d'ouvrir la porte, dit-il.

— Pourquoi ?

Il soupira profondément.

— Liz, elle ne me faisait pas confiance concernant l'histoire de sa vie, mais elle m'a donné le code pour accéder à la seule pièce où elle se sentait en sécurité... enfin, elle a fait une blague sur le fait de s'enfermer accidentellement et d'oublier comment en sortir. Quand j'ai insisté, elle a marmonné que si elle se retrouvait là-dedans en cas d'urgence mais était gravement blessée, elle aurait besoin d'aide.

Liz lui toucha le bras.

— Il faut qu'on parle plus d'elle. Tu peux me laisser un moment avec Meg ?

Vince acquiesça et disparut dans le couloir. Un moment plus tard, on entendit l'eau couler dans la cuisine, probablement pour du café, ce dont Liz avait soudainement envie.

— Tu peux accéder aux caméras ? demanda Liz.

Meg leva les yeux au ciel.

— Je vais reformuler. Quand pourras-tu me donner quelque chose à regarder ?

— C'est beaucoup mieux. Va parler avec Vince et je te tiendrai au courant. Et Liz ? Il y a toujours une piste et laisser cette porte ouverte a une signification d'une manière ou d'une autre. Je ne sais pas encore si Lyndall est entrée à l'intérieur ou si elle l'a ouverte et s'est enfuie, mais c'est important.

— Attends... tu penses qu'elle pourrait se cacher quelque part ?

— Juste une idée.

Et une bonne. On va avoir besoin de plus de monde ici pour nous aider.

Vince fouillait dans le frigo.

— Du lait ? Il y en a peut-être ?

— Noir, c'est bien.

Le téléphone de Liz sonna et elle s'éloigna de la cuisine. Avant qu'elle ne puisse répondre, une ombre passa devant l'une des fenêtres de l'autre côté du salon. Une ombre en forme de personne et sa première pensée fut que c'était Pete.

Mais la personne se baissa sous la fenêtre suivante, si bien qu'elle ne pouvait voir que ses cheveux qui étaient d'un noir de jais et définitivement pas ceux de Pete. Elle devait être collée contre le mur extérieur de la maison et se déplacer le long de celui-ci. Ses sens se mirent en alerte et elle fourra le téléphone, qui sonnait toujours, dans sa poche et courut devant la cuisine, appelant Vince.

— Toi et Meg, restez à l'intérieur. Dis-lui de faire revenir Pete ici.

— Lizzie, qu'est-ce qui se passe ?

Dehors, elle alla à droite de la terrasse. Si l'intrus continuait dans cette direction, elle tomberait sur lui. Sa main chercha instinctivement une arme. Rien. Elle n'avait pas encore suivi de formation officielle et d'ailleurs ne savait même pas comment se désigner en procédant à une arrestation. Il vint à l'esprit de Liz qu'elle devrait attendre Pete et elle s'arrêta au premier coin.

Garde-le à l'œil. Pete ne va pas tarder.

Ce côté de la maison était en pente et il y avait un petit espace pour ramper en restant caché derrière des buissons. Un homme s'avançait dans les buissons, sa tête n'étant pas visible alors qu'il progressait en rampant. S'il passait en dessous, serait-elle capable de l'attraper ? Il pourrait y avoir plusieurs issues possibles.

Alors que ses épaules disparaissaient, Liz se jeta sur lui.

Ses bras s'agrippèrent autour de son estomac et elle utilisa l'élan de sa course pour le tirer en arrière. Ils roulèrent une fois, deux fois, et se retrouvèrent d'une manière ou d'une autre avec lui sur le dos dans l'herbe et Liz à califourchon sur lui. Ses mains se déplacèrent pour saisir ses poignets et les plaquer au sol.

— Ne bougez pas.

Des yeux brun foncé clignèrent plusieurs fois. Il ne fit aucune tentative pour se débattre — au contraire, son corps se détendit — ce qui la poussa à surveiller attentivement tout signe qu'il essaierait de la maîtriser si elle baissait sa garde.

— Tu dois être Liz. La voix avait un accent anglais. Un accent anglais distingué.

— Je suis Hamish.

SIX

Liz ne réussit pas s'éloigner de l'homme assez vite.

Il était allongé là, avec un sourire narquois.

— Ne pars pas.

Meg, suivie de Vince, se précipitait vers eux.

S'il vous plaît, faites qu'ils n'aient rien vu. S'il vous plaît.

Mais cela n'avait pas d'importance car Pete riait aux éclats à proximité, son téléphone à la main. Liz savait qu'il avait fait plus que voir son attaque contre un autre membre de Nobody. Il avait sûrement pris une photo. Elle lui tourna le dos. Il attendrait.

— *Tu* es Hamish.

— À ton service.

La main droite tendue pour serrer la sienne, l'homme avait toujours l'air de n'avoir aucune intention de se lever. Liz fit quelques pas en s'éloignant, faisant semblant de ne pas avoir vu sa main tandis qu'elle s'époussetait.

— Pourquoi es-tu par terre, mon pote ? Meg s'arrêta là où il avait été dans les buissons. Qu'est-ce que c'est que ce bruit ?

— C'est moi qui ris. Le téléphone de Pete avait disparu et il ne regardait pas Liz. Tu as de la chance qu'elle t'ait seulement aplati.

Vince rampait entre les buissons et Meg avait sorti une

lampe de poche du sac à bandoulière qui la quittait rarement lorsqu'elle s'éloignait de son poste de travail. Elle la tendit à Pete.

— Pourquoi suivrais-je Carter sous une maison ? Tu sais ce qu'il y a là-dessous ? Des araignées. Des rats. Des toiles d'araignée. *Vince.*

Meg lui fourra la lampe de poche dans les mains et il soupira de façon théâtrale.

— Je peux garder ton téléphone ? proposa Liz.

— Pour les yeux seulement, Lizzie. Pour les yeux seulement.

Sur ce, Pete se glissa à travers les buissons beaucoup plus facilement que Vince.

Hamish se leva enfin et vérifia qu'il n'avait pas d'herbe ou de débris sur son pantalon.

Meg tendit la main et enleva une marguerite de son épaule.

— Pourquoi es-tu ici ?

— Parce que Liz et moi avons décidé de nous rouler dans... l'herbe.

Liz ne mit pas longtemps à se faire une opinion de l'homme.

— Tu n'as pas encore d'arme, n'est-ce pas ? Meg s'adressait à Liz. Ni de taser ? Le taser aurait été la réponse appropriée dans n'importe quelle situation où tu te serais trouvée. Ou du moins, plus sûr pour toi.

— C'est probablement le cas dans n'importe quelle situation pour certaines personnes. Liz parlait directement à Hamish, son regard enfin revenu à l'expression stable et contrôlée qu'elle avait passé des années à perfectionner.

Il sourit largement. Liz tourna son attention vers ce qui se passait sous la maison de Lyndall.

— Vince ? Que se passe-t-il ?

Liz alluma la lampe de son téléphone et grimpa à leur suite.

Vince était sur le chemin du retour mais Pete était loin de lui, la lampe de poche bougeant autour. Il n'y avait pas assez de place pour se tenir debout, mais une personne pouvait se déplacer avec précaution entre les colonnes soutenant la maison et un labyrinthe de plomberie et de câblage. Lyndall était-elle là-dessous ?

— J'ai... trouvé... Vince était presque à bout de souffle. Il n'était plus l'homme en forme qu'il était dans la police et Liz rampa à sa rencontre. La maman chat. Il s'arrêta et fit un geste vers le haut de sa chemise. Des moustaches, puis un nez et des yeux apparurent. Elle a dû être terrifiée et se cacher ici.

Quand Melanie était venue vivre chez Vince pour la première fois, Lyndall lui avait offert un chaton d'une jeune portée. C'était maintenant un jeune adulte nommé Robbie, et si sa mère avait un nom, personne ne le connaissait. Lyndall l'appelait toujours maman ou maman chat et elle était rarement loin de Lyndall.

— Tu vas pouvoir sortir avec elle ? Je vais aider Pete.

Vince ne répondit pas mais recommença à ramper et lorsqu'ils se croisèrent, le chat disparut à nouveau sous sa chemise. Et dire que Vince prétendait toujours ne pas être un amoureux des chats.

Pete était assis en tailleur, son téléphone tenu au-dessus de son visage alors qu'il prenait des photos du dessous de la maison.

— La chambre forte est au-dessus d'ici. Regarde le renforcement, Liz. Il faudrait une semaine avec des outils sophistiqués pour tout découper.

D'après une estimation, l'intérieur de la chambre forte mesurait environ quatre mètres sur quatre. Ici en bas, des plaques d'acier solides recouvraient une zone d'environ un mètre plus large tout autour. Elles étaient rivetées, puis entrecroisées de poutres en acier, le tout soutenu par des montants solides qui semblaient profondément enfoncés dans le sol.

— Je pense qu'au-dessus des plaques, il doit y avoir d'autres couches de quelque chose de difficile à traverser. Probablement résistant au feu aussi, bien que je ne sache pas si la maison elle-même l'est. Il finit de prendre des photos et regarda Liz avec l'expression la plus sérieuse qu'elle ait vue depuis longtemps.

— À quoi penses-tu ?

— Pourquoi quelqu'un construirait-il sa maison de cette façon ? Je comprends si tu es à la tête d'un cartel criminel ou que tu vaux un milliard de dollars, mais ce n'est pas le cas de Lyndall. Si je ne l'avais pas vue abattre un homme à une distance incroyable, je penserais qu'elle est juste une femme normale, bien qu'excentrique.

— Quelle que soit la définition de normal. Mais je vois ce que tu veux dire. Et ça a dû coûter très cher à équiper, donc elle était sérieuse à propos de sa sécurité personnelle.

Pete balaya la zone avec sa lampe, mais il n'y avait rien qui indiquait une activité récente autre que les traces laissées par Vince.

— Je n'en croyais pas mes yeux quand je t'ai vue mettre cet abruti prétentieux à terre.

Génial. Maintenant je te divertis.

— Et si j'avais su qu'il était avec nous, je me serais abstenue de le faire.

— C'était beaucoup plus drôle que tu ne le saches pas. Fais attention à lui quand même. Il s'aime trop.

Liz commença à rebrousser chemin.

— Supprime simplement ces fichues photos.

Il n'y eut pas de réponse et elle jeta un coup d'œil en arrière.

— D'accord. Si tu insistes.

— Qu'as-tu fait ?

Il haussa les épaules et commença à ramper vers la sortie.

— J'ai peut-être accidentellement appuyé sur envoyer.

C'était une bonne chose que Ben Rossi soit en train de faire du café quand il cliqua sur le message de Pete, le bruit de la machine couvrant un gloussement qu'il n'avait aucune chance de contrôler.

Pauvre Liz. Quel début pour ton nouveau travail.

Il n'éprouvait aucune sympathie pour l'homme étendu sur le sol, les bras coincés de chaque côté, tandis qu'une ex-détective sûre d'elle et dangereuse, au regard enflammé, le maintenait à terre. Liz était un redoutable agent et Hamish ferait bien d'en prendre note.

De toute l'équipe, Hamish était le seul choix que Ben remettait en question.

Pas au début. L'homme avait toutes les qualifications dont Ben avait besoin pour l'équipe et avait été recommandé par quelqu'un en qui il avait confiance. Mais une fois que Hamish s'était installé, ce qui n'avait pris que quelques jours, il avait commencé à taper sur les nerfs de la plupart des autres. Particulièrement les femmes. Tôt ou tard, Ben devrait le recadrer ou peut-être confierait-il cette tâche à Liz.

Ben avait bien l'intention de faire de Liz son adjointe une fois qu'elle aurait eu l'occasion de vraiment saisir ce qu'était Nobody. Il n'avait pas réfléchi à la rapidité avec laquelle il avait besoin qu'elle soit opérationnelle jusqu'à aujourd'hui. Quelle façon de rejoindre l'équipe. Faire face aux petits tests d'entrée de Candace, rencontrer ses nouveaux coéquipiers, puis devoir partir sur une affaire. Elle n'avait pas encore d'arme, pas même une vraie discussion sur la raison d'être de Nobody.

Je l'ai laissée tomber.

La machine à café s'arrêta en crachotant et il rangea son téléphone avant d'emporter sa tasse dans la pièce principale.

Tout le monde était regroupé autour du bureau d'Annette, regardant la photo que Pete avait envoyée.

— Je ferais une belle vidéo de ça pour TikTok si nous n'étions pas tenus au secret, dit Phoebe avec un rare sourire sur le visage.

— Ne laisse pas Hamish voir ça ou il voudra en avoir une copie agrandie, dit Reuben. Il sera fier d'avoir réussi à faire asseoir une femme sur lui, même si elle avait l'intention de l'arrêter. Cet idiot a dû se faire passer pour un intrus.

— Oh, je trouve ça plutôt mignon, dit Annette. Dans les romans d'amour, c'est ce qu'on appelle une rencontre fortuite.

— Eh bien, il n'est pas mignon et je ne voudrais pas rencontrer Liz dans une ruelle sombre si j'avais de mauvaises intentions, dit Reuben en se retournant. Quand il vit Ben, il leva les yeux au ciel. Tu l'as vue, patron ?

Les autres se dispersèrent à l'exception d'Annette, qui retourna le téléphone face contre son poste de travail. Ben ignora tout cela. Dans son expérience, les adultes intelligents étaient généralement capables de se débrouiller seuls et il avait clairement indiqué qu'il avait une politique de porte ouverte pour tous les problèmes, aussi petits soient-ils. Il s'arrêta à la table centrale.

— Des nouvelles, s'il vous plaît.

Tout le monde se rassembla.

Reuben tapota le milieu de la table et un écran complet apparut.

— Le satellite a repéré Pete le long de la crête inférieure après la propriété de Lyndall. On devrait avoir des images claires du terrain entre là et la route principale d'ici une heure.

— Est-ce qu'il peut voir dans les buissons ? demanda Phoebe. Je veux dire, si cette dame se cache ou... si quelque chose s'y trouve, pourrait-il la trouver ?

— On aurait de la chance de la repérer sans avoir de coordonnées, mais je m'apprête à monter là-haut avec les drones. Si ça te convient, Ben ?

— Oui, dès qu'on aura fini ici. Phoebe ?

— Oh. Moi. D'accord. Je travaille sur l'angle de l'artiste célèbre. Ses yeux s'agitèrent, nerveuse. J'ai quelques contacts dans le monde de l'art... j'espère que c'était correct de les contacter prudemment. Je pensais faire une émission sur les vols d'art et les scandales du passé et voir ce qui pourrait apparaître d'inhabituel. Disons, un artiste internationalement connu disparaissant soudainement des projecteurs.

Le choix de Phoebe était peut-être un pari, mais si c'était ainsi qu'elle réfléchissait, c'en était un que Ben était heureux d'avoir pris.

— Bonne idée, Phoebe. Une fois que tu auras des plans en

place, parle-m'en et nous verrons ce qui convient pour la diffusion. Mais j'aime cette approche.

Son sourire était discret mais elle croisa son regard pendant un instant et celui-ci exprimait son soulagement.

— Annette, j'ai vu les boîtes arriver. Quelque chose déjà... je sais que j'attends beaucoup rapidement.

— C'est une bonne chose alors que je n'aime rien de plus que résoudre des mystères et que je sache me débrouiller avec des boîtes de preuves. Il n'y a vraiment pas beaucoup d'informations cependant et je suis à mi-chemin dans la rédaction d'un résumé. Je devrais avoir fini dans moins d'une heure. À moins que Pete n'envoie plus de photos.

Il y eut un éclat de rire et Ben ne put s'empêcher de sourire.

— Je sais que c'était amusant mais quoi qu'il se soit passé là-bas, cela a pu embarrasser les deux officiers, alors passons à autre chose. D'accord ? Il regarda autour de lui jusqu'à ce que chacun d'eux hoche la tête. Merci. Et Candace.

— Est-ce que je peux rencontrer Vince Carter ? On ne vit pas à côté de quelqu'un pendant quoi, plus de vingt ans, sans acquérir des connaissances, même si beaucoup semblent sans importance. Idéalement, parler avec Melanie serait parfait mais d'après mes conversations passées avec Liz, je pense qu'elle est la mieux placée pour ça. Peut-être que je pourrais observer cependant.

Candace était une amie de Ben depuis des années. Ils partageaient une confiance qu'il n'avait dans cette équipe qu'avec Liz, et Pete, à la rigueur. Le fait qu'elle ait quitté son cabinet florissant pour rejoindre l'Opération Nobody était un cadeau.

Ben regarda autour de la table et vit de bonnes personnes. Des personnes intelligentes et tournée vers l'innovation qui connaissaient aussi leur métier. Être leur chef était une source d'humilité. Aujourd'hui n'était pas censé se passer comme ça, mais Liz gérerait du mieux qu'elle pourrait et ensuite sa formation pourrait commencer. Cette nouvelle initiative était bien engagée.

SEPT

Liz laissa Pete, Hamish et Meg poursuivre leur travail chez Lyndall et se dirigea vers le chalet avec Vince. Il avait toujours la chatte cachée dans sa chemise, ce qui était amusant quand elle miaulait occasionnellement ou jetait un coup d'œil par-dessus les boutons.

— Comment puis-je vous aider ? J'ai déjà fait une inspection rapide de la propriété de Lyndall, mais peut-être la zone boisée... même jusqu'à l'arrière de mon terrain.

— Si tu peux fouiller ta propriété, ça aiderait beaucoup. Mais ne te mets pas en danger, je sais que certaines parties du terrain derrière le verger sont assez rocailleuses.

— J'ai l'impression que rien ne se passe, dit Vince en s'arrêtant à un portail dans la clôture de son côté de l'allée, regardant vers la maison de Lyndall. Je sais que McNamara courait le long de la crête et que Meg fait son travail, mais...

Liz posa sa main sur son bras.

— Les choses *se passent* en coulisses. Ben va faire venir plus de gens ici et si ça s'avère trop gros pour nous, la police régulière sera impliquée. Un membre de notre équipe apporte des drones en ce moment et d'après ce qu'on m'a dit, ceux-ci sont meilleurs que tout ce que même l'armée possède.

Vince hocha la tête, ouvrit le portail et fit signe à Liz de passer en premier. Toujours gentleman. Depuis le pré, Pomme hennit pour les accueillir.

— Elle a l'air en forme, Vince.

— Je ne sais pas quel âge elle a, mais Melanie lui a donné un nouveau souffle. Je pense qu'elle se souvient des balades avec Susie il y a si longtemps.

Melanie t'a donné un nouveau souffle, mon ami.

L'arrivée dans sa vie de sa petite-fille de huit ans, après la mort choquante de ses deux parents, dont sa bien-aimée Susie, l'avait progressivement transformé d'un homme reclus et amer en quelqu'un qui appréciait à nouveau son monde. Du moins, plus qu'avant.

Une fois à l'intérieur du chalet, Vince retira doucement la chatte de sa chemise et elle s'enfuit, revenant une minute plus tard avec Robbie. Ils se pourchassèrent pendant une minute puis disparurent dans une autre pièce tandis que Vince mettait sa bouilloire en marche. Liz fit un tour pendant qu'elle bouillait. L'année dernière, le vieux chalet qui se tenait ici depuis des décennies avait été détruit par un incendie et le remplaçant était non seulement plus grand, mais bien conçu avec des touches modernes comme des panneaux solaires et un chauffage approprié. Auparavant, il n'y avait qu'une cheminée dans le salon et rien d'autre pour garder l'endroit au chaud pendant les hivers notoirement froids.

Il y avait beaucoup de photos sur les murs et une bibliothèque remplie de livres, anciens et nouveaux. Des coussins colorés étaient éparpillés sur un canapé qui semblait confortable et l'endroit donnait une impression à la fois apprécié et habité.

Bien joué, Vince. Et Melanie.

De retour dans la cuisine, Vince avait placé deux tasses de café fumant sur la table et transférait des biscuits d'un paquet à une assiette.

— Assieds-toi. Bois, dit-il.

— J'avais vraiment besoin d'un café. Liz tira une chaise. Désolée pour tout à l'heure. Je n'avais pas l'intention de partir comme ça et de surprendre tout le monde.

Rejoignant la table, Vince sourit.

— Meg et moi n'avons peut-être rien dit, mais nous vous avons tous les deux vus dévaler la colline avec bras et jambes qui volaient et toi qui finissais par avoir le contrôle total de la situation. Et c'est l'un de tes nouveaux coéquipiers ?

— Apparemment. Le seul que je n'ai pas rencontré ce matin et maintenant je ne sais pas si je me suis fait un ennemi ou un... Cela ne valait pas la peine d'y penser.

Vince n'avait pas de telles réserves.

— À la façon dont il te regardait, je pense que ce n'est qu'une question de temps avant qu'il ne veuille sortir avec toi. Un vrai rendez-vous, sans colline ni herbe impliquées.

— Hamish sera déçu s'il pense qu'il est mon type.

Il n'est définitivement pas le mien.

Son ancien partenaire la regardait un peu trop intensément à son goût. Il était son ami depuis si longtemps maintenant et respectait généralement sa vie privée, comme elle respectait la sienne, sauf dans des moments comme celui-ci où quelqu'un proche de lui était en danger.

— Toi et Lyndall ? Toujours juste amis ?

Vince s'étrangla avec une gorgée de café qu'il venait de boire et prit une minute pour prendre du papier essuie-tout et tapoter sa chemise pour la sécher.

— Je suis désolée de te demander ça. Nous devons retrouver Lyndall et c'est sûrement mieux que ce soit moi qui te pose la question plutôt que Pete, non ?

— Oh, ne commençons pas avec cet abruti.

— Comme tu veux.

— N'essaie même pas d'utiliser ta psychologie inversée sur moi, Elizabeth. De toute façon, Lyndall est ce qui compte, alors je vais répondre du mieux que je peux et pour cette question ? Oui et non. Satisfait d'avoir séché sa chemise, Vince froissa le papier essuie-tout en boule. Nous tenons l'un à l'autre. C'est une personne respectable. Elle aime Melanie. Elle m'accepte. Elle fait du bien là où elle peut, ce qui est beaucoup plus que la plupart des gens.

— Certains mariages heureux sont bâtis sur bien moins que ça. Liz but enfin une gorgée de café, appréciant la façon généreuse dont Vince le préparait.

— Je ne vais pas me marier. Je l'ai fait une fois. Je ne prendrai pas le risque de me retrouver dans la position d'enterrer une autre épouse. De plus, Lyndall n'accepterait jamais. Beaucoup trop de douleur dans son passé.

Liz se pencha un peu.

— À cause de quoi ?

— Je n'ai pas de détails.

— Alors dis-moi ce que tu sais.

Il fallut encore quelques gorgées de café avant que Vince ne hoche la tête.

— Elle a dit une fois qu'elle connaissait tout des gens avec des intentions maléfiques. Qu'elle comprenait ce que c'était que de perdre des êtres chers. Et de devoir laisser sa vie derrière soi. C'était l'année dernière et il n'y a jamais eu un autre mot prononcé sur son passé... eh bien, seulement au moment de déplacer l'armoire à fusils.

— C'était à ce moment-là qu'elle t'a donné le code de la pièce ?

— Ouais. On avait déplacé l'armoire et on l'avait sécurisée. On avait fait venir quelqu'un pour installer le bouton parce qu'il ne fonctionnait pas. Il fronça les sourcils, de profondes rides creusant son front. Laisse-moi réfléchir... le bouton était toujours dans la boîte et quand elle a pris son fusil la nuit où elle a tiré sur l'homme qui essayait de tuer Melanie, elle se souvient l'avoir pressé. Mais personne de sa société de sécurité n'est arrivé et quand elle s'est renseignée, on lui a dit qu'ils n'avaient pas été alertés.

— D'accord, donc quelqu'un est venu et l'a installé dans la chambre forte. De la société de sécurité ?

Il se concentrait sur son café tout en fouillant dans ses souvenirs. Liz connaissait cette expression. Vince n'était pas un grand bavard et préférait mettre ses idées en ordre avant de dire quelque chose. Elle se servit un biscuit et le grignota.

— Toutes ces informations seront dans son classeur dans son bureau. Lyndall gardait tous les reçus et autres documents similaires. Je peux décrire l'homme, mais le nom de l'entreprise figurant sur son haut m'échappe, désolé. Il est resté une demi-heure environ, et Lyndall ne l'a pas quitté des yeux. Ils ont fait un essai dans le cadre duquel elle a appuyé sur le bouton, ce qui a déclenché un appel de l'entreprise de sécurité en quelques secondes.

Le téléphone de Liz sonna, indiquant un message. Elle y jeta un coup d'œil. C'était Ben qui voulait qu'elle l'appelle.

— Donc ça fonctionnait. Et elle t'a donné le code ?

— Mon propre code, pas le sien. Ça la dérangeait d'avoir mis Melanie dans la chambre forte avant de venir aider à me retrouver. Comme elle était la seule personne à avoir un code, s'il lui était arrivé quelque chose, il aurait pu s'écouler beaucoup de temps avant qu'on découvre où était Mel... qui aurait peut-être trouvé comment sortir ou pas. J'étais son plan B et je me suis avéré être un bien piètre plan.

Il se leva et se tint debout devant l'évier, les deux mains agrippant le bord.

— Hé. Ça, c'est des conneries et j'ai besoin que tu m'aides au lieu de t'en vouloir pour ça. Liz apporta sa tasse de café et se tint à côté de lui. Mes premières réflexions ? C'est quelqu'un du passé de Lyndall. Un professionnel hautement qualifié qui aurait pu passer des semaines ou des mois à planifier son enlèvement, en supposant qu'elle ne soit pas partie de son plein gré.

Vince tourna brusquement la tête mais garda la bouche fermée. Ils savaient tous les deux qu'elle ne serait pas partie sans faire d'histoires.

À moins que ce ne soit pour vous protéger, toi et Mel.

— Dans tous les cas, ils ne voulaient qu'elle. Pas avoir les complications d'autres personnes débarquant soudainement.

Elle en avait trop dit. Ses yeux se plissèrent et Liz était certaine qu'il allait repasser en revue tous les signes d'intrus ou de voitures garées le long de l'étroite route ou tout ce qui pourrait indiquer qu'une surveillance avait eu lieu. S'il pensait à quelque chose, cela aiderait, mais elle ne voulait pas non plus qu'il s'inquiète pour rien.

— Y avait-il autre chose qu'elle a dit ? Même le plus petit commentaire qui pourrait avoir du sens maintenant ?

— Laisse-moi réfléchir un moment, Liz. Je vais tout noter et je t'appellerai.

— Je vais retrouver Lyndall, d'accord ? Nous allons tous travailler pour la ramener à la maison.

Liz appela Ben en remontant l'allée. La poignée de vaches dans le pré de devant lui jeta un regard plein d'espoir mais retourna rapidement à son pâturage. Vince s'occuperait d'elles et des ânes. Et de la maman chatte.

— Tout va bien, Liz ? Ben semblait un peu prudent.

— Je retourne juste à la maison de Lyndall après avoir parlé à Vince chez lui. Désolée de ne pas avoir répondu plus tôt. Ou répondu... les deux fois.

— Je vois que tu as rencontré Hamish.

— Je vais faire du mal à Pete physiquement, patron. Toutes mes excuses à l'avance.

Le rire au bout de la ligne assura à Liz que Ben était de son côté. Non pas qu'elle ferait vraiment du mal à Pete... enfin, pas exprès. Peut-être.

— Donc tout le monde a vu la photo ?

— Ils l'ont vue.

— Hamish avait l'air suspect. Il rampait sous la maison et je n'avais aucune idée de qui il était, pas d'arme pour justifier le simple fait de lui dire de se lever, et...

— Et Liz, tu es une superstar aux yeux de l'équipe en ce

moment, alors arrête de te justifier. Est-ce que Vince sait quelque chose d'utile ?

Liz passa en revue les parties les plus importantes de ce qu'elle avait appris.

— Je suis sur le point de fouiller la maison et particulièrement tous les papiers. Dois-je tout rapporter pour Annette ?

— Bonne idée. Reuben devrait arriver là-bas sous peu. Lui et Hamish vont probablement gérer la recherche par drone alors laisse-les faire. Je viens de parler à Pete et il a une demi-douzaine de pistes qu'il suit.

En haut de l'allée, Liz s'arrêta un moment et regarda en bas vers la route. Vince marchait le long de la clôture avant de son propre terrain. Jusqu'à ce que Melanie rentre dans quelques heures, il valait mieux qu'il reste occupé et vérifier sa propre propriété le rassurerait que Lyndall ne s'était pas cachée quelque part, peut-être blessée. Il n'y avait aucune raison qu'elle ne soit pas sortie de sa cachette autrement et cette pensée fit frissonner Liz.

Peut-être que je devrais l'aider à chercher.

— Candace aimerait parler à Vince. Et à Melanie.

— Bonne chance avec ça. Il parlera à Candace si tu le lui dis mais il a une forte aversion pour ce qu'il appelle les psy.

— On va laisser ça de côté pour l'instant alors. Et Liz ?

Elle recommença à marcher.

— J'aurais aimé que ton premier jour soit différent.

Moi aussi, patron. Moi aussi.

— Je te préviens juste que la prochaine personne à passer devant la maison est l'un des nôtres, cria Hamish depuis la terrasse arrière. Seuls Meg, Pete et Liz étaient autorisés à l'intérieur pour l'instant. Mais je ne m'inquiète pas parce que Reuben n'est pas aussi beau ou intéressant que moi et tu ne te donnerais pas la peine de lui sauter dessus.

Meg était la plus proche et tira la porte vitrée pour le faire taire avec un sévère :

— Travaille au lieu d'agir comme un adolescent amoureux.

Liz réussit à ne pas rire devant l'expression d'indignation feinte, rapidement remplacée par une moue, sur le visage de l'homme, mais il se retourna et disparut de la terrasse, probablement pour rejoindre Reuben. Elle n'allait sauter sur personne et il devait se ressaisir.

Elle retourna au transfert des dossiers et des grandes enveloppes de l'armoire de classement de Lyndall dans des boîtes à preuves. Elle ouvrait chacun et y jetait un coup d'œil dans l'espoir de trouver un indice d'information sur le passé de la femme. Presque tout concernait des factures payées pour le fonctionnement normal au jour le jour d'une maison et d'un terrain. Nourriture pour le bétail. Réparations et achats de machines. Reçus pour des dons à plusieurs sanctuaires animaliers. Il y avait des dossiers sur chacun des ânes ainsi qu'un plus général pour les vaches. Factures de vétérinaire payées. Assurance. Rien de bizarre ou d'inhabituel.

Mais dans le tiroir du bas, tout au fond, se trouvait un dossier étiqueté « vieux reçus ». S'attendant à ce qu'il s'agisse exactement de cela, Liz ne leur jeta qu'un coup d'œil rapide avant de se lever soudainement et de porter le dossier sur le comptoir de la cuisine. C'était un épais classeur contenant des enveloppes scellées, dont aucune n'était annotée, ce qui contrastait avec le reste du contenu de l'armoire. Ce qui l'incita à y regarder de plus près fut un coin partiellement déchiré d'une enveloppe jaune trop remplie, qui révélait un papier ressemblant à celui utilisé pour le développement des photographies.

Trouvant un couteau aiguisé, elle le passa soigneusement sous le rabat scellé pour le soulever.

C'étaient des photographies.

Beaucoup d'entre elles, de différentes tailles et couvrant plusieurs décennies.

Liz les disposa délicatement côte à côte. Des images d'un mariage, de bébés et d'enfants. Beaucoup d'un jeune homme souriant. Certaines avec une jeune femme qui ressemblait à Lyndall. Des maisons, des clichés de vacances et des photographies d'œuvres d'art, de galeries, de montagnes et de bateaux. Beaucoup n'avaient clairement pas été prises en Australie, avec des arrière-plans de monuments européens.

— Meg ? Quand tu auras une minute, tu pourrais regarder ça ?

— J'ai fini. Qu'as-tu trouvé ? Meg la rejoignit. Oh... elles sont fantastiques. Maintenant, je peux vraiment partir à la recherche de Lyndall.

Il y avait plusieurs images que Liz isola.

— C'est sûrement Lyndall. Elle devait avoir une vingtaine d'années, mais ces yeux sont uniques. Et celle-ci ? Avec le tableau... ça va sûrement nous aider. Et ici.

Meg hocha la tête.

— Ça va faire une différence, Liz. Je vais peut-être retourner à la base et les emporter si ça ne te dérange pas, parce que je vais pouvoir découvrir son histoire avec ça.

HUIT

Le tangage du bateau réveilla Lyndall. Gardant les paupières closes, elle écouta et utilisa ses autres sens pour faire le point. Il y avait des planches dures sous son corps, ses chevilles étaient attachées ensemble et ses poignets liés devant elle. Elle était sur son côté droit, les jambes légèrement pliées, la tête sur quelque chose de légèrement plus doux que les planches mais qui puait le poisson. Elle était couverte d'une couverture.

On lui avait administré quelque chose. Son esprit était embrumé.

Marcus. Dans ma maison.

Plus que ça. Il l'attendait à l'intérieur de sa chambre fort.

S'il voulait se venger, elle serait sûrement morte. C'était un enlèvement planifié. L'attirer dehors vers ses ânes pour qu'il puisse entrer dans la maison. Dommage qu'elle ne soit pas restée dehors un peu plus longtemps pour voir ses hommes de main.

Elle entrouvrit les paupières, puis les ouvrit complètement. Ce n'était pas la nuit, mais elle était dans l'ombre. Il y avait un moteur qui ronronnait et une fois que ses yeux se furent adaptés, Lyndall comprit qu'elle était au fond d'un bateau. Près de ses pieds se trouvait un petit escalier montant. Et elle était seule.

Se tortillant jusqu'à pouvoir s'asseoir, Lyndall regarda autour d'elle. Le strict minimum pour un séjour d'une nuit avec des toilettes derrière une porte qui s'ouvrait et se fermait au gré des mouvements du bateau, un réchaud portable et quelques lits de camp. Il était probablement destiné à la casse bientôt et passerait inaperçu dans la plupart des eaux. Tout le monde regardait les yachts de luxe mais pas les vieux rafiots.

Où m'emmènes-tu ?

La dernière fois qu'elle avait vu Marcus, c'était il y a plus de trente ans, à travers la lunette de son fusil. Mais elle avait reconnu sa voix puis son visage. L'âge ne changeait pas la substance d'une personne, pas le genre de personne qu'il était. On lui avait donné le choix de partir avec ses hommes sans faire d'histoires, ou d'être droguée sur place et transportée. Peut-être que prendre la deuxième option aurait été préférable. Leur rendre la tâche difficile. Potentiellement laisser l'ADN de quelqu'un derrière si elle avait réussi à faire couler du sang. Mais et si Vince avait été dérangé et était venu enquêter ? Elle n'avait pas abattu un homme l'année dernière pour protéger Vince, seulement pour le perdre maintenant à cause de son terrible passé.

Elle était partie tranquillement. Marcus avait mis son téléphone de rechange dans sa poche et avait remis le fusil qu'il s'était approprié. Elle avait fait semblant de se retourner sur le pas de la porte, ce qui lui avait donné juste assez de temps pour empêcher la porte de se verrouiller. D'une manière ou d'une autre, cela pourrait alerter Vince quand il réaliserait qu'elle ne s'occupait pas des animaux. Plus tôt il obtiendrait de l'aide, meilleures seraient les chances qu'elle soit retrouvée.

Sauf que je ne le serai pas. Pas avec Marcus aux commandes.

Il vint à l'esprit de Lyndall que ce voyage en bateau pourrait bien être sans retour. Il avait amplement de raisons de vouloir sa mort, mais ce n'était pas son style. Non, il l'emmenait quelque part de tranquille.

Des pas résonnèrent au-dessus de sa tête, puis des bottes apparurent dans l'escalier.

Tout ce qu'elle avait, c'était son esprit et les connaissances accumulées lors de son implication passée avec lui et ses supérieurs. À cause d'eux, elle avait tout perdu, tous ceux qu'elle aimait, et le pire était qu'elle était entrée volontairement dans le giron de dangereux tueurs.

Et maintenant, je vais trouver un moyen de venger ce qu'ils ont fait.

NEUF

Pete se lassa rapidement de regarder Reuben et Hamish débattre sur qui prendrait quel rôle avec les drones. Il était évident que Reuben était l'expert et, au moment où Pete s'éloigna, il avait finalement pris les rênes.

Il comprenait l'inclusion de l'ancien agent des services secrets dans l'équipe, mais était moins convaincu par Hamish. L'homme était un peu agaçant. Une distraction avec ses commentaires stupides et, comme l'altercation d'aujourd'hui avec Liz l'avait démontré, il n'était peut-être pas capable de se débrouiller physiquement. Pourtant, Ben voyait clairement quelque chose en lui.

Décidant que ce n'était pas un bon usage de son temps de s'en inquiéter maintenant, Pete partit à la recherche de Vince, qui était quelque part sur sa propriété en train de faire une recherche physique. Il avait environ douze hectares et, à part la zone plate autour du chalet et du paddock de la ponette, le reste était escarpé, rocheux et dangereux. Il n'y a pas si longtemps, il n'aurait pas eu d'état d'âme si l'homme était tombé d'une falaise, mais il y avait eu un changement subtil après qu'il eut sauvé la vie de Vince l'année dernière. Après que lui et Lyndall eurent sauvé sa vie.

Et Lyndall est tout ce qui compte pour l'instant.

Il trouva Vince dans le verger. Il se tenait près d'un grand arbre fruitier, une main sur le tronc et les yeux fermés. C'était près de l'endroit où il avait été attaqué par l'homme qui avait tué à de nombreuses reprises et venait de mettre le feu au chalet de Vince.

— C'est toi, tête de nœud ?

— Juste un autre fantôme de ton passé.

— Quoi ? Tu me hantes. Vince se retourna. Cette nuit-là ? Je suis venu ici pour attirer ce monstre loin de Melanie et lui donner une chance d'atteindre Lyndall et la sécurité. Et j'étais foutu. Pas d'armes. Pas assez rapide alors pour le distancer.

Pete avait déjà entendu cette histoire, mais elle ne vieillissait jamais.

— Ce verger était négligé. Susie et moi l'avons planté quand elle était enfant et au fil des années, j'ai à peine fait quoi que ce soit ici. Elle venait cueillir les fruits que les oiseaux et les opossums laissaient et les transformait en tartes et en confitures. Vince sourit pour lui-même. Elle tenait ça de sa mère. Mais cette nuit-là, j'étais fichu. Plus un souffle en moi. Jusqu'à ce que Susie me parle et me dise de bouger. J'aurais juré que je pouvais presque la toucher, puis j'ai vu une branche qui dépassait et j'y ai accroché ma veste. J'ai ramassé un bout de bois solide comme arme. Elle m'a sauvé la vie.

— Lyndall l'a fait. Je l'ai fait. Et tu l'as fait, mon vieux. Susie était là pour te rappeler les compétences que tu avais abandonnées. Pas vrai ?

— Peut-être. Je dois retrouver Lyndall.

— Je doute qu'elle soit proche d'ici. Mais on va chercher quand même.

Ils levèrent tous deux les yeux lorsqu'une ombre passa au-dessus d'eux. Un des drones planait avant de s'incliner sur le côté et de s'éloigner rapidement. Reuben leur faisait savoir qu'ils étaient actifs.

— Liz a dit qu'il y aurait des drones. De bons drones.

— À la pointe de la technologie, dit Pete. On marche ?

À eux deux, ils vérifièrent rapidement la zone, qui était principalement composée d'arbres fruitiers et qui surplombait le chalet. Il y avait un sentier étroit menant à une crête.

— Susie avait l'habitude de monter Pomme jusqu'ici et à travers la brousse. On se sentait en sécurité à l'époque. Vince était essoufflé et ils n'étaient pas allés loin. Ces drones sont-ils assez performants pour voir à travers la végétation ?

— Ils le sont. Les opérateurs travaillent sur une grille avec un drone chacun, puis ils vont se croiser et chercher à nouveau. Les signatures thermiques seront les premières à apparaître. Et le mouvement.

Vince s'arrêta.

— Je nous fais perdre notre temps à tous les deux alors.

— Alors, qui a vécu ici en premier ? Toi ou Lyndall ?

Ils se retournèrent et se dirigèrent vers l'allée.

— Marion a hérité de cette terre de sa tante à peu près au moment où Susie est arrivée et nous aimions l'idée de vivre ici. Le chalet était déjà vieux et la propriété de Lyndall n'était que des pâturages. Quelques années plus tard, les clôtures de démarcation sont apparues presque du jour au lendemain et il y a eu des pelleteuses, du bruit et des mois de construction. Une fois la maison terminée, elle est restée vide pendant des semaines, puis Lyndall s'y est installée sans fanfare. Je doute qu'elle serait même venue dire bonjour, mais Marion est montée là-haut avec des lasagnes et son âme amicale, et elles sont devenues amies.

— Tu penses que Marion savait quelque chose du passé de Lyndall ?

— Si c'était le cas, c'était leur secret.

Marion était décédée il y a de nombreuses années, laissant Vince élever seul leur jeune fille. Et maintenant, il répétait l'histoire avec l'enfant de Susie. C'était une triste histoire.

Ils étaient dans l'allée. Vince contemplait la grande maison sur la colline. D'ici, rien ne semblait anormal.

— Et maintenant, McNamara ?

— Meg est retournée au quartier général pour suivre une

piste. Liz termine à la maison et ensuite on retournera pour un autre briefing. Les deux opérateurs de drones resteront aussi longtemps que nécessaire, mais Ben envoie un service de sécurité privée pour protéger la maison. Et il leur fera savoir que tu as le droit d'accès pour nourrir le bétail et tout ça, mais reste peut-être en dehors de la maison.

— Ramène-la juste à la maison.

Seule dans la maison pour la première fois, Liz tourna son attention vers les choses qui pourraient être négligées lors d'une enquête préliminaire. Les petites touches qu'une personne donnait à sa maison pouvaient révéler beaucoup sur elle. Y compris les œuvres d'art.

Il n'y avait pas d'atelier et aucun signe de chevalet, de peintures et de pinceaux. Alors, Lyndall peignait-elle encore ?

Liz avait vu de nombreux dessins faits par Lyndall avec Melanie, qui insistait souvent pour qu'elles prennent des tours sur la même feuille de papier. Des chats, des ânes, des vaches, des arbres, des fleurs... même Vince. Mel avait toujours aimé dessiner et son carnet de croquis était l'une des rares choses qui la réconfortaient après avoir perdu ses parents. Sous la direction de Lyndall, la petite fille devenait plus confiante et structurée dans ses croquis, tout en gardant la touche d'émerveillement que seul un jeune enfant apporte à l'art.

Liz commença par les espaces de vie et nota l'absence de photographies. Pas de portraits de famille ou de photos d'école. Rien d'un mariage ou d'un anniversaire. Toutes celles que Lyndall avait étaient dans l'enveloppe du dossier que Liz avait trouvé.

Qu'est-il arrivé à ta famille ?

Il y avait beaucoup de peintures. Dans le salon en contrebas — qui n'avait qu'un seul mur, le reste étant des fenêtres de l'autre côté d'un couloir, et l'espace entre lui et la cuisine — il y en avait trois. Toutes étaient de styles différents : une aquarelle de la mer, un paysage à l'huile et un fusain d'un âne. Celui-là devait être l'œuvre de Lyndall. Mais il n'y avait pas de nom d'artiste évident sur aucune.

La salle à manger et la grande véranda étaient similaires. Trois œuvres d'art encadrées dans chacune et un mélange similaire au salon, et chaque fusain représentait soit un animal, soit une partie reconnaissable du terrain.

Liz s'aventura dans les chambres. Meg avait été chargée de chercher des preuves qu'elle pourrait utiliser et, contrairement à la plupart des perquisitions auxquelles Liz avait assisté dans la police, elle avait laissé chaque pièce telle qu'elle l'avait trouvée. Deux chambres étaient préparées pour des invités. Deux autres étaient vides à l'exception d'un fauteuil confortable et d'une table basse disposés de manière à ce que quelqu'un les utilisant puisse profiter des jolies vues extérieures. Et puis il y avait celle de Lyndall.

Sachant que cette femme était extrêmement discrète et fière, Liz hésita sur le seuil. Mais Lyndall avait été enlevée de force de sa maison sécurisée. Liz n'en doutait pas. Avait-elle eu la possibilité de laisser des indices sur son ravisseur ? Le fait que la chambre forte soit déverrouillée pouvait en être un et, une fois de retour en ville, ce serait un point à considérer lors du prochain briefing. Pour l'instant, elle devait traiter cela comme une scène de crime plutôt que comme l'espace intime d'une femme qui gardait de profonds secrets.

La chambre faisait environ deux fois la taille des autres, avec une grande salle de bains attenante et un dressing. Dans ce dernier se trouvaient des vêtements qui surprirent Liz. Plusieurs robes de soirée, dont une à paillettes, toutes dans des housses en plastique transparent. Une robe noire était tout au bout, également dans du plastique et accompagnée de chaussures noires et d'un chapeau noir avec une voilette. Une tenue de deuil. Puis une série de tailleurs, jupes crayon, pantalons et vestes assorties dans une gamme de couleurs sobres. Si Liz ne la connaissait pas mieux, elle aurait cru que Lyndall était une sorte de cadre ou, du moins, associée à l'un d'eux. Peut-être que Liz supposait trop. Et si Lyndall avait eu une vie complètement différente avant, ou à côté de son art ?

Le lit de Lyndall était un grand lit. Il n'y avait pas de tête de lit, mais sur le mur se trouvait une énorme peinture à l'huile. En fait, il y avait trois peintures à l'huile dans la pièce, chacune sur un mur différent, et Liz se demanda si elles racontaient une histoire.

— Lizzie ? Je suis prêt à repartir.

On aurait dit que Pete était dans la cuisine.

— Deux minutes. Je te rejoins dehors.

Après avoir pris une série de photos, Liz quitta la chambre.

La porte de la chambre forte était entrouverte d'environ quinze centimètres et, en s'approchant depuis la chambre, l'embrasure et le bord de la porte faisaient ressortir un long rectangle étroit qui encadrait un mur à l'intérieur. C'était la seule partie du mur qui n'était pas remplie d'écrans ou d'autres appareils.

Sans savoir pourquoi c'était important, Liz prit plusieurs photos de ce qu'elle pouvait voir depuis le couloir, puis entra dans la chambre forte et en prit d'autres. Un examen attentif du mur ne révéla rien d'inhabituel et elle finit par secouer la tête, exaspérée. Il n'y avait aucun signe de lutte, rien n'indiquait que quelqu'un d'autre que Lyndall ait été dans la pièce pour la déverrouiller avant d'être arrêtée avant de pouvoir y entrer. Liz commençait à désespérer de trouver des indices et il était inutile de perdre du temps là où il n'y en avait pas.

Avant de retourner au véhicule, Liz et Pete se rendirent à l'extrémité de la propriété où il avait trouvé les traces.

C'était calme ici, hormis le bourdonnement lointain des drones et les meuglements occasionnels des vaches. L'air était limpide, sans brise et sans un nuage dans le ciel. De ce point de vue, la vue s'étendait à travers les champs de Lyndall jusqu'à la route, puis jusqu'à la crête lointaine de l'autre côté.

— Tu penses que quelqu'un était là-bas à observer ses mouvements ? demanda Liz en pointant du doigt.

— Il y a quelques endroits que j'ai marqués sur l'application de carte et c'en est un. Le sommet de la colline derrière le verger de Vince est aussi un bon endroit, relativement sûr pour une surveillance à long terme. Les drones cherchent des cachettes potentielles en plus de tout le reste.

Les traces étaient assez profondes pour obtenir de bonnes empreintes de pneus, tout comme quelques-unes des empreintes de pas. Pete avait délimité la zone autour du portail et des traces les plus proches avec des piquets et de la rubalise. Au lieu du ruban de police auquel elle s'attendait, celui-ci indiquait *DANGER RESTEZ EN RETRAIT* tout en étant dans les mêmes couleurs bleu et blanc.

— Ce n'est pas du ruban de police, dit-elle.

Pete lui lança un regard.

— Nous le sommes, mais nous ne le sommes pas.

— Eh bien, merci. C'est parfaitement clair.

Liz commença à revenir sur ses pas et Pete la rattrapa.

— Pas une super journée pour commencer le boulot, hein ? Pas de débriefing. Pas d'arme. Pas de formation sur le véhicule. Mais je t'ai quand même fait un bon café.

— C'est vrai.

— Et je vais t'en faire un autre. En fait, on a raté le déjeuner et l'heure du goûter est passée.

— Je n'ai pas besoin que tu me prépares un goûter, Pete.

— Non. On s'arrêtera chez McDo.

Cela la fit rire.

Reuben leur fit signe de l'arrière de la maison.

— Écoute, Liz ? Tu dois parler à Ben pour avoir un aperçu du fonctionnement de cette unité parce que je ne sais rien de ton contrat, mais le mien était léger sur certains détails tout en me faisant promettre un service à vie de mes futurs petits-enfants si je violais les clauses de confidentialité. Le truc, c'est que je connaissais la structure de base avant d'accepter de rejoindre l'équipe, et elle est solide.

Alors que moi, j'étais trop épuisée et à la dérive après les conneries de mon père pour vraiment m'en soucier.

— Je suis ici parce que j'ai confiance en Ben et j'ai confiance en toi. Et ne me ressors jamais cette dernière partie, dit-elle.

Il garda le silence mais souriait encore quand ils rejoignirent Reuben.

— L'équipe de sécurité est arrivée. Je les ai installés et je retourne aux drones.

— Quelque chose d'intéressant pour l'instant ? demanda Liz, s'attendant déjà à un non.

— Aucun signe de mouvement à part des kangourous et des cerfs qui se déplacent. Pareil pour les signaux thermiques. On a peut-être repéré quelques endroits récemment utilisés pour camper, donc une fois qu'on aura fini avec les vues aériennes, on ira jeter un coup d'œil.

Liz et Pete le laissèrent pour rejoindre Hamish. Après avoir vérifié une nouvelle fois que la maison était verrouillée, Liz prit les clés du véhicule.

— Il faut bien que je le conduise tôt ou tard.

— D'accord. Je vais te montrer où sont les gyrophares et les sirènes.

DIX

Liz avait enfin quelques minutes pour s'installer à son poste de travail et appeler Vince pour organiser un moment pour voir Melanie.

— J'avais oublié qu'elle a un cours de danse après l'école aujourd'hui. Je vais la chercher à 17 heures mais franchement, je ne sais pas quoi lui dire.

— À propos de Lyndall ?

Pauvre gamine. D'abord ses parents partis et maintenant Lyndall disparue.

— Je ne veux pas qu'elle ait peur.

— Et si je vous rejoignais au chalet avec une de mes amies ? Elle fait partie de cette équipe et elle est psychologue et profileuse. Très gentille et douce.

— Je ne sais pas. Mel a déjà un psy qu'elle voit encore parfois.

— Candace n'agirait pas à titre officiel cependant. Elle a une façon de poser des questions qui n'est ni intrusive ni effrayante. C'est entièrement ta décision Vince, et si tu préfères gérer cela seul, dis-le simplement.

Il mit un certain temps à répondre et les yeux de Liz errèrent dans la pièce. Il y avait eu des changements depuis son arrivée ce matin. Au lieu de tableaux blancs, il y avait des tableaux transparents sur roulettes ; deux d'entre eux. L'un était derrière Meg qui se levait périodiquement pour y ajouter quelque chose. L'autre était dans un espace près de la table. Une table qui s'était magiquement transformée en une sorte d'ordinateur futuriste.

— 18 heures, ce n'est pas trop tard ?

— Pas du tout. Juste moi ?

— Amène ton amie.

C'était bien. Non pas que tout cela soit bien, mais que Vince accepte de l'aide était quelque chose sur lequel il travaillait.

— Du nouveau avec les drones ? Je les entends sans arrêt.

— Tout ce que je sais, c'est qu'ils ont identifié quelques endroits qui auraient pu être utilisés pour observer. Donc, si tu vois quelqu'un faire de la randonnée derrière chez toi, s'il te plaît ne leur tire pas dessus.

Vince rit.

— Tant que ce n'est pas cet abruti, ils sont en sécurité. De toute façon, pas d'armes sur ma propriété.

— À plus tard.

Liz se leva et se retourna, presque directement sur Annette qui se tenait à seulement un mètre ou deux derrière sa chaise. Comment ne l'avait-elle pas remarquée ?

— Oh désolée, Liz ! Je venais juste voir si tu voulais un café.

— Dans un moment, merci. Je dois juste dire un mot à Candace.

Candace leva les yeux avec un petit sourire alors que Liz s'approchait.

— Tu veux un café ?

Je dois avoir l'air fatiguée.

— Oui, mais je suis venue te demander si tu voudrais venir avec moi chez Vince Carter à 18 heures. Sa petite-fille ne sait pas encore pour la disparition de Lyndall et il est d'accord pour dire que ta présence pourrait aider.

— Bien sûr.

— Liz ? Tu as un moment pour une petite discussion ? Ben passa devant, se dirigeant vers son bureau.

— On reporte le café ?

— Quand tu veux.

Le bureau de Ben lui rappela qu'il dirigeait auparavant le service de recherche des personnes disparues. Ses murs étaient principalement en verre et il y avait collé une photo de Lyndall. À côté, il y avait des commentaires écrits au marqueur et des notes, également collées.

— Où as-tu eu la photo ?

Lyndall se tenait à côté d'un âne, son bras levé mais comme si elle disait au photographe de s'en aller. Pas de manière fâchée mais il y avait une pointe d'inquiétude sur son visage.

— C'est Melanie qui l'a prise ?

— Oui. Vince l'a trouvée sur son téléphone. Meg en a une copie et fait tourner un programme de reconnaissance faciale. Jusqu'à présent, c'est la seule que nous ayons d'elle ces dernières années, bien que Meg pense pouvoir utiliser certaines de celles que tu as trouvées dans l'armoire de classement. Il fit signe à Liz de s'asseoir. Nous avons besoin de quelques minutes sans interruption. Essayons.

— Patron ?

Ils levèrent tous les deux les yeux quand Annette passa la tête par la porte.

— Désolée. Est-ce que je peux m'absenter une demi-heure ? Je dois régler quelque chose pour mon enfant, parce que je vois qu'on va finir tard.

— Vas-y. Préviens juste l'un d'entre nous si tu as besoin de plus de temps pour qu'on puisse organiser le timing des briefings et tout ça.

Dès qu'Annette fut partie, Ben se pencha en avant, les bras sur le bureau.

— Deuxième tentative. Tu retournes chez Vince ?

— Oui. Avec Candace.

— Excellent. En chemin, demande-lui de t'expliquer le fonctionnement quotidien de l'unité. Pose-lui toutes les questions que tu veux et elle te dira si elle ne sait pas. Une fois de retour, je veux que tu fasses une formation accélérée avec chaque membre de l'équipe. Reuben aura besoin d'un peu plus de temps que les autres avec toi pour couvrir les armes, mais d'ici la fin de la journée tu auras la tienne et tu connaîtras la routine.

Dieu merci.

— Si Meg a un moment, elle pourra t'apprendre à utiliser l'application, sinon ce sera Hamish. Et ne fais pas cette tête. Je sais que tu as eu une introduction moins qu'idéale, mais il est aussi professionnel que toi.

— Pourquoi tu ne peux pas le faire ?

Ben se pencha en arrière, l'air grave.

— Il est temps pour moi de parler à nos patrons.

— Qui sont ?

Il sourit à moitié mais ne dit rien.

Liz le fixa jusqu'à ce que son sourire s'efface. Elle en avait assez que tout le monde garde des secrets.

— Je suis sur la défensive et je déteste cette sensation. Je travaille au mieux quand j'ai de bonnes informations mais pour l'instant j'enquête sur un potentiel enlèvement sans la moindre idée de ce que je peux et ne peux pas faire. Elle jeta un coup d'œil à la pièce principale mais personne ne faisait attention. Mon contrat m'a fait croire que j'acceptais un emploi dans les forces de l'ordre. Je ne suis pas qualifiée pour être détective privée et j'ai démissionné de la police de Victoria. Alors dans quoi exactement me suis-je embarquée, Ben ?

— Tu as raison et je suis désolé d'avoir pris ça à la légère, surtout avec les projets que j'ai pour toi à l'avenir. L'Opération Nobody est financée par des fonds privés mais est supervisée par un petit comité au sein de la police. C'est pourquoi j'ai pu prendre la décision de garder la disparition de Lyndall en interne pour le moment.

Quels projets pour moi à l'avenir ?

— Rien n'a changé concernant la possibilité d'arrêter une personne, ou les procédures à suivre si quelqu'un devait utiliser une arme. Il y a toujours des processus à suivre et des lois à respecter mais nous sommes autonomes concernant le choix des affaires à enquêter et nous avons des pouvoirs en dehors des canaux habituels. Notre équipe est l'une des deux en phase d'essai dans différentes parties de Victoria. Ben secoua la tête. Ça aurait dû être notre première conversation, même avant que tu ne signes le contrat et si tu sens que ça ne te convient pas, alors je te ferai libérer de celui-ci.

— Mais tout le monde ici n'est pas policier.

— C'est vrai. Certains sont employés comme consultants, comme Candace, ou spécialistes. Ils doivent quand même se conformer à la loi et ont suivi une formation appropriée.

— Tu as dit que c'était financé par des fonds privés. Ai-je le droit de savoir qui est derrière tout ça ?

Haussant un sourcil, Ben se pencha en avant.

— Tu pars ou tu restes ?

Liz aurait pu répondre que cela dépendait de sa réponse, mais elle ne jouait pas à ces jeux-là. Quand il lui avait initialement proposé un poste dans une nouvelle équipe dynamique et secrète, elle n'avait guère hésité à accepter parce qu'elle lui faisait confiance et c'était toujours le cas.

— Je reste.

Si c'était du soulagement qui avait brillé dans ses yeux, la voix de Ben n'en laissa rien paraître lorsqu'il poursuivit du même ton ferme.

— Le financement provient de la succession d'un inspecteur de police décédé il y a longtemps. Ses parents, qui étaient scandaleusement riches, ont été assassinés chez eux alors qu'il était dans la police et même sa position n'a pas pu l'aider à trouver les tueurs. Il a juré de résoudre ce crime mais a été forcé de prendre sa retraite quand son obsession a froissé trop de susceptibilités. Avant qu'il ne puisse faire plus que commencer ses recherches, on lui a diagnostiqué un cancer incurable, alors il a créé un fonds.

— Je crois savoir de qui tu parles. Vince Carter aurait servi à la même époque, j'imagine.

— Très probablement. Cela a pris beaucoup trop de temps à mettre en œuvre depuis sa mort, mais il avait plusieurs parents éloignés qui ont contesté le testament. L'année dernière, cela a été résolu et nous avons enfin pu mettre Nobody sur pied.

C'était rassurant. L'esprit de Liz était allé jusqu'à se demander s'il y avait une motivation politique derrière l'équipe, et il était logique qu'un riche bienfaiteur avec une vision au-delà de sa carrière crée un tel fonds.

— Toujours non résolus, les meurtres de ses parents. C'est quelque chose sur quoi nous allons enquêter ?

— En effet. Je voulais le sortir des affaires non résolues quand je dirigeais l'unité de recherche des personnes disparues, mais il y a eu des objections en haut lieu et cela en soi signifie que nous devons trouver le tueur. Les tueurs, plus probablement. Ça pourrait devenir moche.

Liz sourit enfin.

— Je pense que tu as l'équipe parfaite pour tenir tête à tout ce qu'un supérieur voudrait cacher. Les affaires non résolues sont importantes. Mais Lyndall passe en premier.

— En effet. Ben regarda par-dessus son épaule vers la pièce principale. Bien. On dirait que Meg rassemble tout le monde autour de la table.

« Tout le monde » était exagéré. Annette était absente et Hamish et Reuben cartographiaient toujours la région autour de la propriété de Lyndall. Meg était à son poste de travail mais prêtait attention à la conversation tout en écrivant des notes sur son tableau.

Liz commença par un bref aperçu de ses découvertes et de ses conversations avec Vince.

— Juste pour être sûre de bien comprendre, Vince Carter connaît Lyndall depuis près de trente ans mais n'a aucune information réelle à son sujet. Phoebe fixait intensément Liz, l'air sérieux. Seulement son nom, qu'elle est une tireuse d'élite et qu'elle sauve des animaux, qu'elle a une chambre forte, et qu'elle a perdu des membres de sa famille.

— Peut-être que c'est tout ce qui semble pertinent. En surface. Pete intervint.

— Tu vois, Phoebe, tu n'as pas rencontré Carter. Il garde ses distances. Il veut que les autres fassent de même. Remarque, il n'a pas toujours été comme ça, pas quand il était dans la police et aimait enquêter sur des officiers parfaitement corrects sans raison.

Si Pete avait été plus proche, Liz l'aurait frappé sous la table. Malgré la trêve apparente entre les hommes, Pete avait manifestement encore du travail à faire pour surmonter la plainte que Vince avait déposée contre lui des années auparavant. Cela n'avait abouti à rien d'autre qu'à de la rancœur pendant bien trop longtemps.

— Ce que je veux dire, poursuivit Pete, gardant un œil sur Liz comme s'il s'attendait à ce qu'elle se penche pour lui donner une tape derrière la tête, c'est que Vince aurait respecté la vie privée de Lyndall.

Phoebe n'avait pas l'air convaincue.

— Candace, est-ce qu'Annette t'a fourni quelque chose d'utile ? Ben jeta un coup d'œil à sa montre.

— Elle t'a envoyé un briefing et m'en a donné une copie. Meg m'a aussi aidée avec quelques antécédents. L'essentiel étant que Lyndall Smith est apparue il y a environ vingt-huit ans. Il n'y a rien avant ça, pas encore en tout cas. Sa propriété a été achetée au comptant. Elle n'a pas travaillé pendant toutes ces années... en fait, elle l'a peut-être fait mais il n'y a aucune trace écrite. Pas d'historique fiscal. Pas de carte Medicare. Elle a un permis de conduire. Elle a aussi une assurance. Et un seul compte bancaire trouvé à ce jour, mais l'accès n'a pas encore été obtenu.

— T'es-tu forgé une opinion ?

— Rien qui vaille la peine d'être mentionné. Mais Ben, ce que je peux dire, c'est que ça ne sort pas du cadre de la protection des témoins. Une vie simple, discrète. Beaucoup de mesures de sécurité. Une maison d'où elle peut voir le danger potentiel de loin. Et clairement, un changement d'identité.

Meg les rejoignit.

— J'ai tout ce à quoi je peux penser, et à quoi je peux accéder. Je lance des recherches maintenant. La reconnaissance faciale pourrait être la clé, mais ne vous attendez pas à un résultat avant des heures, voire des jours. Lyndall a été fichée après que son fusil a été mis sous séquestre l'année dernière et ses empreintes ont disparu. Elle leva un sourcil.

Tous les yeux étaient fixés sur elle.

— Annette va suivre ça une fois qu'elle sera de retour, mais comment des empreintes digitales disparaissent-elles d'un dossier, sans parler d'une base de données ? Meg semblait avoir quelques soupçons. Ben, c'est peut-être quelque chose sur quoi tu devras te pencher si je ne peux pas les localiser avec mes méthodes.

Ben avait l'air mortellement sérieux.

— Il existe des processus pour protéger ce type de données. Le fusil a été rendu et elle n'a jamais été inculpée de quoi que ce soit, mais les empreintes auraient dû rester dans son dossier. Qu'as-tu trouvé d'autre dans la maison ?

Meg s'étira.

— Nous savons tous que je suis analyste scientifique, mais aujourd'hui j'ai relevé des empreintes à quelques endroits clés, que les voyous ont vraisemblablement touchés. Mais ne gardez pas trop d'espoir car ils auraient porté des gants. Pour l'instant, je travaille sur le dossier que Liz a trouvé. Pour ceux qui ne sont pas au courant, il était dans l'armoire de classement de la maison et contient beaucoup de vieilles photographies ainsi qu'un tas de carnets, de lettres et autres. Ça va m'occuper un moment, et Annette aussi quand elle aura du temps.

— Bien, c'est prometteur. Fais-toi aider par le reste de l'équipe si tu en as besoin. Phoebe ?

— Moi ? Oh, d'accord. J'ai écrit un plan du podcast potentiel et j'attends juste qu'un contact de confiance remplisse quelques blancs. Il est plus du monde de l'art que moi et corrigera la terminologie et tout ça. J'aurai bientôt son retour, alors je t'enverrai le plan révisé.

— J'ai une réunion, dit Ben. Vous faites du bon travail. Tous. Pendant mon absence, pourriez-vous chacun passer du temps avec Liz pour la mettre au courant de l'application et des protocoles et tout ça ? Et une fois que Reuben sera de retour, il pourra s'occuper des armes.

L'équipe se dispersa et Ben partit une minute plus tard. Liz regarda autour d'elle. Les autres étaient de retour à leur poste de travail. Tout le monde ici était calme et concentré.

— Alors, qui va me chaperonner en premier ? demanda-t-elle à la cantonade.

ONZE

À peine Liz s'était-elle garée devant le chalet de Vince que la porte d'entrée s'ouvrit brusquement et Melanie sortit en courant.

Elle s'arrêta en haut des marches quand elle vit Candace descendre du côté passager, soudainement timide.

Liz fit le tour et ensemble, elles marchèrent jusqu'aux marches, s'arrêtant au bas de celles-ci.

— Salut Melanie.

— Bonjour, Liz.

Melanie tendit son bras droit vers Candace et dit d'un ton solennel :

— Je m'appelle Melanie Weaver. Bienvenue chez nous.

Tout aussi solennellement, Candace serra la petite main.

— Enchantée. Je m'appelle Candace Carroll.

Vince apparut dans l'embrasure de la porte derrière Melanie. Il avait l'air choqué. Son visage était usé et triste, et ses épaules affaissées. Il s'appuya contre le cadre de la porte et ferma brièvement les yeux. Le cœur de Liz se serra pour lui et lorsqu'il rouvrit les yeux, ils rencontrèrent les siens et il soupira.

— Voulez-vous entrer ? Melanie était toujours formelle mais sa lèvre inférieure tremblait alors qu'elle retirait sa main et que ses yeux se tournaient vers Liz. Vous *devez* retrouver Lyndall. Et puis son visage brave s'effondra et elle tendit les bras. Liz monta rapidement les marches et la souleva, serrant l'enfant contre elle pendant qu'elle sanglotait. Vince avait fait un pas en avant mais s'arrêta pour couvrir ses propres yeux de ses mains.

En un instant, Candace était à ses côtés.

— Et si je faisais du thé ? Vous buvez du thé ? Elle toucha doucement son bras. Je suis Candace.

Il ne parla pas et Liz, portant toujours Melanie, passa directement devant.

— Allez, Candace a raison. Le thé est une excellente idée et j'adorerais une tasse. Et Melanie va nous aider à le faire. N'est-ce pas, ma chérie ? La dernière partie fut chuchotée à Melanie, qui renifla et fit ce qui aurait pu être un signe de tête. Parfait.

Elle continua à traverser la maison jusqu'à la cuisine, laissant Candace et Vince à l'entrée. Deux personnes en détresse dans le même état d'esprit au même moment n'allaient aider personne.

— Je peux te poser ? Un autre petit hochement de tête. Liz la déposa puis alluma la lumière de la cuisine. Des mouchoirs ? Ou voudrais-tu aller te rafraîchir le visage ?

— Je vais aller me laver soigneusement le visage. Sans éclabousser.

Brave petite.

Dès que Melanie fut partie, Liz prit une profonde inspiration. Puis, elle commença le processus de préparation du thé, devinant où tout était rangé par un processus de logique et d'élimination. Cette nouvelle cuisine était charmante et beaucoup plus facile à utiliser que la précédente, et elle avait mis la bouilloire en marche et préparé une théière avant que Melanie ne revienne.

— Je ne bois pas de thé.

— Ah, mais tu bois du chocolat chaud et j'ai trouvé une jolie tasse qui pourrait bien t'appartenir ? Liz tendit la grosse tasse avec un chaton sur le côté. Elle ressemble un peu à Robbie avant.

— Il aime quand sa maman lui rend visite. Ils dorment dans ma chambre. Pourquoi un méchant monsieur a pris Lyndall ?

Qu'est-ce que Vince a bien pu te raconter ?

— Tu sais que je fais partie d'une nouvelle équipe spéciale et que nous la cherchons tous ? Chacun d'entre nous, y compris Pete.

— J'aime bien Pete.

— Il t'aime bien aussi, Melly. C'était Vince, qui entra avec Candace derrière lui. Son visage était plus calme. Et le Docteur Carroll cherche aussi.

— Appelez-moi Candace, s'il vous plaît. Et si tu es d'accord, Melanie, j'aimerais beaucoup voir certaines de tes œuvres. Liz me dit que tu es talentueuse et que tu travailles dur sur tes dessins. Ce serait possible ?

Après un rapide coup d'œil à Vince, qui hocha la tête, Melanie se précipita hors de la cuisine, criant par-dessus son épaule :

— Par ici.

Candace disparut dans le couloir.

Liz finit de préparer le thé et le chocolat chaud, et Vince trouva un plateau pour eux et les tasses à thé.

— J'ai dû lui dire, Liz. Dès que nous sommes arrivés, elle a vu les drones et a commencé à poser des questions et je ne lui mentirai pas. Elle a été si courageuse à ce sujet et pas une larme jusqu'à dehors tout à l'heure. Y a-t-il du nouveau ?

— Pas encore mais il se passe tellement de choses. Cette équipe est intelligente et efficace et chacun connaît son rôle. Les drones sont redescendus. Nous avons reçu un appel quelques minutes avant d'arriver pour dire que Reuben et Hamish font maintenant une recherche à pied de quelques endroits identifiés comme de possibles cachettes. Ils devraient en avoir pour deux heures tout au plus. La patrouille de sécurité tournera plus tard dans la soirée, donc tu pourrais entendre des voitures bouger.

Semblant sur le point de dire quelque chose à propos de ne pas avoir entendu Lyndall pendant la nuit... encore une fois, Vince ferma brusquement la bouche et souleva le plateau.

Melanie et Candace étaient assises par terre dans le salon avec plusieurs carnets de croquis ouverts. Elles levèrent toutes les deux les yeux avec des sourires quand Vince posa le plateau et que lui et Liz prirent place. Elle versa le thé, sachant déjà comment Vince et Candace l'aimaient.

— Mel ? Il y a du chocolat chaud mais il est encore assez chaud pour le moment.

— Merci. Elle était plus concentrée sur la recherche d'une page particulière. Oh, la voilà. Lyndall m'a beaucoup aidée pour celle-ci mais je l'aime bien. Tu vois la ponette ? C'est Pomme. Melanie poussa le carnet de croquis dans les mains de Candace.

— Pomme est magnifique. Et ce qui est vraiment spécial, c'est comme tu as rendu ses yeux si doux et aimants. C'est ta ponette ?

— En quelque sorte. Enfin, c'était la ponette de ma maman. Les yeux de Melanie vacillèrent vers Vince.

Il se pencha pour prendre son thé.

— Et maintenant elle est à toi. Sauf que je crois qu'il est plus exact de dire que c'est *toi* qui lui appartiens.

— Je l'aime.

Liz se souvint à quel point Melanie avait été terrifiée par la gentille ponette au début. Il avait fallu du temps et de la patience, mais aujourd'hui, Mel faisait tout pour la vieille dame à quatre pattes qui faisait partie de la famille depuis plus de vingt ans. L'amour et le temps guérissaient bien des maux.

— Tu as toujours aimé dessiner ? demanda Candace.

— Oh oui ! Maman et papa me laissaient faire des cours d'art spéciaux avant... et maintenant Lyndall est mon professeur. Elle veut que je commence à apprendre la peinture à l'huile bientôt. Pourquoi vous et Liz ne la cherchez pas en ce moment ?

Vince allait parler et Liz toucha rapidement son bras pour l'arrêter. Ses émotions étaient trop fluctuantes et Candace était tout à fait capable de formuler une réponse. Il soupira mais se rassit et prit une gorgée de sa tasse.

— Il y a beaucoup de façons de chercher. Tu as vu les drones voler autour de la colline ?

Melanie hocha la tête, toute son attention portée sur Candace.

— Reuben et Hamish prennent des photos spéciales du sol à

la recherche d'indices sur la direction qu'elle a prise et une fois qu'ils auront toutes les informations, Meg les passera dans son programme informatique spécial. C'est une façon de la chercher. Une autre consiste à avoir des conversations avec des personnes qui connaissent Lyndall. Et il semble que toi et Grand-père la connaissiez mieux que quiconque.

— Tu penses que me parler aidera ? Après avoir pris un autre carnet de croquis, Melanie trouva un autre dessin. Lyndall a fait celui-ci.

Candace jeta un coup d'œil à Liz et prit le carnet offert.

— Tu sais qui sont ces personnes ? Elle le tendit à Liz.

C'était un simple croquis de trois personnes. Lyndall en était une et elle se tenait sur un radeau en mer, regardant un homme et un garçon d'environ dix ans gravir un escalier qui sortait de l'eau. Tous deux la regardaient en levant les mains... un adieu. C'était obsédant et quand Liz remarqua une petite porte ouverte en haut des escaliers, elle faillit lâcher le carnet. Les larmes lui montèrent aux yeux et elle cligna fort des paupières.

— Lyndall regarde son petit garçon et son mari monter au ciel.

Vince inspira bruyamment et tendit la main pour prendre le carnet.

La voix de Candace était chargée d'émotion.

— Que peux-tu me dire d'autre sur ce dessin, Mel ?

— Elle n'a jamais dit ce qui s'était passé. Seulement qu'il y avait eu un accident en bateau. Son fils s'appelait John-Paul et son mari Alan. C'est arrivé il y a très longtemps mais ils manquent toujours terriblement à Lyndall. Et elle me manque. Les derniers mots étaient plutôt un sanglot.

Candace prit les mains de Melanie dans les siennes et se pencha plus près, son regard ferme et rassurant.

— Bien sûr qu'elle te manque. Connaître les noms des membres de sa famille est très utile. Tu vois, nous pensons que Lyndall avait autrefois un nom différent et qu'elle l'a changé ensuite.

— C'était un nom court mais je ne m'en souviens pas. Elle me l'a dit une seule fois et a dit que c'était quand elle était artiste et qu'elle exposait ses tableaux dans les galeries en Europe. Le visage de Melanie était sérieux et plissé de concentration. Êtes-vous allés au cimetière ?

— Melly ? Tu veux parler du cimetière où sont ta maman, ton papa et ta grand-mère ? demanda Vince.

Elle hocha la tête.

— C'est là que se trouve la famille de Lyndall ? La voix de Candace était encourageante. Tu y es allée avec Lyndall ?

— Elle n'aime pas y aller. Mais elle l'a fait une fois. Melanie regarda Vince. Tu te souviens ? Quand tu ne pouvais pas conduire après l'incendie ?

— Tu as une si bonne mémoire, Mel. Oui, Lyndall nous a conduits au cimetière et elle est allée se promener pendant que nous nous rendions sur les tombes de notre famille. Mais je me souviens l'avoir vue avec des fleurs, alors c'est peut-être là que reposent son fils et son mari.

Liz reprit le carnet à Vince.

— Melanie, ça te dérange si on l'emprunte un peu ? Dis-le si ça t'embête parce que je peux prendre une photo. Ça pourrait juste aider à trouver plus d'indices.

— Ça ne me dérange pas. Je vais aller voir Robbie et maman chat.

Elle fut debout et hors de la pièce en quelques secondes.

Candace gémit en se levant et s'étira, ce qui fit sourire Vince avec sympathie.

— Ça aide vraiment, dit Liz. Elle ferma le carnet. Vince, tu te souviens où était Lyndall dans le cimetière ?

— J'aimerais bien. Je me souviens vaguement de l'avoir vue au loin. Mel et moi étions sur la tombe de Marion et Lyndall était dans la direction de la rivière, si ça aide. Je n'arrive pas à croire que je ne sache pas tout ça alors que Mel le sait.

— Parfois, il est plus facile de parler à un enfant qu'à un

adulte, peu importe la proximité. Candace fit un signe de tête vers le carnet. C'est puissant, ce croquis. Je sens que ça va aider.

L'envie de pleurer devant un dessin était revenue et Liz finit rapidement son thé. Elle avait assez de son propre passé triste pour prendre en charge celui de quelqu'un d'autre. Pas émotionnellement, en tout cas. Mais il était difficile d'ignorer le dessin réalisé par Lyndall de ses proches disant au revoir sur leur chemin vers le ciel. Quelque chose lui disait que leur mort n'était pas accidentelle et cela soulevait la question de savoir qui était derrière cette tragédie et s'il s'agissait de ceux qui avaient enlevé Lyndall.

Liz s'arrêta sur le bord de la route quand elle vit Reuben et Hamish descendre l'allée de Lyndall, et tous les quatre sortirent pour échanger des informations.

— Pas assez de lumière pour faire une recherche correcte, dit Hamish. Nous reviendrons à l'aube si nous n'avons pas récupéré la cible plus tôt.

— Lyndall. Tu veux dire Lyndall, dit Liz.

— Je ne la connais pas. Il haussa les épaules. Pour l'instant, je veux parler à Meg de certaines des séquences que nous lui avons envoyées.

— Et vous deux ? demanda Reuben.

— Candace doit rentrer et commencer à établir le profil, ensuite je me rendrai au cimetière grâce à un indice possible sur le passé de Lyndall.

— Je viens avec toi. Hamish peut ramener Candace.

— Autoritaire, dit Hamish. Mais je préfère sa compagnie à la tienne n'importe quand.

Bien que Candace ait lancé à Liz un regard qui montrait clairement qu'elle ne ressentait pas la même chose pour Hamish, elle attrapa son sac dans la voiture et échangea sa place avec Reuben.

Alors qu'ils suivaient l'autre véhicule vers Melbourne, Reuben commença à passer en revue la formation sur les armes avec Liz, décrivant habilement ce qui se trouvait dans une armurerie qu'elle n'avait pas encore visitée et comment un véhicule pouvait être configuré pour différentes situations.

— Ben a dit que tu avais suivi une formation avancée et que tu pouvais manier une série d'armes et que tu avais une bonne expérience en arts martiaux.

Reuben l'observait pendant qu'elle conduisait. Il n'avait pas suggéré de prendre le volant et était détendu sur son siège. Contrairement à Hamish, c'était un homme qui avait une véritable confiance en lui et ne faisait pas de cinéma. Cela le rendait beaucoup plus intéressant à côtoyer.

— J'en ai fait un peu au fil des ans. Et j'aime le kick-boxing.

— Moi aussi. Je cours beaucoup.

Liz sourit.

— La meilleure forme de gestion du stress.

— Presque la meilleure.

L'entrée du cimetière était fermée, alors Liz se gara le long de la rue. Après avoir verrouillé le véhicule, ils passèrent par une étroite porte et Liz prit une minute pour déterminer la direction où commencer à chercher.

— Trouvons la tombe de Marion. La femme de Vince.

Sa dernière demeure se trouvait presque à l'extrémité la plus éloignée du vaste cimetière.

— La dernière fois que je suis allée dans un cimetière après les heures d'ouverture, quelqu'un m'a filmée et a répandu des mensonges étonnants.

Reuben rit.

— J'ai vu ça. Cette bonne vieille Teresa Scarcella n'aime rien de plus qu'un scandale et si elle n'en trouve pas, elle en inventera un. Alors, pourquoi étais-tu au cimetière de Keilor en pleine nuit ? Sans jeu de mots.

— Il s'avère que je perdais mon temps, dit Liz. Elle leur fit signe de prendre un chemin. Je pensais me rendre sur la tombe de mon père. Je venais d'apprendre sa mort et j'étais obligée de vérifier par moi-même qu'une tombe existait. Et bien qu'elle existât, il s'est avéré qu'un homme complètement différent y était enterré à sa place.

Il n'y eut pas de réponse et Liz regarda Reuben.

— Tu le savais ?

— Oh, pas pourquoi tu étais au cimetière, mais à propos de Kyle Moorland, oui. J'ai beaucoup lu sur lui et son histoire afin de déterminer comment nous allons procéder pour le retrouver. Ben est bien décidé à l'attraper.

Pour la première fois depuis longtemps, Liz eut un sentiment de soutien autour d'elle. Quitter son travail bien-aimé à la brigade criminelle avait été difficile et elle s'était remise en question chaque jour depuis. Mais maintenant, il y avait une lueur que sa décision était bonne. Elle s'arrêta près d'une tombe avec une simple pierre tombale.

— C'est le lieu de repos de Marion Carter. Elle avait baissé la voix sans s'en rendre compte. Vince se souvient avoir vu Lyndall dans cette direction, alors on commence ?

DOUZE

Ben était de retour dans son bureau et ressentait la pression pour obtenir des résultats rapides. Sa réunion s'était soldée par une menace voilée de leur retirer l'affaire et de la confier aux canaux habituels, et seules les relations personnelles avec Lyndall garantissaient à l'équipe vingt-quatre heures supplémentaires pour faire des progrès considérables.

Qu'est-ce que ça veut dire, des progrès considérables ?

Retrouver Lyndall était l'objectif. Vivante. Indemne.

À chaque heure qui passait, les chances d'y parvenir diminuaient, à moins que ceux qui la détenaient ne veuillent quelque chose qui nécessitait une preuve de vie. Et ne pas en savoir beaucoup sur l'histoire de cette femme rendait pratiquement impossible de deviner quoi. Un enlèvement motivé par l'argent semblait absurde, personne n'étant assez proche de Lyndall pour satisfaire une demande de rançon. Vince Carter ne compterait sûrement pas et il n'était guère en position de payer un ravisseur.

Annette était de retour à son poste de travail. Tout le monde était occupé. Hamish et Candace arrivèrent ensemble, cette dernière se rendant immédiatement dans la deuxième pièce et fermant la porte, après s'être assurée qu'il y avait un tableau mobile à utiliser.

Meg fit un signe de la main et il se leva, juste au moment où son téléphone sonnait. Il hocha la tête pour la saluer et répondit.

— Salut, ma chérie.

La voix d'Ellie était la bienvenue.

— Mauvais moment ?

— Juste super occupé. On s'occupe de l'enlèvement de quelqu'un que l'équipe connaît.

— Oh, c'est horrible. Appelle-moi quand tu veux. J'emmène Michael dîner.

Michael était le frère aîné d'Ellie, malheureusement atteint de lésions cérébrales suite à un événement tragique, mais qui se portait bien depuis qu'il avait emménagé avec elle et Ben.

— Ça a l'air sympa. Où ça ?

— On essaie le nouveau restaurant grec. C'est bien de savoir ce que les autres restaurants proposent et j'aime soutenir les commerces locaux.

Ellie possédait son propre petit restaurant florissant dans la ville balnéaire qu'ils appelaient leur chez-soi.

— Amusez-vous bien et dis à Michael qu'il doit tout goûter. Tu m'appelles plus tard ?

— Bien sûr. Je t'aime.

— Je t'aime aussi.

Il prit un moment après la fin de l'appel. Ellie lui manquait constamment, ainsi que Michael, qui avait été son meilleur ami avant que leurs vies ne changent il y a plus d'une décennie. Ben avait renoncé à un avenir brillant dans la police de Victoria pour être avec eux et n'avait jamais regardé en arrière. Pas avant que ce poste ne se présente. Il alla voir ce dont Meg avait besoin.

— Okay, donc quelques progrès, patron. Elle fit pivoter sa chaise pour le regarder. Lyndall a pas mal d'argent sur son compte. Assez pour vivre des intérêts. Elle possède la propriété en pleine propriété et n'a aucune dette que je puisse trouver. Elle n'est pas richissime. Mais très à l'aise.

— Des dépôts sur le compte ?

— Très peu. Annette est encore en train d'éplucher ses relevés.

— Quoi d'autre ?

— Liz a envoyé un message plus tôt avec les prénoms Alan et John-Paul comme étant potentiellement ceux des membres de la famille décédés de Lyndall et Candace m'a envoyé une photo de son téléphone. Elle a l'original avec elle et je ne vais pas l'interrompre dans son travail pour poser des questions mais jettes-y un œil. Meg se retourna vers ses écrans et appuya sur une touche.

Un croquis apparut. Trois personnes. Une sur un radeau en mer. Deux montant un escalier. Il se pencha plus près.

— Ce sont des portes ?

— Je suis presque sûre que ce sont les portes du paradis. Meg zooma.

Les détails étaient extraordinaires, avec des volutes et des motifs décoratifs sur les deux portes. Derrière, à peine visible, une main était tendue.

— Bon sang. J'en ai eu des frissons dans le dos. Ben se redressa. Tu penses qu'elle est religieuse ?

— Aucune idée. Mais c'est une œuvre d'art profonde. Très personnelle.

— Attends... toi et Candace avez échangé vos corps ?

— J'adorerais avoir sa perspicacité sur les gens. Le truc, c'est que la qualité du dessin est exceptionnelle et aidera à l'identifier comme artiste. Et autre chose. On peut chercher un double décès dans l'eau ou près de l'eau. Un père et un fils. Probablement.

— De quoi as-tu besoin de ma part ?

Elle sourit, les deux sourcils levés.

— Rien du tout. Je t'ai juste demandé de venir pour admirer mon travail.

— Dûment admiré. Tu as les données du drone ?

— Oui, mais Hamish est capable de les analyser. Une fois qu'il aura créé une grille appropriée, je pourrai y jeter un œil. Et

Reuben pourra aider quand lui et Liz reviendront. On travaille toute la nuit ? Je veux dire, moi oui, mais qu'en est-il d'Annette et de certains des autres ?

Ben vérifia l'heure. Il était plus de dix-neuf heures.

— Où est Pete ?

— Il se rend utile en allant chercher des pizzas. Il sera de retour dans vingt minutes environ.

— Bonne idée. On va laisser tout le monde manger, faire un autre briefing, et organiser des rotations. Juste quelques-uns d'entre nous pour continuer à travailler parce que je veux que les gens soient frais pour un départ matinal. Mais Meg ?

— Patron ?

— Quel genre de pizza va-t-il chercher ?

Les cimetières étaient l'un des endroits que Liz aimait le moins. Certaines personnes les trouvaient réconfortants, mais elle était toujours submergée par le chagrin. Sa propre mère était morte bien trop jeune et sa perte avait profondément affecté Liz à l'époque. Et puis, être traquée et filmée sur la tombe censée appartenir à son père qu'elle n'avait pas revu depuis longtemps, et voir cette vidéo finir dans une émission d'information tard le soir, avait conduit Liz à souhaiter ne plus jamais avoir s'y rendre.

Pourtant, elle était là.

Elle avait passé un moment à rendre hommage à Marion avant de faire de même un peu plus loin avec la fille et le gendre de Vince, les parents de Melanie, Susie et David. Elle les avait tous connus.

— Une idée de ce que je cherche ?

Reuben avait patiemment attendu à une distance discrète.

— Je doute que le vrai nom de famille de Lyndall soit Smith, mais ça ne coûte rien de le chercher. Nous pensons que son mari et son fils sont morts en même temps. Melanie se souvient de leurs prénoms comme étant Alan et John-Paul. Ça pourrait être entre vingt-huit et disons trente-deux ans, mais avec une certaine marge. Le fils n'était qu'un enfant.

— Merde. Pauvre femme.

— Ouais.

Avant que la tristesse ne l'empêche de travailler, Liz fit un geste vers une rangée.

— Tu veux commencer par-là ? Vince et Melanie se souviennent que Lyndall était dans cette direction mais à une bonne distance de la tombe de Marion.

Il jeta un coup d'œil en arrière, puis dans la direction qu'elle avait indiquée.

— Restons à vue l'un de l'autre.

— Peur des fantômes ?

— Peur de me perdre ici.

— Alors travaillons tous les deux sur une rangée à la fois, juste de côtés opposés.

Tu penses que j'ai peur et tu veux me protéger ?

Reuben avait l'air de quelqu'un habitué à être aux commandes et prêt à intervenir en un instant. Il n'avait pas vu l'incident avec Hamish ni fait de commentaires à ce sujet... pas à la connaissance de Liz, mais il devait savoir qu'elle était capable de se débrouiller.

Son téléphone bipa, signalant un message de Pete.

Pizza dans une demi-heure. On doit faire le point.

J'espère qu'on sera de retour à temps pour manger.

Le téléphone de retour dans sa poche, Liz suivit l'exemple de Reuben en marchant lentement le long des « pieds » des tombes d'un côté du chemin, vérifiant les pierres tombales pour obtenir des informations, puis passant à la suivante. Elle se concentra sur la recherche de noms masculins, décédés il y a environ trois décennies, en essayant d'ignorer le reste des informations. Avec la tombée de la nuit, elle devait se concentrer car elle préférait les trouver ce soir plutôt que de devoir revenir.

Reuben était devant elle. Il travaillait avec précision, s'arrêtant à chaque tombe, ses lèvres bougeant en silence alors qu'il lisait l'inscription sur la pierre tombale, puis passant à la suivante.

Cette rangée ne donna aucun résultat et ils passèrent à la

suivante qui était parallèle. Maintenant, ils se dirigeaient de nouveau vers la tombe de Marion. Après seulement trois tombes, Liz s'arrêta et lut attentivement une petite pierre tombale. Les dates correspondaient.

Alain Dubois.

— Reuben ?

Il la rejoignit en quelques secondes.

— Alain... assez proche d'Alan. Pas de date de naissance, seulement de décès. 7 mars 1995.

Ils passèrent à la tombe suivante et de nouveau, Reuben lut la pierre tombale, qui était de la même taille que l'autre.

— Jean-Paul Dubois. 7 mars 1995. Notre monde.

La boule dans la gorge de Liz refusait de partir et il n'y avait aucune chance qu'une phrase cohérente sorte de sa bouche. À la place, elle prit plusieurs photos, d'abord de la tombe de l'enfant, puis de celle du père. Faire quelque chose l'aidait, mais elle était bien consciente du regard de Reuben sur elle. Quand elle le regarda enfin, il lui offrit un sourire. Un sourire chaleureux et sincère de compréhension partagée et elle n'était pas certaine si cela l'aidait ou faisait remonter ses émotions.

— Les fleurs sur la tombe de l'enfant sont assez fraîches, commenta-t-il. Je sais que c'est affreux, mais j'aimerais les ramener avec nous. Je doute qu'elles soient là depuis plus de quelques heures.

Si observateur.

— Bien sûr.

Il sortit des gants d'une poche et après les avoir enfilés, recueillit soigneusement les fleurs.

— Elles ont l'air fraîches. Si Lyndall a été enlevée pendant la nuit, elle a dû les déposer hier. Mais elles semblent plus fraîches que ça. Liz ne les toucha pas, mais le doux parfum du bouquet était fort. Peut-être qu'elle les fait livrer par un fleuriste.

— Ou une autre personne les a déposées ici.

— Allons-y. Apparemment, Pete va chercher des pizzas pour tout le monde.

Reuben rit doucement.

— On l'envoie souvent chercher de la nourriture. Est-il particulièrement doué pour ça ou est-ce une façon pour les autres d'avoir un peu d'espace ?

Je t'aime beaucoup.

— Un peu des deux. Pete est quelqu'un qu'on apprend à apprécier avec le temps, mais c'est le meilleur partenaire que j'ai jamais eu.

Ils commencèrent à se diriger vers la sortie, Reuben tenant les fleurs éloignées de son corps.

— Meilleur que Vince Carter ?

— Différent. J'ai travaillé avec Vince au début de ma carrière. En uniforme. Et il était un brillant mentor et continue d'être un ami proche. Ensuite, il y a eu une série de partenaires, principalement des gars qui étaient déterminés à gravir les échelons aussi vite que possible mais pas tous prêts à faire les efforts nécessaires.

— Et Pete ?

Liz sourit.

— C'est un homme rude et dur à cuire. Il n'y a pas grand-chose qu'il ne ferait pas pour attraper un criminel. Parfois, il est à deux doigts de franchir cette ligne et il a eu plus que sa part de réprimandes, sans parler de la plainte déposée par Vince il y a quelques années. Mais c'est un bon flic et il a une capacité surprenante à déchiffrer une situation.

— Je vais peut-être attendre de voir son choix de pizzas avant de me prononcer.

Plutôt que le thé du matin pris ensemble autour de la table de conférence, presque tout le monde mangeait à son poste de travail quand Liz et Reuben arrivèrent. La pièce principale sentait comme un four à pizza et l'estomac de Liz gargouilla.

— Liz ? Sers-toi. J'ai mis quelques parts de celles au piment dans la boîte du fond pour toi. Pete sortait de la cuisine, son assiette empilée de parts de pizza et un verre de cola qui tenait miraculeusement en équilibre sur le bord.

Même la boisson avait l'air bonne et elle n'était pas fan de sodas.

Elle trouva les parts que Pete lui avait gardées et sourit de son attention. Il se souvenait de ce qu'elle aimait. Il y avait une carafe d'eau filtrée dans le frigo et elle se servit un verre, le but rapidement puis le remplit à nouveau. Elle souleva la carafe pour la remettre en place quand Reuben entra.

— J'en prendrais bien un peu.

Il prit un verre et elle versa, puis rangea la carafe.

— J'ai pris les deux dernières avec supplément de piment mais je peux partager, proposa Liz.

Reuben ouvrait puis fermait les couvercles d'une demi-douzaine de boîtes.

— Non. J'adore le piment mais j'imagine que c'est sur une pizza à la viande ?

Liz examina les parts. Elle n'y avait même pas pensé.

— Peut-être du poulet ou des crevettes. Beaucoup de fromage.

— Ah. Rappelle-moi de faire quelque chose de gentil pour McNamara. Il souleva le couvercle d'une boîte presque pleine et mit plusieurs parts dans une assiette. Sympa de sa part. Et celles-ci ont du piment si tu veux une autre part ? Reuben ferma le couvercle et sourit. Pizza végétalienne.

— Tu es végétarien ?

— Je le suis.

— Et Pete ne t'a pas donné du fil à retordre ?

Reuben sortit de la cuisine.

— Inutile de me lancer sur ce sujet. Je l'ennuierais avec des faits sur la santé, sans parler du côté animal. Vois-moi juste comme le Peter Siddle de l'application de la loi.

Et tout aussi beau.

Avant que son esprit ne puisse suivre cette étrange ligne de pensée — non seulement à propos de Reuben mais aussi à propos de l'exceptionnel joueur de cricket australien — Liz se servit une des parts de pizza végétarienne et se dirigea vers son poste de travail. Elle avait un clavier, une souris et deux écrans, à peu près comme tout le monde. Le bureau était long et incurvé et pour la première fois, elle remarqua que c'était un bureau debout, capable de s'élever à une hauteur confortable si elle voulait être sur ses pieds plutôt que sur son derrière. Pour l'instant, être assise était bien.

Trois parts de pizza plus tard, toutes délicieuses y compris la végétarienne, Liz s'essuya les doigts et alluma l'ordinateur. Peu importe le temps que cela prendrait, elle était là pour trouver Lyndall. Peu importe ce qu'elle devait faire. Malgré toute fatigue ou faim ou soif future. Rien de tout cela n'avait d'importance. Tout ce qu'elle pouvait voir, c'étaient les deux tombes. Côte à côte. Père et fils. Et la gravure.

Notre monde.

TREIZE

La salle bourdonnait d'une activité discrète. Tous les postes de travail étaient occupés, à l'exception de ceux de Candace et Pheobe. Cette dernière était assise en face de Ben dans son bureau, et ils étudiaient attentivement un document imprimé entre eux.

Ça prend trop de temps.

Malgré le fait que chaque membre de l'équipe travaillait activement sur un aspect ou un autre, Liz avait l'impression qu'ils pataugeaient dans la boue. Cela lui rappela l'une des premières découvertes de la journée et elle se dirigea vers le poste de travail de Pete. Comme toujours, c'était un vrai bazar. Il avait le don de transformer toute surface plane en chaos, qu'il prétendait organisé et dont il affirmait connaître l'emplacement de chaque objet. En ce moment, une douzaine de photographies de la boue séchée de l'autre côté du portail à l'arrière de la propriété de Lyndall s'affichaient sur son écran.

— Je réduis la liste des marques de véhicules possibles, Liz.

Pete ne leva pas les yeux de son clavier, sur lequel il tapait avec deux doigts. Les photos montraient des traces de pneus claires, profondes et larges, avec une bande de roulement qu'elle ne reconnaissait pas, non pas qu'elle fût une experte en pneus.

— Donc pas un Hi-lux ou un Ranger ?

— Non, mais c'est quand même assez courant. Si je peux l'identifier précisément, alors peut-être que je pourrai trouver le véhicule réel et nous pourrons aller chercher Lyndall.

— Si seulement c'était aussi simple, Pete.

Il appuya sur Entrée et s'adossa à sa chaise, les yeux fixés sur Liz.

— Si tout cela était simple, aucun d'entre nous ne serait ici. Nous serions sur une plage tropicale avec des cocktails, laissant ça aux membres actuels de l'unité de recherche des personnes disparues. Ou à la brigade criminelle.

Le dernier mot fut prononcé avec un tel dédain que Liz sourit.

— Ce n'est pas drôle, Liz. Andy Moorland n'est pas Terry. Cette équipe va en souffrir, crois-moi.

Le sourire s'effaça à l'évocation du nom de son ancien patron.

— Personne ne peut remplacer Terry, mon vieux. Et il me manque aussi. Mais quelqu'un devait prendre la relève et toi et moi partions, alors qui aurait dû avoir le poste ?

Il haussa les épaules et jeta un coup d'œil derrière Liz.

— On dirait que la réunion commence.

Ben et Pheobe se tenaient debout près de la table et quelques secondes plus tard, Candace émergea de la deuxième pièce. Elle avait l'air épuisée, mais déterminée, et Liz aurait aimé avoir le temps de s'asseoir avec elle et d'en parler tranquillement un moment. Elles avaient déjà travaillé ensemble sur une affaire urgente et la psychologue était une force avec laquelle il fallait compter. Et intéressante.

Meg toucha quelques points sur le dessus de la table et la surface noire se métamorphosa. Liz retint son souffle lorsqu'un écran semi-transparent s'éleva du milieu. Personne d'autre ne fut surpris, ils l'avaient donc déjà vu auparavant.

Ben balaya la table du regard.

— Merci à tous pour votre travail incroyable aujourd'hui. Ce matin, je m'attendais seulement à une journée pour intégrer Liz à l'équipe. Et nous voilà, presque vingt et une heures, à pourchasser un fantôme. Ou une série de fantômes. Quelles que soient les raisons de Lyndall pour cacher son passé et changer d'identité, cela a rendu notre tâche plus difficile. Mais quelqu'un l'a retrouvée et nous nous rapprochons de son histoire. Qui veut commencer ?

Pete fut bref, évoquant les pneus et quelques empreintes de pas qui avaient été moulées et envoyées à un laboratoire dont Liz n'avait jamais entendu parler. Le fait de savoir qu'ils avaient accès à un laboratoire scientifique privé lui redonna espoir.

— Phoebe et moi avons discuté de son podcast, dit Ben. Son approche est unique et j'aimerais que tout le monde entende son concept. Pheebs ?

Une fois de plus, la jeune femme était timide à l'idée de parler, les yeux d'abord fixés sur la table.

— Oh, bien sûr. J'ai écrit un script pour le podcast et si ça vous convient à tous, je l'enregistrerai et le diffuserai ce soir. Je peux en envoyer une copie à tout le monde ? Bref, je veux lancer une conversation sur les scandales dans le monde de l'art. Elle leva enfin les yeux. Mes chercheurs en ont trouvé quelques-uns qui sont assez inoffensifs mais qui feront l'affaire pour commencer, et un sur un vol d'œuvre d'art il y a quelques années qui avait un lien avec l'Australie. Nous savons déjà qui l'a fait, mais ça pourrait faire réfléchir les gens. Maintenant que nous avons plus d'informations sur Lyndall, j'ai fait quelques changements pour essayer d'orienter les gens vers la bonne époque et peut-être les bons pays.

— Mais ton podcast n'est-il pas plutôt pour... eh bien, les jeunes ? Tout cela ne s'est-il pas passé avant leur époque ? demanda Annette.

— Tu serais surprise. Les affaires criminelles fascinent tous les âges et mon public a de vingt à quatre-vingts ans. Et cela sera diffusé dans le monde entier. Je ne me concentre pas uniquement sur l'Australie car Lyndall avait des liens étroits avec l'Europe. Elle baissa à nouveau la tête. C'est le plan.

— Merci, Phoebe. J'ai hâte d'écouter le podcast, dit Ben. Annette ?

— Tout ce que je fais va à Meg, donc plutôt que de faire double emploi...

— Dans ce cas, Meg ?

— Ne te sous-estime pas, Annette. Tu recueilles toutes les informations pertinentes pour me faire gagner du temps. Meg toucha l'écran et il s'anima avec une sorte de liste. Voici ce sur quoi je travaille. Enfin, pas moi mais mes programmes, plus certaines choses qui sont externalisées, de manière sécurisée. Cela se mettra à jour automatiquement au fur et à mesure que les résultats arriveront. Vous voyez le nombre à côté de la reconnaissance faciale ? C'est le nombre de visages qui ont été considérés et écartés.

La liste était une chose vivante et Liz ne pouvait en détacher les yeux. Sous « Visages » figuraient les noms « Lyndall », « Alain » et « Jean-Paul », et à côté de chacun se trouvait une sorte de compteur qui défilait rapidement. Elle passa finalement au reste de la liste.

Fleurs

Compte bancaire

Données des drones

Historique de la famille et leurs décès

Armes de Lyndall

Constructeur de la maison

Contacts périphériques

Il y en avait quelques autres qui ressemblaient plus à des rappels pour Meg qu'à de véritables points de la liste. Liz se reconcentra sur la conversation.

— Mes recherches ont leurs limites, patron, dit Meg à Ben. Une partie de ce travail nécessite du travail de terrain à l'ancienne pendant les heures de bureau normales.

Hamish et Reuben prirent ensuite la parole, couvrant les premières découvertes des drones.

— Trois endroits possibles où quelqu'un pourrait attendre pendant de longues périodes et nous sommes assez sûrs que la maison de Lyndall était visible. C'était Hamish qui parlait. Il avait à peine parlé depuis le retour de Liz mais lui adressait de temps en temps un sourire. Peut-être voulait-il lui faire comprendre qu'il ne lui en voulait pas. Je retournerai là-bas dès l'aube. Avons-nous accès à des chiens pisteurs ?

— Oui. Je contacterai quelqu'un pour vous mettre en relation, mais ne les faites venir que si vous trouvez des preuves qu'il y a eu un guetteur. Tu emmènes Reuben ?

Reuben acquiesça.

— Il vaut mieux qu'on travaille ensemble là-dessus, puisqu'on a passé la journée à réduire les zones et qu'on a le paysage en tête maintenant.

Ben regarda autour de la table, s'arrêtant sur Liz. Elle s'attendait à ce qu'il lui demande de parler, mais il recula de la table.

— Notre équipe a jusqu'à demain à cette heure-ci pour faire des progrès. En fait, pour pouvoir montrer des avancées concrètes dans la recherche de Lyndall ou, au moins, de son ravisseur. Nous risquons que cette affaire soit confiée à l'unité de recherche des personnes disparues et à d'autres unités en charge des crimes majeurs.

Pete jura dans sa barbe.

— Nous devons utiliser au mieux le temps dont nous disposons. Phoebe, va faire ton podcast maintenant. Dors dès que tu le peux. Annette, rentre chez toi. Hamish, Reuben, rentrez chez vous. Soyez sur la propriété de Lyndall aux premières lueurs du jour. Pete…

— Je ne pars pas.

— Merci d'avoir apporté les pizzas, dit Ben avec un demi-sourire.

— Ouais. Pas de problème. Je ne pars toujours pas.

Un éclat de rire accompagna le mouvement des gens s'éloignant de la table alors que ceux qui partaient allaient éteindre leurs ordinateurs et se préparer à partir. Candace déambula dans la cuisine et après un rapide coup d'œil à Ben — qui parlait à Meg — Liz la suivit. Candace était devant le frigo ouvert, regardant à l'intérieur sans bouger.

— Du thé ? J'ai vu des tisanes tout à l'heure, dit Liz.

Candace ferma lentement la porte et se retourna pour offrir un petit sourire fatigué.

— Je pensais à quelque chose d'un peu plus fort. Comment vas-tu, Liz ?

Je suis confuse et inquiète et épuisée. Je sais à peine ce que je fais ici.

— Ça va. Tout le monde est génial.

— Même Hamish ?

— Tu as vu les photos de Pete ?

— Oui. Je pensais qu'il était temps que quelqu'un le remette à sa place.

Incertaine du sérieux de Candace, Liz changea de sujet.

— Depuis combien de temps fais-tu partie de l'équipe ?

— J'ai aidé Ben à tout mettre en place. À choisir le bon mélange de personnes.

Sur cette note surprenante, Candace retourna dans la pièce principale.

Ben, Meg, Pete et Candace étaient avec Liz à la table ronde de la deuxième pièce. Deux bouteilles de vin étaient ouvertes ainsi que de la bière et il y avait eu peu de conversation pendant les premières minutes. Tout le monde était parti pour la nuit. Le calme et la tranquillité ici étaient les bienvenus et Liz savourait son vin blanc frais.

Candace se pencha pour rapprocher un ordinateur portable puis se leva pour faire rouler le tableau. Il était couvert de son écriture en gras et plusieurs feuilles y étaient fixées avec des aimants, y compris une photocopie agrandie de l'œuvre du carnet de croquis de Melanie.

— Puis-je dormir ici ce soir, Ben ? demanda Candace. Il est fort probable que je fasse plus de connexions une fois que j'essaierai de me reposer et je préférerais avoir un accès rapide au tableau.

— Bien sûr, dit Ben en ouvrant sa deuxième bière. Liz et Pete, retournez dans vos propres lits ce soir.

Pete ouvrit la bouche pour argumenter mais Ben continua.

— Meg a besoin de l'autre pièce. Personne ne va rester debout toute la nuit mais trois d'entre nous doivent être ici pour tout développement.

Candace fit un geste vers le tableau.

— Je ferai un briefing aux autres dès le matin. Je ne suis pas près d'établir le profil du ravisseur mais en comprenant la victime, je m'attends à poser les bases pour profiler le criminel derrière tout ça.

— Ou les criminels, dit Pete.

— Nous savons qu'il y a au moins quatre personnes impliquées d'après les images vidéo récupérées de la chambre forte. Trois étaient là comme hommes de main. Une était connue de Lyndall.

— Connue d'elle ? Liz ne s'y attendait pas. Tu veux dire de son passé ?

— Très probablement, dit Candace en ouvrant l'ordinateur portable. J'ai étudié cela en détail mais peut-être que tout le monde ne l'a pas vu ?

Pete et Liz secouèrent la tête et Candace tourna l'écran vers eux.

— Ce ne sont que les images prises à l'intérieur de la chambre forte. Il semble que l'enregistrement soit activé par le mouvement. Maintenant, en recoupant avec d'autres caméras, nous savons que Lyndall a quitté la maison à 0h57. Elle est revenue à 1h08 et s'est enfermée dans la maison. C'est là que les choses deviennent un peu compliquées.

Meg se pencha en avant.

— Quelqu'un a trafiqué les caméras et je pense que c'était en utilisant un appareil électronique. J'ai envoyé tout ce qui s'est passé entre le départ de Vince et Melanie et 3 heures du matin à une source de confiance pour clarifier tout ce qui est possible. Pour une raison quelconque, cela n'a pas affecté la caméra dans la chambre forte. Probablement à cause de la quantité importante de matériau protecteur dans le sol, les murs et le plafond.

Candace tapa sur le clavier et la vidéo commença.

La porte s'ouvrit et une personne entra, vérifiant que la porte était à nouveau fermée. Elle ne perdit pas de temps à ouvrir l'armoire à fusils et à retirer le rifle. Ensuite, elle disparut de la vue de la caméra. Quelques secondes plus tard, Lyndall se jeta presque à l'intérieur, fermant la porte derrière elle. Il faisait sombre dans la pièce jusqu'à ce que Lyndall allume le panneau de dix moniteurs, mais même leur lumière n'était pas forte car la maison elle-même était dans l'obscurité. Ce qui était terriblement évident, c'étaient trois silhouettes sombres devant la porte.

Liz ne put s'empêcher de laisser échapper un petit halètement et la main de Pete pressa son épaule pendant un moment.

— Maintenant, Lyndall se croyait en sécurité là-dedans, continua Candace. Personne d'autre ne savait comment accéder à la porte, donc tout ce qu'elle avait à faire était d'appeler à l'aide.

À l'écran, une scène terrible se déroulait. Lyndall ouvrit l'armoire à fusils qui était bien sûr vide. Son langage corporel changea subtilement, se raidit, mais sa main continuait de bouger dans l'armoire, s'arrêtant une ou deux secondes. Peut-être pour appuyer sur le bouton de sécurité. Elle commença à tapoter sur quelque chose. Quelque chose avec une lumière. Et puis elle se figea. Le canon d'un fusil entra dans le champ de vision jusqu'à ce qu'il soit contre la tête de Lyndall.

Candace mit la vidéo en pause.

— Vous voyez la lumière dans l'armoire ?

— Ça doit être un téléphone, dit Liz. Avec le fusil manquant, Lyndall essayait de joindre Vince ou la police mais nous savons qu'il n'a jamais reçu de message ou d'alerte d'aucune sorte.

— Ni la société de sécurité, dit Meg. En fait, ils ont encaissé ses paiements mensuels et n'ont jamais une seule fois vérifié que le bouton fonctionnait.

— Attendez, Carter a dit qu'il était là quand tout a été fait l'année dernière. Pete semblait choqué. C'était déjà prévu à ce moment-là ?

— Continuez à regarder.

La vidéo reprit.

Lyndall se retourna lentement, les mains en l'air. Même dans la semi-obscurité, il était évident qu'elle connaissait la personne tenant le fusil. Elle dit un mot. Il y eut une brève discussion puis le ravisseur entra dans le champ de vision, ouvrant la porte. Les trois hommes entrèrent et Lyndall acquiesça à ce qu'on lui disait. Le premier homme rangea le fusil et sortit un téléphone portable avant de fermer l'armoire. Il le glissa dans une poche, seul le côté de son visage apparaissant partiellement. Lyndall s'arrêta à la porte puis fut en quelque sorte poussée à travers et tous les cinq sortirent.

L'enregistrement se termina.

Ben leva la main alors que tout le monde commençait à parler en même temps.

— Meg n'a isolé ça que depuis deux heures environ et a déjà fait circuler les images du premier homme et des autres à ses contacts.

— Et je travaille sur la reconnaissance faciale.

— Ouais. Et j'ai commencé le processus d'identification du téléphone. J'ai aussi appelé Vince il y a une heure et confirmé qu'il n'avait reçu ni appel ni texto de Lyndall. Il n'était pas au courant de l'existence de ce téléphone et celui qui était à côté de son lit est le seul enregistré à son nom. Ben avait l'air sombre. C'est bien, ce qu'on obtient de cet enregistrement court.

Retournant au tableau, Candace pointa le croquis.

— La perte de Lyndall était terrible. Je crois que celui qui l'a enlevée était responsable de la mort de son fils et de son mari. Ou associé d'une manière ou d'une autre. D'une manière néga-tive. Elle se cache depuis des décennies et se préparait à une attaque. On le voit dans sa maison. Sa protection minutieuse de son identité. Mais elle commençait à se sentir en sécurité à nouveau et j'attribue cela à ses relations avec Vince et Melanie. Quelque part, elle a fait une erreur et a alerté ceux qu'elle avait fuis.

— De quoi pourrait-elle se cacher ? Meg bâilla et s'empressa de le cacher. Désolée.

Pete recula sa chaise mais ne se leva pas.

— C'est une tireuse d'élite. Je pense qu'elle a manipulé des armes de sniper ou similaires et ça doit réduire les options.

Ce nouveau côté de Lyndall ne collait pas. Liz la connaissait comme une solitaire excentrique au cœur gentil. Une femme qui préférait être avec ses ânes plutôt qu'avec des humains. Elle avait la soixantaine. Une personne qui parlait peu.

Maintenant, Pete se leva.

— Je chercherais du côté des forces de sécurité gouvernementales ou d'un groupe militaire d'élite. Légal ou pas. C'est mon meilleur pari. Il commença à ramasser les bouteilles vides.

Légal ou *pas* ? Sûrement que la vie passée de Lyndall n'était pas celle d'une tueuse à gages ?

QUATORZE

— Tu regrettes tes choix de vie maintenant ? L'homme assis en face de Lyndall souriait comme s'ils étaient de vieux amis partageant une blague.

Elle ne prit pas la peine de répondre. Elle avait à peine parlé depuis qu'on lui avait bandé les yeux et qu'on l'avait sortie du bateau quelques heures plus tôt, forcée à monter une douzaine de marches et à entrer dans ce bâtiment. Sous ses pieds chaussés de chaussettes, de vieilles planches grinçaient sous l'effet de l'océan. Lyndall avait une idée de l'endroit où elle se trouvait, ou du moins du type de structure, et si elle avait raison, il y avait une chance qu'elle puisse s'en sortir. Une fois que ce monstre serait parti.

— Je ne me fatiguerais pas si j'étais toi, Nora. Mis à part le fait que personne n'est autorisé à s'approcher à moins de cent mètres grâce aux phoques qui l'utilisent parfois comme lieu de bronzage, nous sommes à des kilomètres du rivage. J'ai un bateau qui patrouille à distance. Et un requin a été aperçu pas plus tard qu'hier.

— J'en regarde un en ce moment même.

— Ah. Elle parle finalement.

Marcus n'avait jamais été facilement offensé. Les insultes glissaient sur lui et il en avait eu sa part dans son métier.

— Tu tues toujours des gens pour gagner ta vie ? demanda-t-elle.

— J'ai arrêté ça il y a environ trente ans. À peu près au moment où ma tireuse d'élite a disparu. Son visage s'assombrit. Je n'ai jamais trouvé de remplaçant convenable, alors j'ai changé d'activité. Mais tu n'as pas vraiment besoin de savoir quoi que ce soit sur ma nouvelle vie.

Lyndall força un sourire.

— Ne fais pas semblant de vouloir me laisser en vie. J'en sais trop, mais si je n'ai rien dit jusqu'à présent, il est peu probable que je le fasse un jour.

Se levant, Marcus marcha vers l'une des rares fenêtres qui bordaient la pièce. Chacune donnait sur la mer. Et sur l'obscurité de la nuit. Une porte menait à l'autre partie de la structure, mais Lyndall n'avait vu que l'intérieur d'une salle de bains au bout d'un étroit couloir lors de la brève visite qu'on lui avait permise.

Il portait un téléphone qui sonna, faisant sursauter Lyndall. Il répondit et marmonna quelques mots avant de se retourner vers elle.

— Je pars. Le vent se lève et je n'ai pas l'intention de rester coincé ici toute la nuit. Mais toi, tu restes et tu as le champ libre, Nora. Il y a une chambre. Une cuisine. Assez de nourriture pour ce soir. La porte restera verrouillée et les fenêtres sont renforcées, alors installe-toi. Il traversa la distance qui les séparait, restant suffisamment loin pour que si elle essayait de le frapper, il resterait en sécurité. Il savait qu'elle n'avait plus l'agilité et la rapidité pour faire autre chose qu'une tentative symbolique.

Il peut bien le croire. Il pourrait être surpris.

— Pourquoi suis-je ici, Marcus ? Si c'était pour me faire taire, je serais déjà dans l'océan.

— C'est vrai. Nous parlerons demain. Prends cette nuit pour réfléchir aux informations, y compris l'emplacement, que tu me fourniras pour récupérer Les marées.

Le sang de Lyndall se glaça.

— Tu deviens toute pâle, mon ancien amour. L'homme hocha la tête. Comme tu peux l'imaginer. Parce que d'ici demain à la même heure, il doit être de retour entre mes mains.

— Je n'ai aucune idée de…

Il bougea rapidement, la plaquant contre le dossier de la chaise, son visage déformé par la colère, son haleine nauséabonde de cigarettes.

— Si, tu le sais. Et tu t'assureras que je le trouve.

On frappa à la porte et il recula, rajustant sa veste.

— Ce serait fâcheux pour toi de m'ignorer. Mauvais pour tous ceux que tu as eu le malheur d'aimer. Je me demande… la deuxième fois sera-t-elle encore pire ?

Avant même qu'elle ne se lève d'un bond, il était parti, sortant par la porte que son sbire verrouilla, avant de jeter un coup d'œil à l'intérieur avec un sourire grotesque.

Elle resta à la fenêtre jusqu'à ce que le bateau soit hors de vue. Il n'y avait qu'une lampe allumée dans la pièce et elle pouvait voir assez bien si elle se pressait contre la vitre en formant un abat-jour avec ses mains. Au loin, on voyait une rangée de lumières. Une côte avec des maisons. Lyndall alla à chaque fenêtre, cherchant des points de repère. La nuit était assez claire malgré de fortes rafales de vent et à travers la dernière fenêtre, elle vit la silhouette caractéristique de Melbourne.

Cela avait du sens.

Elle se trouvait dans l'un des anciens phares sur pilotis du chenal… des structures des années 1800 fonctionnant comme des phares construits sur des pylônes dans la baie. Il y en avait plusieurs qui avaient été progressivement restaurés dans une certaine mesure et déplacés vers de nouveaux endroits uniquement pour des raisons patrimoniales, car aucun n'était activement utilisé pour son but d'origine. Du moins, pas à sa connaissance.

La lumière du jour lui donnerait une meilleure idée de la rive la plus proche. Marcus pourrait bien être de retour avant l'aube. Des bateaux des parcs patrouillaient dans ces zones pour empêcher les touristes curieux de s'approcher de ces structures. Si elle avait le moindre espoir de sortir d'ici et d'échapper au danger, elle devait élaborer un plan.

Un danger pour un autre. Je sais lequel je préfère.

Lyndall était autrefois une bonne nageuse. Mais c'était il y a longtemps et elle n'avait pas nagé depuis des années. Son corps supporterait-il les difficultés d'une nage en mer sur une distance inconnue ? Elle n'avait qu'à s'approcher d'un bateau pour être repérée et elle emprunterait alors un téléphone pour appeler Vince. Il devait être fou d'inquiétude.

Et Melanie.

Il n'était pas juste que cette douce petite fille vive la peur de ce qui avait pu arriver à Lyndall. Elle avait déjà connu assez de malheurs dans sa courte vie.

« Ce serait fâcheux pour toi de m'ignorer. Mauvais pour tous ceux que tu as eu le malheur d'aimer. Je me demande... la deuxième fois sera-t-elle encore pire ? »

Les paroles cruelles de Marcus s'imposèrent à nouveau et Lyndall céda aux larmes.

Mais une fois qu'elle eut fini de pleurer, elle se fixa une tâche. Trouver un moyen de sortir d'ici. Et comme plan de secours... se préparer au pire et fabriquer une arme.

QUINZE

~DEUXIÈME JOUR~

Il n'était pas question que Pete laisse Hamish et Reuben — en particulier le premier — perdre beaucoup de temps à piétiner dans les broussailles. Pas quand il connaissait la région et pouvait éviter une grande partie du terrain le plus difficile. Il attendait en haut de l'allée après avoir parlé à deux membres de la sécurité et s'être assuré que rien d'intéressant ne s'était passé pendant la nuit.

Le jour n'était pas loin et l'air était déjà chaud. Humide. Bien que le ciel semblât dégagé, des orages étaient prévus plus tard dans la journée et Pete n'avait aucune intention d'être surpris ici pendant l'un d'eux. Il jeta un coup d'œil à sa montre. Deux heures suffiraient pour boucler tout ça.

L'un des deux BearCat assignés à l'Opération Nobody ralentit et s'engagea dans l'allée de Lyndall. Similaires à ceux utilisés par l'équipe d'intervention en cas d'incident critique, ces véhicules blindés complétaient plusieurs autres SUV et voitures compactes modifiés. Ils n'étaient pas les plus amusants à conduire, mais meilleurs pour le terrain accidenté et pour transporter non seulement du personnel mais aussi de l'équipement plus volumineux. Et ils semblaient prêts à tout.

La nuit dernière, Pete était allé à la salle de sport ouverte 24h/24 qu'il préférait, frappant un sac de boxe jusqu'à ce que ses muscles lui fassent mal. Finalement de retour à son appartement, il avait échangé des messages avec Liz pendant un moment. Elle avait été intégrée à l'équipe de la pire façon possible et se rendait malade à force de s'inquiéter pour Lyndall.

Moi aussi.

Il s'était attaché à Lyndall au cours des derniers mois. Elle était honnête, même si son passé s'avérait être trouble. Les gens ne changent pas. Pas leur personnalité, et Lyndall avait un fort sens du bien et du mal. Quoi qu'elle ait fait il y a plus de trois décennies, il y avait eu de bonnes raisons et il ne s'en souciait que pour retrouver l'imbécile qui l'avait enlevée.

Imbécile, parce que quand Pete le trouverait, il allait le tuer.

Le BearCat se gara derrière son SUV et Hamish en sortit en quelques secondes.

— Quelque chose ne va pas à la maison ?

— Tout va bien ici.

— Tu es juste passé par hasard ?

Pete afficha un large sourire. Hamish essayait de l'énerver depuis qu'ils s'étaient rencontrés et n'avait pas réussi à le déstabiliser un seul instant. Pete avait eu affaire à ce genre de personnes de nombreuses fois. Principalement lorsqu'il était en couverture en tant que détective et passait des mois parmi les pires types de personnes, comme les patrons du crime qui trébuchaient sur leur orgueil et leur prétendue supériorité. Et Pete ne se gênait pas pour jouer avec leur tête. Ou celle de Hamish.

Il pointa le doigt derrière eux où les premiers rayons du soleil faisaient leur apparition au-dessus de la crête la plus haute.

— Rien ne vaut le lever du soleil ici. Je pensais prendre quelques photos et puis essayer de peindre l'une d'entre elles.

La bouche d'Hamish s'ouvrit.

Reuben était à l'arrière du véhicule.

— Bonjour, Pete. Tu viens avec nous ?

— Ouais, mon pote. Il rejoignit Reuben et souleva une boîte de drone. J'ai fait beaucoup de randonnées ici et je sais comment éviter les broussailles qui donnent lieu à chutes soudaines mortelles.

— C'est une compétence utile. On ne prend qu'un drone au cas où on aurait besoin de plus d'images aériennes.

— Deux personnes, c'est amplement suffisant. Tu ne serais pas plus utile à la base ? Hamish n'avait pas l'air impressionné.

— C'est vrai. Je suis indispensable mais je n'ai pas encore maîtrisé l'art d'être à deux endroits en même temps, alors puisque je suis là, essayons ça.

Pete fixa Hamish jusqu'à ce que l'autre homme hausse les épaules et se penche devant lui pour sortir un sac à dos. Pour la première fois depuis qu'il avait rencontré Hamish quelques semaines auparavant, Pete se sentit mal à l'aise. Il l'avait jugé comme un homme égocentrique mais compétent. Quelqu'un qui avait besoin d'une leçon d'humilité et sur sa façon de parler aux femmes. Surtout cette dernière. Si Ben ne s'en occupait pas bientôt, Pete le ferait. Et Hamish l'apprécierait beaucoup moins qu'une conversation gênante avec le patron.

Ce sentiment était différent.

On aurait pu croire qu'il se passait quelque chose de plus avec l'ex-tireur d'élite militaire. Pete chassa ce sentiment et se saisit d'un fusil.

Liz entra dans le Centre Nobody un peu avant six heures du matin, étant aussi silencieuse que possible, s'attendant à ce que ceux qui étaient restés dorment. Sa propre nuit avait été agitée et elle était déjà debout depuis deux heures. Une longue course l'avait aidée à s'éclaircir les idées. Retrouver Lyndall était la seule chose qui comptait et si elle devait puiser dans toute son expérience de détective, alors elle était prête.

L'odeur du café l'accueillit et elle suivit son nez jusqu'à la cuisine.

Candace était en train de tasser le café moulu dans la machine et sans un mot, prit une deuxième tasse.

— Quelqu'un d'autre est debout ? demanda Liz.

— J'ai entendu une douche se mettre en marche juste avant que tu n'arrives.

Pendant que Candace préparait le café, Liz déposa son sac sur son bureau et alluma son ordinateur. Il y avait un dossier et à l'intérieur se trouvait une sorte de rapport. Probablement l'œuvre de Ben, avec un aperçu des événements de la veille, une longue liste d'indices — faute d'un meilleur terme — et une charge de travail priorisée. Celle-ci était répartie par membre de l'équipe.

— Café. Candace lui tendit une tasse et s'assit sur le bord du bureau. Il n'y a pas grand-chose là-dedans qui requiert ton attention... enfin, à part tout. Les rides autour de ses yeux se plissèrent quand elle sourit. Ben a besoin de temps aujourd'hui pour travailler ses contacts et revenir à ses racines de détective chargé de rechercher les personnes disparues. Heureuse de prendre le relais et de superviser l'équipe ?

— Moi ? Je ne suis pas le meilleur choix. Pas quand je connais à peine la moitié d'entre eux ou les procédures. Je n'ai toujours pas d'arme.

— Tu en auras une d'ici une heure. Le reste de l'équipe connaît les procédures. Et tu es une leader naturelle.

Au lieu d'insister sur le fait qu'elle ne l'était pas, Liz goûta le café.

— Mon Dieu, c'est bon.

— Ça doit l'être, sinon Ben aurait une émeute sur les bras.

— Cet endroit avec sa machine à café digne d'un café, sa cave à vin, ses quartiers de sommeil... qu'est-ce que les autorités veulent en retour ? Ont-ils leur propre agenda pour cette unité ? Et que se passe-t-il si nous ne répondons pas à leurs attentes ?

Candace leva les sourcils.

— Nous n'échouerons pas. On peut avoir l'impression d'être sous pression en ce moment, mais tout ce que j'ai observé sur la structure de Nobody m'assure qu'il s'agit d'un projet à long terme. Pas d'une expérience. Et beaucoup de liberté. Le seul agenda dont j'ai connaissance est probablement la résolution du meurtre des parents de l'inspecteur et il n'y a pas de délai pour ça.

Liz souleva à nouveau le document.

— D'accord, donc c'est pour que je supervise les tâches de chacun ? Tu ne serais pas plus qualifiée pour ça ?

— Je suis plongée dans le profilage. Après votre départ à toi et Pete hier soir, j'ai passé quelques heures avec Meg et Ben. On a fait un brainstorming sur quelques options. On a besoin de ton avis. Mais on avance et c'est une bonne chose. Un autre café ? Un petit déjeuner ?

— Un petit déjeuner ?

— Dans le congélateur, il y a une douzaine de plats au choix. Surgelés, oui. Mais pas mauvais. Si tu veux vraiment cuisiner quelque chose, il y a des œufs, du pain pour faire des toasts et je ne sais quoi d'autre dans le frigo et le placard. Et des yaourts, des fruits et des graines. Ça me donne faim d'en parler. Candace laissa échapper un petit rire en s'éloignant. Je déteste cuisiner.

Liz parcourut le document de Ben. Les premières pages étaient consacrées aux plans d'aujourd'hui avec une note indiquant que tout pouvait changer à court terme.

Chaque membre de l'équipe se voyait attribuer une série de responsabilités. Pour Annette, il s'agissait de continuer à agir comme l'assistante principale de Meg, mais aussi de suivre des tâches importantes comme localiser le constructeur de la maison de Lyndall et la source possible des fleurs trouvées sur la tombe de Jean-Paul Dubois. Liz pensait que c'était une bonne utilisation des talents d'Annette et était confiante quant à des avancées rapides.

Meg avait le contrôle total de son propre poste et là encore, Liz aurait suggéré la même chose. Elle n'avait jamais travaillé avec quelqu'un de plus professionnel ou de plus motivé, et c'était une perte de temps de faire de la micro-gestion avec quelqu'un comme elle.

Il y avait quelques notes concernant Pheobe.

Podcast enregistré et diffusé à 23 h

Copies envoyées à chaque membre de l'unité

Pheobe doit rapporter toute réponse lors du premier briefing de la journée.

Il y avait un e-mail sur l'ordinateur avec un lien et Liz nota de l'écouter plus tard. Une copie du script était jointe à l'e-mail et elle le lut rapidement, son admiration pour la jeune femme grandissant. C'était habilement écrit avec l'accent mis sur l'encouragement du public à faire les recherches pour elle. Restait à voir si cela apporterait des réponses, mais faire appel à une influenceuse des réseaux sociaux apportait une toute nouvelle approche à l'enquête.

Comme pour Meg, Ben et Candace n'avaient besoin de rien de la part de Liz, ne laissant que les trois autres hommes.

D'ailleurs, où était Pete ?

Il n'était en retard que lorsqu'il faisait son propre truc et ce n'était pas le moment pour lui de faire cavalier seul. Mais il n'était même pas encore six heures et demie. Elle s'inquiétait pour rien.

Une demi-heure plus tard, Meg, Ben et Annette étaient à leur bureau. Mais toujours pas de Pete. La nuit dernière, ils s'étaient envoyé des SMS pendant quelques heures, échangeant des idées et parlant plus librement entre eux de leurs inquiétudes concernant Lyndall qu'ils ne l'avaient fait devant le reste de l'équipe. S'il avait dormi un peu plus longtemps, elle n'allait pas le harceler. Pas encore.

Reuben et Hamish, en revanche, devraient être chez Lyndall et la recherche devrait être bien entamée. Ils avaient revu le plan hier soir, avec l'intention de se rendre à trois endroits qui semblaient suspects dans l'espoir de trouver quelque chose de laissé derrière. Liz avait vu la carte et était convaincue que l'un d'eux était le plus probable. Elle ne voulait pas paraître intrusive, mais la connaissance locale pouvait faire la différence et leur faire gagner du temps. Avant d'appeler, elle vérifia l'application pour connaître leur localisation.

Ou du moins essaya.

— Meg ? Quelle partie me montrera où se trouve quelqu'un ?

Elle tendit le téléphone en direction de Meg, qui poussa un soupir plus théâtral que nécessaire.

— On a bien suivi la formation sur ça, Liz.

— Désolée, une formation ? C'était ces trois minutes hier où tes doigts allaient si vite sur l'écran que j'ai été éblouie au point de croire que c'était un nouveau jeu qu'on testait ?

Meg tendit le bras derrière elle vers une autre chaise et la rapprocha.

— Assieds-toi. Elle rendit le téléphone. D'accord, j'ai peut-être oublié que tout le monde n'est pas naturellement connecté à la technologie, alors je vais parler et tu vas taper.

Encourageant Liz à explorer les différentes icônes sur l'écran d'accueil, Meg la guida à travers celles les plus utiles aujourd'-hui. Cela commençait à avoir du sens. Il y avait une logique que Liz saisit rapidement et après un dernier essai, elle suivit les instructions jusqu'au localisateur, spécifiquement pour Reuben. Pendant que ça chargeait, elle adressa un sourire reconnaissant à Meg.

— Pas si difficile. C'est toi qui as créé ça ?

— Oui. Et j'aurais dû écrire quelque chose pour faciliter son utilisation.

— Bah non. C'est facile une fois qu'on a compris le truc. Qu'est-ce que c'est que ça ? Les yeux de Liz étaient retournés sur l'écran. Pourquoi Pete est-il avec Reuben et Hamish ?

Ben raccrocha après son troisième appel téléphonique. Plus un d'Ellie qui voulait prendre de ses nouvelles avant de se rendre au marché de producteurs. Entendre sa voix lui donnait un sentiment d'équilibre. Il s'était réveillé en rêvant d'elle et était resté allongé sur le dos, les yeux fixés au plafond, souhaitant qu'elle soit là, et se demandant — pas pour la première fois — pourquoi il s'était laissé convaincre de reprendre ce genre de travail. Mais l'opportunité était trop belle pour la laisser passer, et s'il était complètement honnête avec lui-même, le travail de détective en ville lui avait manqué. La réalité d'être de retour dans cet environnement était beaucoup plus difficile qu'il ne l'avait anticipé parce que maintenant elle lui manquait, ainsi que Michael et la vie qu'ils avaient.

Plutôt que de décrocher le téléphone et d'essayer encore un de ses contacts pour obtenir la même réponse négative que les trois précédents, Ben se leva et se tint devant la fenêtre, où il avait écrit des notes, avec l'intention de revoir ses observations. Au lieu de cela, il regarda à travers la fenêtre le petit groupe de personnes.

Meg était entourée d'écrans d'ordinateur, de claviers et de dizaines de piles d'informations qu'elle pouvait parcourir plus facilement que quiconque qu'il avait jamais rencontré. Il n'arrivait toujours pas à croire qu'elle avait accepté de rejoindre ce groupe, mais après tout, pourquoi pas ? Après plusieurs années à l'unité de recherche des personnes disparues, ainsi qu'en aidant à la brigade criminelle, elle n'avait toujours pas reçu de désignation officielle pour son poste, qui était temporaire dès le début comme une expérience. Elle lui avait une fois dit ce qu'elle était payée, et il avait été choqué qu'une personne si cruciale pour résoudre des crimes et trouver de nouvelles façons de traquer les criminels soit si sous-évaluée. C'était une chose qu'il pouvait arranger. Grâce au généreux bienfaiteur derrière l'Opération Nobody, chaque membre de l'équipe avait des packages décents, parfois bien supérieurs à leur poste précédent. Et bien qu'il sache que ce n'était pas uniquement une question d'argent pour eux, cela ajoutait certainement un attrait aux longues heures et au travail difficile.

Liz était une flic exceptionnelle et elle avait pris en charge la gestion de l'équipe pour les prochaines heures sans sourciller. Cela lui donnait une petite fenêtre pour contribuer à la recherche de Lyndall. Toutes ses années à l'unité de recherche des personnes disparues devaient bien compter pour quelque chose et bien que les premières personnes qu'il avait contactées aient catégoriquement refusé d'aider, il n'était pas prêt à abandonner.

À aucun moment de sa carrière, il n'avait été plus conscient de se faire des ennemis au sein des forces de l'ordre que maintenant. Peut-être avait-il coupé trop de ponts en quittant l'unité qu'il avait dirigée pendant plusieurs années. Plus probablement, il avait irrité ceux dont il avait souligné l'incompétence ou la paresse à différentes occasions.

Ben retourna à son bureau et composa à nouveau un numéro.

— Salut, Andy. C'est Ben.

SEIZE

De retour à son bureau, Liz projeta l'écran de navigation du téléphone sur l'un de ses moniteurs, satisfaite d'avoir au moins réussi cela. Puis, elle examina plus attentivement où se trouvaient les hommes.

Semblable aux cartes téléphoniques modernes ou aux applications de partage de localisation, celle-ci proposait des options de carte ou de terrain, et elle alternait entre les deux pour déterminer leur emplacement et leur direction. Chacun des hommes était représenté par un petit losange de couleur différente, avec une légende au bas de la carte. Reuben était bleu foncé, Hamish vert pâle, et Pete rouge. Les trois étaient proches les uns des autres et se déplaçaient en direction du nord-ouest depuis la propriété de Lyndall, vers un point élevé derrière celle de Vince.

En fait, c'était sur le terrain de Vince. C'était le deuxième endroit le plus probable et il était impossible qu'ils aient déjà examiné le premier. Peut-être que l'idée était de s'occuper d'abord de l'endroit le plus difficile puis de passer au suivant.

Liz tendit la main vers son téléphone puis s'arrêta.

Quoi que Pete manigançât, il avait ses raisons et une fois qu'elle pourrait lui parler en privé, il s'expliquerait. C'était peut-être aussi simple que de mettre à profit sa connaissance de la région.

Ou s'assurer que Hamish fasse son travail.

La plupart des gens écartaient Pete rapidement et c'était de sa faute. Il se fichait que son approche désinvolte soit un obstacle pour certains. Il préférait faire le tri entre les personnes qui valaient la peine qu'il y consacre son temps et, à en juger par le succès des arrestations *et* des poursuites au cours de sa carrière, cela fonctionnait pour lui.

Maintenant que lui et Vince s'entendaient pour la plupart du temps, il avait peut-être besoin de l'excitation d'avoir un nouvel adversaire sous la forme d'un homme plutôt pompeux qui était son opposé. Éloquent. Charmant. Soigné. Et avide de reconnaissance.

La carte se rafraîchit et les hommes avaient avancé d'une centaine de mètres environ.

— Tu devrais pouvoir obtenir des visuels réels d'eux.

Liz sursauta quand Annette parla par-dessus son épaule.

— Tu es une ninja ?

— Désolée, dit Annette. On m'appelait comme ça quand j'étais en uniforme. Toujours silencieuse jusqu'à ce que j'aie besoin de parler.

Mon système nerveux apprécierait d'être davantage averti.

— Comment puis-je obtenir des visuels ?

— Je peux ? Annette s'agenouilla à côté de Liz en tenant un doigt au-dessus du moniteur.

— Je t'en prie.

— Donc si tu touches cette icône, celle avec l'appareil photo ? Et que tu la maintiens enfoncée. Voilà. Et pour revenir en arrière, il suffit de répéter la procédure.

L'écran scintilla puis se transforma d'un terrain plat à quelque chose de plus proche de Google Earth, sauf qu'il y avait trois petits points se déplaçant le long d'un sentier. Elle appuya dessus et les images s'agrandirent, tandis que la qualité s'améliora. Effectivement, il y avait trois hommes en randonnée portant des sacs à dos.

— Comment se fait-il qu'ils soient trois ?

— Excellente question et j'en demanderai la raison à leur retour. Pete s'est ajouté à l'équipe de recherche et j'imagine que c'est parce qu'il connaît la région.

— Pete aime faire ses propres enquêtes. Un peu loup solitaire.

Liz garda le silence. Elle n'allait pas parler de son ancien partenaire, en bien ou en mal.

— Tu as besoin de quelque chose au supermarché ? Annette se leva. On n'a plus de lait d'avoine que j'utilise dans mon café et je pensais faire un saut rapide pour en acheter. Maudite intolérance au lactose.

Liz sourit.

— Tu dois être l'un des rares flics que je connaisse à ne pas boire de café noir.

Annette grimaça.

— Dégoûtant sans une goutte de quelque chose.

— Si Meg peut se passer de toi, file maintenant avant le briefing. Rien de pire que de rater son café du matin.

Retournant à l'écran, Liz rafraîchit à nouveau l'affichage et les hommes étaient immobiles. Ils avaient atteint leur destination. En l'espace d'une minute, ils étaient de nouveau en mouvement. Son cœur se serra. S'il n'y avait rien à trouver là-bas, alors c'était du temps précieux gaspillé. Elle aurait dû appeler pour suggérer qu'ils donnent la priorité à l'autre site. Avec Pete qui les accompagnait, c'était trois personnes faisant le travail qu'une seule aurait peut-être pu gérer. Ou trois personnes allant à trois destinations en même temps. Consciente que ses épaules se tendaient, Liz se leva et s'étira. Être irritée par la façon dont les autres membres de l'équipe faisaient leur travail n'était pas utile.

— Liz ? Je peux te montrer quelque chose ? Meg était devant son tableau à roulettes, attachant une série de photographies avec des aimants.

— Ce sont celles de la maison de Lyndall ?

— Comment avons-nous pu rater ça ?

Il y avait quatre photographies. La première était une photo de mariage avec Lyndall et l'homme qu'ils devaient supposer être Alain Dubois. Puis deux photos de bébés, à peine plus âgés que des nouveau-nés, dans les bras de Lyndall. Enfin, une avec deux enfants assis ensemble sur un banc, souriant à l'appareil photo. Un garçon âgé peut-être de neuf ou dix ans et un d'environ deux ans.

— J'ai vu la dernière et j'ai pensé que le bambin était quelqu'un de connu de la famille. Peut-être un parent ? Il n'est sur aucune autre photo.

— Regarde attentivement les photos avec les bébés.

Les poses étaient similaires. Lyndall assise sur un canapé avec un bébé dans les bras. Sur les deux, le bébé était enveloppé dans une couverture, sa tête couverte d'un bonnet tricoté. Elles auraient pu être prises à une minute d'intervalle. Sauf que... Liz se concentra sur le visage de Lyndall.

— Non.

— À mon avis, si.

— Des bébés différents. Lyndall a l'air plus âgée sur la seconde image.

— Exact. Je vais faire quelques tests sur les photographies car il n'y a pas de dates, mais je pense que la deuxième image montre un deuxième bébé, et puis celle sur le banc est des deux garçons.

— Des frères ?

Meg retourna à son siège.

— Je vais ajouter cela aux paramètres de recherche.

— Si Lyndall a un autre enfant, où est-il ? Liz était toujours devant le tableau et toucha une copie du croquis de Melanie. Il n'y a pas la moindre allusion à quelqu'un d'autre. Sûrement qu'elle l'aurait inclus s'il était mort aussi ?

— Et l'art dans sa maison ?

— Je vous ai envoyé toutes les photos que j'ai prises, mais elles ne sont pas de très bonne qualité. J'étais un peu pressée.

— Laisse-moi m'en occuper.

— Annette vient de revenir. Tu veux que je lui demande de revoir les photos ? demanda Liz en observant Meg compiler un écran rempli de toutes les œuvres d'art de la maison de Lyndall.

— Non, j'ai besoin qu'elle fasse un suivi auprès de l'entreprise de sécurité.

Le téléphone de Liz se mit à sonner sur son bureau et elle se dépêcha de répondre.

Lorsque Ben émergea enfin de son bureau, Liz ne perdit pas de temps à lui rendre les rênes. Lui et Candace allèrent dans la deuxième pièce et Liz prit une pause toilettes bien méritée.

Dans quelques minutes, ils auraient le premier briefing de la journée et Liz était déjà épuisée. Mentalement et émotionnellement, cette affaire était l'une des plus difficiles qu'elle ait jamais traitées. Elle se lava les mains plus longtemps que nécessaire et réprima l'anxiété qui semblait monter avec chaque nouvelle pièce du puzzle. Rester concentrée était tout ce qui comptait. Garder les yeux fixés sur l'objectif final de récupérer Lyndall en toute sécurité. Les étapes au-delà de cela, y compris l'arrestation du coupable, n'étaient pas importantes à ce stade.

Reuben était dans la cuisine, la tête dans le frigo. La voix de Pete filtrait depuis son bureau.

— Si tu cherches du lait d'avoine, Annette en a acheté plus tôt. Il est peut-être dans le placard.

Il se redressa avec un sourire penaud.

— De la nourriture, en fait. Je meurs de faim. Et il y a deux boîtes de lait dans le frigo, donc je ne sais pas pourquoi elle en a acheté plus.

— Prévoyance ?

— Non. Je veux dire ça. Reuben ferma la porte du frigo et ouvrit le garde-manger. Il y a déjà six boîtes de la dernière fois qu'on a fait le plein.

Effectivement, six boîtes de lait d'avoine étaient alignées en une colonne bien nette.

— C'est un peu étrange.

— Ça ne me dérange pas. Je vais peut-être faire un smoothie avec. Tu en veux un ?

Pas même si c'était la dernière boisson sur Terre.

— Merci, mais non. Je dois parler à Pete.

Liz était certaine d'avoir entendu Reuben rire doucement alors qu'elle s'échappait et elle se surprit à sourire. Il s'avérait être l'une de ces personnes agréables à côtoyer. Pas compliqué et pas prétentieux.

— Ah, te voilà, Lizzie-Beth. Je me demandais si on pouvait avoir un petit moment ? Loin de la salle principale. Hamish avait dû l'attendre, tant son approche fut rapide.

— Liz. Juste Liz, merci. De quoi as-tu besoin de discuter ?

Ses yeux se plissèrent et il jeta un coup d'œil en direction de Pete, qui était assis sur le bord de son bureau en faisant quelque chose sur son téléphone. S'il avait l'intention de se plaindre de Pete, alors il perdait son temps. Elle lui dirait d'en parler à Ben. Son téléphone bipa, signalant un message.

— Désolée, je dois juste vérifier au cas où ce serait Vince.

Hamish attendit.

C'était Pete.

Ne crois pas un mot de ce qu'il dit. Je lui ai sauvé la vie.

Gardant son sérieux d'une manière ou d'une autre, elle rangea son téléphone.

— Celui-là peut attendre. Tu peux me parler ici ? Je préfère ne pas quitter le centre si près du briefing.

Un autre coup d'œil, mais cette fois autour de la pièce, et Hamish s'approcha un peu plus et baissa la voix.

— Je suis un peu gêné, en fait.

— C'est à propos d'hier ?

— Bonté divine, non. J'ai vraiment apprécié te rencontrer de la façon dont ça s'est passé. Il afficha un sourire puis reprit son sérieux. Quelque chose s'est produit plus tôt. Sur la propriété. Pete avait suggéré un chemin et j'en ai pris un autre en pensant que ce serait plus rapide et basé sur la topographie vue par les drones, ça aurait dû l'être. Mais il y avait un sacré grand ravin et j'ai failli... enfin, disons simplement que Pete est sorti de nulle part et m'a attrapé avant que je ne tombe. Je n'ai jamais été sauvé avant.

Bien qu'il soit rassurant d'entendre l'homme parler franchement, Liz n'avait aucune idée où il voulait en venir. Ben et Candace étaient en chemin depuis la table de conférence.

— Le truc, c'est que je ne le connais pas bien et je soupçonne qu'il ne m'aime pas. Mais il est intervenu et n'en a pas fait toute une histoire, et je veux dire quelque chose à ce sujet mais je ne sais pas par où commencer.

Liz regarda attentivement pour s'assurer que Hamish était sincère. S'il s'apprêtait à faire une sorte de blague, elle le verrait d'un mauvais œil. Mais ses yeux étaient sincères.

— Commence par dire merci, mon pote. C'est le meilleur moyen d'éviter que Pete ne se moque de toi.

— On peut commencer ? demanda Ben qui était à la table.

— J'apprécie le conseil, Liz. Bien que Lizzie-Beth te convienne bien.

Ça ne valait pas la peine de répondre.

— Merci Liz d'avoir pris les choses en main pendant que je courais dans tous les sens ce matin, dit Ben. Il secoua la tête, l'expression sombre. Je me suis toujours considéré comme un type plutôt sympa, mais apparemment pas assez pour demander une faveur.

Il n'y eut pas de vague de rires comme il aurait pu y en avoir s'il avait eu une expression différente sur le visage. Si Ben Rossi, ex-chef de l'unité de recherche des personnes disparues, n'était pas capable d'obtenir du soutien pour un enlèvement, où cela laissait-il l'équipe ? Liz supposait qu'il était limité dans les informations qu'il aurait pu partager et demander, mais même ainsi, cela l'inquiétait.

— Après avoir exprimé ma plainte du jour, je vais vous donner la bonne nouvelle. Quelqu'un a accepté de faire une enquête discrète sur les empreintes digitales manquantes.

— Oh, celles de Lyndall ? demanda Annette. J'ai suivi des

pistes qui se terminent toutes en impasse, alors merci pour cette lueur d'espoir.

— On devrait avoir quelque chose aujourd'hui, si Andy peut trouver quoi que ce soit.

Pete renifla et tous les yeux se tournèrent vers lui. Il haussa les épaules.

Si Ben était dérangé par l'aversion et le manque de respect continus de Pete envers Andy Montebello, il n'en montra rien. Andy avait travaillé pour Ben à l'unité de recherche des personnes disparues avant de prendre le poste de chef à la brigade criminelle il y a un mois. Ils avaient eu une solide relation de travail et Liz s'était bien entendue avec eux deux... jusqu'à l'implication d'Andy dans sa dernière affaire.

— Reuben, du nouveau lors de ta randonnée en brousse ?

— Désolé, Ben. Rien des trois endroits potentiels.

— Alors comment observaient-ils Lyndall ? demanda Candace.

— Il est possible qu'il y ait d'autres caméras autour de sa propriété. Bien cachées et placées par celui qui en avait après elle, dit Hamish en jetant un coup d'œil à Reuben, qui acquiesça. Nous en avons discuté sur le chemin du retour et Reuben et moi avons tous deux travaillé avec du matériel de surveillance suffisamment petit pour passer inaperçu. À moins que vous ne cherchiez spécifiquement.

Meg tapota sur la table pour faire apparaître l'écran. Une représentation en 3D de l'extérieur de la maison de Lyndall, y compris les structures les plus proches, s'afficha.

— J'ai identifié une douzaine de sites potentiels pour ces objets et si nous sommes prudents, nous pourrions peut-être en récupérer un et le ramener.

— Un seul ?

Jusqu'à présent, Pheobe était restée aussi silencieuse que d'habitude, mais Liz avait remarqué qu'elle écoutait attentivement chaque intervenant, même si ses yeux étaient souvent fixés sur la table ou ses mains.

— Je crains que si nous leur faisons comprendre que nous sommes sur leur piste et que nous avons peut-être un moyen de les traquer, cela pourrait accélérer leur plan pour Lyndall. Idéalement, il nous en faut un et si je peux aller jeter un coup d'œil, Ben, je peux le faire d'une manière qui ne les alertera pas. J'espère.

— Dans ce cas, je devrais accompagner Meg. Ce fut Hamish qui parla. J'ai déjà utilisé ce type de technologie.

Les yeux de Ben passèrent de Hamish à Meg.

— C'est à toi de décider.

— J'aimerais emmener Liz. Laissez-moi vous expliquer. Nous devons examiner de plus près les œuvres d'art dans la maison et, pour être honnête, s'il y a une surveillance à l'intérieur et qu'elle est surveillée, ne vaut-il pas mieux leur faire croire que c'est notre motif pour être là ?

Il y eut un moment de silence. La tête de Pheobe était baissée et ses doigts s'agrippaient les uns aux autres. Candace avait un regard familier alors qu'elle observait lentement les personnes autour de la table. Toujours en train de les analyser.

— Liz, va avec Meg. Et soyez prudentes toutes les deux, s'il vous plaît.

Hamish ouvrit la bouche et la referma aussitôt. Ses poings, le long de son corps, étaient serrés.

DIX-SEPT

Pheobe fit un compte rendu détaillé du podcast et des résultats obtenus jusqu'à présent. Elle était une personne différente lorsqu'elle parlait de son travail, animée d'une manière discrète mais clairement au fait des caractéristiques démographiques de ses auditeurs et dotée d'une approche intellectuelle aiguisée pour offrir du divertissement avec des avantages.

— Mon assistante est en train de compiler un dossier des pistes les plus prometteuses. Plusieurs vols d'œuvres d'art ont été mentionnés, ainsi qu'un scandale impliquant une relation à trois entre deux artistes masculins et un modèle qui posait pour eux. C'était principalement un scandale parce qu'elle les a volés tous les deux et a réussi à les monter l'un contre l'autre en même temps. Avec un rare sourire, Pheobe poursuivit. Les commentaires continuent d'affluer et nous avons une ligne téléphonique où les auditeurs peuvent laisser un message vocal et parler aussi longtemps qu'ils le souhaitent. Cela prend un peu plus de temps à analyser, mais je pense pouvoir fournir un rapport d'ici le milieu de l'après-midi.

Elle recula d'un pas comme pour signaler la fin de son briefing.

—Merci pour ça. Qui reste-t-il... Annette ?

— Bien sûr. J'ai effectué des recherches sur l'entreprise de sécurité responsable de la maison de Lyndall. Annette consulta sa tablette. Stone's Security basée à Bacchus Marsh. Ils proposent de la surveillance pour les maisons et les entreprises, des alarmes, des rondes en voiture et ce genre de choses. J'ai parlé à un membre du personnel qui n'était pas très coopératif. Elle a parlé à quelqu'un de plus haut placé qui a répondu qu'ils ne discuteraient d'un client individuel que si nous présentions un mandat.

Ben et Pete se regardèrent, ce dernier acquiesçant.

—Laisse-moi m'en occuper.

— Si tu vas leur rendre visite, tu dois savoir qu'il y a une chose qu'ils ont dite. Ils nient avoir reçu une alerte de Lyndall et ne se sont pas rendus sur sa propriété depuis près d'un an. La chronologie correspond davantage à l'incident avec Vince Carter et l'incendie de son chalet.

— Ce qui ne correspond pas aux informations que nous avons de Vince, ni à la vidéo où Lyndall semble appuyer sur quelque chose à l'intérieur de l'armoire à fusils. Je suppose que tout le monde a maintenant visionné les images de son enlèvement ? Ben balaya la pièce du regard. Pete, s'il te plaît, rends visite à Stone's Security. Je crois que le constructeur de la maison de Lyndall fait un appel vidéo dans une heure. Il est actuellement aux États-Unis, donc je prendrai l'appel avec lui. Du nouveau concernant le téléphone que le suspect a emporté, Meg ?

—Il a été acheté l'année dernière au comptoir d'un supermarché. J'attends que le numéro de téléphone me parvienne. C'est une grande avancée. Une fois que je l'aurai, j'essaierai de le localiser, en supposant qu'il soit allumé. Meg tira le tableau de son poste de travail. Liz et moi pensons qu'il y a un deuxième enfant de Lyndall. Un frère de Jean-Paul.

Cela suscita un murmure d'intérêt.

— Annette vérifie les dossiers de la famille, mais jusqu'à présent, cet enfant plus jeune n'apparaît nulle part. Je pense qu'il avait environ deux ans, tout au plus, quand son père et son frère sont morts.

— Alors où est-il ? demanda Reuben. D'après le croquis que j'ai vu, il n'y a qu'un enfant. Et il n'y a qu'une tombe d'enfant au cimetière. Lyndall l'a-t-elle caché ? L'a-t-elle mis quelque part en sécurité si elle pensait que sa famille était menacée ?

— Bonnes questions. Ou le tueur l'a-t-il emmené ? demanda Candace. Elle fit le tour du tableau et pointa du doigt les images des deux enfants sur le banc. Ce n'est pas une photo prise par quelqu'un qui s'attend à une tragédie. Deux frères dans un parc. En plein air. Quoi que Lyndall ait fait, elle n'imaginait pas que cela affecterait sa famille.

Meg vérifia son téléphone.

— D'accord, nous avons des informations sur Alain Dubois. Je vais les passer en revue, mais pour résumer, il est né en France et est mort en Australie dans un accident de bateau pendant de longues vacances ici. Pas de famille vivante. Je ne vois pas encore le nom de sa femme ou de son fils, mais les fichiers arrivent rapidement. Puis-je ? Elle jeta un coup d'œil à Ben.

— Je t'en prie. Nous avons à peu près terminé ici pour l'instant, alors tout le monde, excellent travail jusqu'à présent.

La poitrine de Liz lui faisait mal à cause de la tension. Elle était douée pour les affaires qui évoluaient rapidement. Méticuleuse dans les détails et assez efficace pour repérer un menteur. Mais de plus en plus, le coût émotionnel du travail sur des affaires qui la touchaient de près la vidait.

J'ai besoin de bouger. J'ai besoin de faire quelque chose.

Candace l'observait. D'une certaine manière, elles avaient un lien et la psychiatre percevait toujours les humeurs de Liz... du moins, quand elle était stressée. Leurs regards se croisèrent à travers la table et immédiatement, un sentiment de calme apaisa l'anxiété croissante de Liz. Elle savait qu'elle devait consacrer du temps à travailler avec Candace. Pour apprendre de nouvelles techniques pour faire face à des situations très difficiles.

— Meg, désolé... Ben s'était retourné pour se diriger vers son bureau, mais pivota. Tu veux que Liz aille seule chez Lyndall et que tu examines les dossiers ?

— Euh. Laisse-moi juste voir combien il y en a.

— Ou je pourrais y aller avec Liz. Hamish n'avait pas bougé de la table.

— Pas besoin, je peux lire en chemin. Meg était debout et jetait des choses dans son sac à bandoulière. Mais si tu es libre Hamish, peux-tu jeter un œil à la carte aérienne que j'ai générée à partir des images du drone ? Utilise simplement l'écran vertical si tu veux et note tout ce que j'ai manqué ou qui ne semble pas correct. S'il te plaît et merci.

Avant qu'il n'ait eu la chance de répondre, Meg était à la table, appuyant sur les boutons pour relever l'écran. Puis avec un sourire à Liz, elle attrapa son sac ainsi que son étui d'ordinateur portable et disparut en direction de l'ascenseur.

— La meilleure façon de gérer Hamish est de le garder occupé, dit Meg. Et j'avais vraiment besoin que quelqu'un vérifie la carte, mais n'importe qui aurait pu le faire.

Liz conduisait et elles avaient choisi de prendre une voiture compacte plutôt qu'un des véhicules plus grands. Cela pourrait paraître moins menaçant ou officiel pour quiconque les observerait encore, en supposant que ce soit le cas. Elle était heureuse de faire quelque chose. N'importe quoi, plutôt que ce qui semblait être d'interminables discussions et du travail sur ordinateur. Tout était important. Mais pas pour son état d'esprit.

— Tu veux que je te lise les passages intéressants ? demanda Meg. Elle avait ouvert son ordinateur portable et utilisait le pavé tactile pour naviguer.

— Oui. Y a-t-il quelque chose sur le mariage ? La femme d'Alain ?

— Toujours pas. Et ça devient de plus en plus étrange parce que d'après ça, on pourrait penser qu'il était célibataire et sans enfant.

— Attends, comment ça ? D'où viennent ces informations ?

— De plusieurs sources qui nous sont parvenues via un ancien collègue. Il est brillant pour trouver des faits qui sont autrement enterrés et s'il ne peut pas trouver quelque chose, ça n'existe peut-être pas. Mais même ainsi... par exemple, les documents d'Alain pour son arrivée en Australie comprennent un visa de vacances de trois mois, une copie de son passeport, dont les pages qui importent, et un itinéraire. Oh, c'est intéressant.

Le visage de Meg se rapprocha de l'écran et elle ajusta ses lunettes pour mieux voir.

— L'itinéraire concerne une tournée de plusieurs galeries d'art.

— Continue.

— Pas celles auxquelles la plupart d'entre nous pensent. À part la National Gallery of Victoria, le reste sont des galeries plus petites et incluent trois galeries privées.

— Privées ? Qui en a en Australie ?

— Liz, Liz, Liz. Tu ne fréquentes pas les ultra-riches ? Les indécemment fortunés ?

— En fait, non. Purement par choix, bien sûr.

Elles rirent toutes les deux, puis Liz s'engagea sur la dernière route avant d'arriver chez Lyndall.

— Deux de ces galeries, les privées, appartiennent à de vieilles fortunes. Des familles discrètes extrêmement riches et toutes deux sont d'importants mécènes des arts, donc je devrais être plus gentille à leur sujet. La troisième vient aussi d'un milieu aisé, mais apparemment autodidacte, et le propriétaire est un marchand d'art.

— Pourquoi Alain irait-il dans des galeries privées ? J'imagine qu'ils possèdent soit des œuvres de Lyndall, soit qu'ils allaient en acheter. Est-ce qu'il aurait été invité avec Lyndall à des événements ? Ou était-il une sorte d'agent pour elle ?

— Excellentes réflexions. J'ai envoyé quelques questions à mon ami et je lui ai demandé d'obtenir une liste des autres personnes présentes lors de cette visite exclusive. Je vais juste envoyer un e-mail à Annette pour qu'elle trouve les événements qui ont eu lieu dans ces endroits à ces dates.

Liz arrêta la voiture au bas de l'allée, attendant que Meg finisse de taper sur son clavier. Les vaches étaient dans le pré du bas où l'herbe était longue et luxuriante. D'une manière ou d'une autre, la propriété était toujours verte sauf au milieu de l'été et c'était une sorte d'oasis parmi la dense brousse et certains terrains de la région qui avaient tendance à paraître plus souvent secs. Mais Lyndall n'avait que ses ânes et vaches qu'elle avait sauvés et les faisait souvent alterner entre les pâturages.

— J'ai fini. Rappelle-toi qu'il peut y avoir des dispositifs d'écoute aussi. Poursuivons notre conversation sur les tableaux et tout ça plutôt que de les informer de notre autre mission.

— Si je vois quelque chose de suspect ? Liz recommença à conduire.

— Prends les photos et envoie-les-moi avec une note ou en surlignant l'endroit. Je jetterai un coup d'œil discret. Et n'hésite pas à faire des gros plans si quelque chose semble intéressant. Peu importe à quel point c'est petit ou bizarre.

Un garde de sécurité leur parla avant qu'elles n'entrent. Il ne rapporta rien d'intéressant à part le fait que Vince avait vérifié les animaux plusieurs fois, y compris une visite tardive pour enfermer les ânes dans le pré où se trouvait le grand abri. Apparemment, les ânes avaient protesté un moment jusqu'à ce que l'un des gardes de sécurité leur apporte un tas de carottes qu'il avait arrachées du potager. Liz n'était pas sûre que Lyndall apprécierait qu'on touche à son jardin, mais c'était probablement un geste gentil pour rassurer les animaux.

Elles gardèrent les lumières éteintes à l'intérieur, faisant une visite silencieuse dont elles avaient discuté plus tôt. Dans la chambre forte, Liz guida Meg vers l'endroit exact où la porte légèrement ouverte encadrait le mur. Là seulement pour une seconde ou deux, Meg hocha légèrement la tête et elles continuèrent.

—Je suis désolée qu'on doive refaire les photos, Liz, annonça

Meg quand elles atteignirent le salon. Les originales n'étaient tout simplement pas assez nettes. Je m'occupe d'ici ?

— D'accord. Je vais commencer par la chambre du fond.

C'était de la pure spéculation que des caméras fonctionnaient à l'intérieur de la maison, placées par quiconque était responsable de l'enlèvement de Lyndall. Trouver des preuves était tout ce qui importait à Liz et elle faisait attention à prendre des photos avec son téléphone qui montreraient tout ce qui était dissimulé dans un tableau ou son cadre. Elle passa beaucoup de temps dans le couloir, principalement pour pouvoir prendre beaucoup d'images de la chambre forte sous différents angles, toujours en faisant attention à sembler photographier des tableaux. Plus que jamais, elle était convaincue qu'elle devait examiner de plus près le mur à l'intérieur de la pièce, mais cela nécessiterait de la planification. Elle les envoya à Meg avec une question.

Une idée de comment vérifier le mur ?

Pas encore. On en parlera dehors tout à l'heure.

Meg terminait quand Liz la rejoignit.

— Il n'en reste qu'un dans la cuisine et un dans la salle à manger. Je m'occupe de la salle à manger.

Depuis quand y avait-il un tableau dans la cuisine ? Liz passa une minute à regarder autour avant de remarquer le croquis sur le frigo. C'était un des dessins de Melanie et assez mignon, avec Vince assis sur un fauteuil pendant que Lyndall et Mel faisaient des croquis, qui étaient tous deux de petites images de leur propre création.

Liz prit quelques photos et quand elle les regarda, quelque chose lui sauta aux yeux. Un aimant de frigo tenait le papier en place. Il était carré et couvert de fausses pierres précieuses carrées. Sauf une qui était ronde.

Elle envoya l'image à Meg, ajoutant une petite flèche pour mettre en évidence celle qui était ronde. Puis elle ouvrit le frigo, sortit un récipient de lait, fit semblant de le renifler, vérifia la date, puis versa le contenu dans l'évier. Si quelqu'un regardait, rester dans la cuisine ne semblerait pas suspect. Personne ne voulait rentrer chez soi pour trouver du lait tourné.

— Tu es prête, Liz ?

Meg avait rangé son matériel et l'avait typiquement accroché sur ses épaules.

— Oh mon Dieu, c'est un des dessins de Melanie ? Waouh, elle devient vraiment douée.

Elle le détacha du frigo comme pour le regarder de plus près et quand l'aimant tomba par terre, elle mit son pied dessus jusqu'à entendre un léger « crunch ».

— Oups. J'espère que ce n'était pas un de ses aimants favoris. Zut.

— Il a l'air bon marché. Je vais le jeter.

L'aimant était partiellement écrasé et quand Liz le ramassa, Meg le prit discrètement et le glissa dans un de ses sacs. Liz fit semblant d'ouvrir le placard avec la poubelle à l'intérieur.

Après avoir fermé à clé et informé la sécurité qu'elles avaient terminé, Liz et Meg mirent leurs sacs dans la voiture puis marchèrent à une certaine distance, hors de portée d'oreille de tout le monde.

— Bien vu, Liz. Définitivement de la surveillance. Je pense que je l'ai détruit. Mais on ferait mieux de faire un trajet silencieux au retour, juste au cas où.

C'était une avancée. Liz ne voyait pas d'inconvénient à ne pas dire un mot pendant la demi-heure suivante car cela devait être un pas vers la découverte du ravisseur... et la localisation de Lyndall.

DIX-HUIT

S'il y avait une chose que Pete détestait pendant une enquête, c'était les moments de calme. Il n'était pas différent de la plupart des flics et il savait que Liz avait du mal à le supporter, mais cela ne faisait qu'empirer les choses.

Tout ne pouvait pas être action et résultats rapides.

Dommage.

Le travail de la police consistait à poser des questions, à faire des recherches, à comparer des rapports et à trouver des lacunes dans les informations. Cela prenait du temps et était crucial pour relier les points et monter un dossier solide. Ça ne servait à rien d'attraper le coupable et de le voir s'en sortir pour un vice de procédure.

Pete savait que c'était là où ils en étaient en ce moment et ça n'aidait pas que la nouvelle équipe ait des problèmes de rodage. Pas beaucoup, mais il y avait trop d'hésitation alors que tout le monde trouvait son rythme et apprenait à connaître les points forts de chacun. Avec un peu de temps et d'expérience, l'Opération Nobody avait le potentiel d'être la meilleure équipe dans laquelle il ait jamais travaillé. Mais pas encore. Pas sur l'une des affaires les plus importantes qu'il ait jamais traitées.

Il passa devant le bureau de l'entreprise de sécurité et se gara.

Bacchus Marsh était une ville en pleine croissance juste à l'extérieur de la banlieue de Melbourne et bien qu'elle ait encore une atmosphère campagnarde, elle était plus animée chaque fois qu'il y passait. Appréciée pour les produits frais cultivés et vendus le long de Bacchus Marsh Road, c'était un centre pour de nombreuses propriétés isolées. Comme celle de Lyndall. L'entreprise de sécurité était l'un des nombreux entrepôts derrière une grande clôture et quand Pete descendit de la route, il jeta un bon coup d'œil à travers une porte roulante ouverte.

Une demi-douzaine de petites camionnettes étaient marquées du logo de l'entreprise. Il y avait des étagères et des uniformes accrochés le long d'un mur. Pas âme qui vive. Pendant une minute, Pete se tint juste à l'intérieur de l'entrée, attendant que quelqu'un vienne lui demander pourquoi il était là. Mais rien.

Il poussa la porte du bureau et une jeune femme, peut-être vingt ans, leva les yeux de son téléphone portable comme s'il avait interrompu quelque chose d'important.

— Journée calme ? demanda-t-il.

Sur le bureau de la réception se trouvait un moniteur avec un écran divisé de surveillance, y compris l'endroit où il s'était tenu, inaperçu.

— Je peux vous aider ?

— Un ami m'a recommandé cette entreprise. Il a fait appel à leurs services pour installer beaucoup de caméras et une alarme dans sa maison et il y a des patrouilles et tout. Je pensais faire quelque chose de similaire chez moi.

La réceptionniste rassembla quelques brochures et les offrit à Pete.

— Tous nos services sont dans celles-ci. Les prix dépendent de ce que vous voulez et de la difficulté de l'installation.

— Merci. Alors, comment surveillez-vous une maison ?

Elle décrocha un téléphone et appuya sur une ligne.

— Quelqu'un ici voudrait des renseignements sur la surveillance. Aussi vite, elle raccrocha. Veuillez patienter.

Il fallut près de dix minutes avant qu'un homme en costume n'ouvre une porte au fond et lui fasse signe.

— Entrez.

Pete tendit la main quand il fut assez proche.

— Pete. Et vous êtes ?

L'homme lui serra la main.

— Aiden Strong, le propriétaire. Laissez-moi vous montrer notre poste de surveillance. Il ouvrit la voie dans un escalier et les fit contourner plusieurs virages, s'arrêtant devant une lourde porte avec un clavier sur le mur. Vous êtes du coin ?

— J'ai l'impression de passer le plus clair de mon temps ici, dit Pete. J'ai remarqué que vous avez une sacrée flotte de voitures de sécurité. Les affaires marchent bien ?

Après avoir tapé sur le clavier, la porte cliqua et Aiden Strong entra. Il la tint pour Pete.

— Beaucoup d'affaires. Pas assez de personnel. Comme tout le monde, je suppose. Cela n'interfère pas avec notre quotidien bien sûr, mais on a tous appris à faire des boulots qu'on ne fait pas d'habitude. Comme ma fille à la réception. Elle préférerait être n'importe où plutôt que de travailler avec son père.

Pete rit.

— Les enfants, hein ?

Cette petite conversation sembla détendre l'autre homme qui regarda Pete de haut en bas.

— Le travail de sécurité ne vous intéresserait pas, par hasard ?

— Nan. Je suis une vraie poire. Un peu comme le gentil labrador qui aide les cambrioleurs à sortir l'argenterie, c'est pourquoi je pense que mettre des caméras chez moi est la solution. Alors, que se passe-t-il ici ?

Ils s'étaient arrêtés devant une pièce faite de verre sur trois côtés et d'un mur en béton. À l'intérieur se trouvaient une demi-douzaine de longues tables en demi-cercle, collées les unes aux autres, chacune avec un mur d'écrans, un grand panneau avec des boutons et des lumières, et quelques téléphones. Il n'y avait qu'une personne à l'intérieur bien que plusieurs chaises soient empilées contre le mur.

— Installation impressionnante, Aiden. Et une seule personne peut gérer tout ça ?

Pendant un moment, Aiden sembla mal à l'aise, pris au dépourvu, mais il hocha rapidement la tête.

— Bien sûr, pour un court moment. Les deux autres sont en pause déjeuner. La nuit, on en a trois. Parfois quatre.

Il était temps d'arrêter de tourner autour du pot.

— Vous n'avez jamais manqué une alarme ? Échoué à vous rendre chez quelqu'un qui comptait sur vous ?

Aiden commença à les diriger vers le chemin par lequel ils étaient venus.

— Absolument pas. Nous avons des équipements coûteux et réactifs. Nos installateurs sont sans égal. Notre personnel est irréprochable.

— Ouais, j'en suis sûr, mais des erreurs peuvent arriver.

— Pas de notre côté. Si quelqu'un ne vérifie pas régulièrement que son équipement fonctionne comme prévu, alors ce n'est plus de notre ressort.

— Et à quelle fréquence faudrait-il le vérifier ?

Ils avaient atteint la zone de réception et s'étaient arrêtés non loin du bureau, la fille d'Aiden leur jetant à peine un regard.

— Nous recommandons des contrôles annuels. Ils peuvent le faire en suivant nos instructions ou nous proposons un service. Maintenant, voulez-vous que je commence à établir un devis et que nous lancions votre propre expérience de sécurité ?

Expérience

— L'alarme de mon amie n'a pas reçu de réponse de votre équipe de sécurité. Elle a appuyé sur le bouton installé par l'un de vos employés mais rien ne s'est passé. Et c'était…

— Qu'est-ce que vous voulez dire ! Le visage d'Aiden était d'un rouge profond. Quelle amie ? Nous avons répondu à toutes les alarmes. Quand l'avons-nous installée ?

— L'hiver dernier. Et votre installateur l'a vérifiée devant elle et une autre personne.

— Et ça a marché ?

— Elle a reçu un appel de votre entreprise en quelques secondes.

— Eh bien, si son alarme ne fonctionne pas, pourquoi ne m'a-t-elle pas contacté ? Je pense que vous vous êtes trompé d'entreprise de sécurité.

Pete fit un petit pas vers l'homme, qui recula.

— Le truc, c'est qu'elle a appuyé sur ce bouton d'alarme, mais rien ne s'est passé. Pas d'appel pour vérifier si elle allait bien. Pas de garde arrivant en voiture pour s'assurer que quatre voyous ne l'avaient pas enlevée.

Aiden eut un petit rire.

— Quatre, c'est très précis pour un exemple.

Un autre pas en avant et cette fois, Aiden se retrouva coincé entre lui et le bureau.

— Laissez-moi vous montrer quelque chose. Pete avait déjà mis en route une partie des images de la salle sécurisée et tendit son téléphone. Voici ce qui s'est passé aux premières heures hier matin.

Aiden et sa fille regardèrent, les yeux écarquillés. Elle porta une main à sa bouche, choquée.

— Cette dame s'appelle Lyndall Smith. C'est l'une de vos clientes et personne n'a répondu la seule fois où elle a eu besoin de vous. Maintenant, je peux attendre un mandat et aider à mettre cet endroit sens dessus dessous, ou vous pouvez me dire précisément ce qui est arrivé à son alarme.

Liz avait mis son téléphone sur haut-parleur dans le bureau de Ben pour qu'il puisse entendre Pete, qui avait appelé quelques minutes après qu'elle et Meg soient revenues.

— Après quelques tentatives d'esquive, notre M. Strong a fini par comprendre que je n'allais pas partir de sitôt et il a consulté l'historique. J'ai tout imprimé parce qu'il a refusé de partager les fichiers numériques sans mandat.

— Quelque chose d'intéressant ? Ben s'accouda sur le bureau. Il avait l'air épuisé.

— Un peu. Il semble qu'ils aient un fort turnover. Un gars de passage est resté une semaine, désireux de montrer ses compétences et se portant volontaire pour toutes les installations. Il a mis en place le système chez Lyndall puis le soir même, il a fait un service de nuit. Probablement au cas où elle ferait un autre test. Le lendemain, il a démissionné et disparu sans dire un mot ni rendre son uniforme.

Les yeux de Ben croisèrent ceux de Liz.

— On a un nom ? Des détails ?

— J'ai pris des photos et je les ai envoyées à Meg.

— Elle est un peu occupée.

— Attendez une seconde alors, je vais vous les envoyer à tous les deux. Mais oui, un nom et une adresse de contact, mais je m'attends à ce qu'elle soit fausse.

Les deux téléphones sonnèrent en même temps et Ben lut le sien.

— Envie de passer chez lui, Pete ?

— Je croyais que tu ne le demanderais jamais. Je vais passer par là, qui veut partager ce plaisir ?

Bien que les yeux de Ben se soient illuminés, il fit un signe de tête à Liz.

— Vas-y. Faites votre truc tous les deux.

— Je serai là dans vingt minutes pour te prendre, Liz. Apporte ton attitude de gentille flic parce que j'ai épuisé toute la mienne aujourd'hui.

Meg s'arrêta un moment pour lire le message de Pete. Il y avait une pièce jointe avec des photos qu'il avait prises de plusieurs pages imprimées. Des informations sur le compte de Lyndall chez Strong Security, y compris les détails des deux installations au fil des ans. Elle le mit de côté pour y revenir plus tard.

Elle était dans une pièce à l'opposé du bâtiment par rapport à l'équipe. Une pièce conçue pour de multiples usages, y compris la manipulation de matériaux et d'appareils sensibles. Elle était insonorisée et empêchait, ou du moins réduisait fortement, toute forme de surveillance d'être envoyée ou reçue et, selon les tests effectués par Reuben, rendait invisible à la détection thermique extérieure toute personne à l'intérieur.

Le message de Pete était arrivé avant qu'elle ne s'enferme et il était inutile d'y répondre jusqu'à ce qu'elle sorte de la pièce.

En l'état, elle pouvait en toute sécurité apporter le mouchard, si habilement caché dans l'aimant de réfrigérateur, pour le montrer à l'équipe. Son écrasement calculé avait entraîné une perte de capacité de signal, mais elle n'en était pas sûre jusqu'à ce qu'elle le démonte, la minuscule caméra restant couverte pour imiter l'intérieur d'une poubelle domestique. Bien qu'elle reconnaisse les composants, Meg avait besoin que Reuben et Hamish y jettent un coup d'œil plus attentif. Glissant les pièces sous le microscope, elle captura rapidement des dizaines d'images, utilisant de longues pinces fines pour tourner un élément ou tenir un fil. Il y a quelques années, de telles photographies détaillées auraient été impossibles à envisager. Certainement pas dans la police, pas même ici en Australie où la police scientifique était souvent à l'avant-garde des avancées internationales.

L'Opération Nobody était la meilleure chose qui soit jamais arrivée à Meg.

Jamais.

Travailler dans la police scientifique pour la police de Victoria était son rêve devenu réalité, l'objectif qu'elle s'était fixé depuis l'âge de douze ans lorsqu'un expert de la police scientifique était venu faire une présentation à l'école. Parce qu'elle excellait dans tout ce qui touchait à l'informatique et au numérique, elle avait été orientée vers le côté analyse et avait fini non pas avec un double diplôme, mais un triple. Et puis les appels avaient commencé.

Sa candidature était déjà déposée auprès de la police de Victoria et soudain, elle reçut des offres de sept entreprises privées différentes. Une seule était en Australie et elle n'avait aucun intérêt à travailler à l'étranger. Elle n'allait même pas à l'étranger pour les vacances. Meg se vit proposer quatre fois le salaire de départ par l'entreprise privée locale par rapport à ce que la police lui aurait payé, mais elle choisit de suivre ses rêves.

Ce n'était pas ce à quoi elle s'attendait.

Bien qu'elle aimât son travail et son équipe, Meg s'ennuyait ferme et était frustrée par le manque de financement qui entraînait des retards dans le traitement des preuves, y compris les analyses. Elle n'avait aucune aide. Elle persévéra et était fière des petits progrès qui permettraient non seulement de trouver mais aussi de coincer un tueur. Au cours d'une décennie, elle se forgea une réputation et développa un réseau, principalement en dehors de la police. Et quand elle fut détachée pour un bref essai à l'unité de recherche des personnes disparues, Meg sauta sur l'occasion.

Toutes les images prises, elle enregistra tout sur une clé USB cryptée et remit l'aimant de réfrigérateur et toutes ses pièces dans un sac à preuves.

L'unité de recherche des personnes disparues lui avait donné un avant-goût de l'enquête sur le terrain parce que Ben Rossi la voyait comme plus qu'une simple analyste prêtée. Quand il était parti, elle était restée, travaillant un moment avec la brigade criminelle, mais ensuite le monde et l'équipe dont elle faisait partie intégrante s'étaient effondrés. Son patron avait été assassiné par un ravisseur d'enfants. Son poste était encore à l'étude et Meg se retrouva coincée entre un retour à son poste d'origine ou une vie dans le secteur privé.

Puis, Ben l'avait appelée.

Meg vérifia qu'elle avait éteint tout l'équipement.

Elle se tenait à la porte, regardant la petite pièce. Cette nouvelle équipe l'avait appelée à un moment crucial de sa vie et elle ne la laisserait jamais tomber.

DIX-NEUF

Personne ne viendrait la chercher. À moins qu'elle ne puisse compter sur les mouettes pour s'unir et la faire évader. Même les phoques qui venait habituellement près de la structure étaient absents.

Lyndall se frotta les poignets, grimaçant de douleur. Ils étaient attachés depuis tôt le matin. Elle avait été imprudente. Stupide. Elle avait dévoilé son jeu presque dès le retour de Marcus au lieu d'attendre patiemment le bon moment.

N'ayant trouvé aucun moyen de s'échapper de la structure pendant la nuit, elle avait fabriqué une arme en grattant pendant des heures l'extrémité d'une lame de plancher détachée jusqu'à ce qu'elle soit pointue. Elle avait réfléchi maintes et maintes fois à la meilleure façon d'utiliser cette arme de fortune.

Marcus était arrivé des heures après le lever du jour et le bateau s'était éloigné pour s'arrêter à portée de vue, non loin du plus grand bateau camouflé en navire des parcs de Victoria qui était resté dans les parages toute la journée. Il avait apporté de la nourriture. De l'eau en bouteille dans un pack de six. Un sourire narquois qui n'avait pas quitté son visage même lorsqu'il s'était battu avec Lyndall pour le contrôle du pic en bois. Plus tard, elle avait réalisé qu'il l'avait piégée. Il avait joué avec ses nerfs.

Probablement dans le seul but de révéler ses intentions après une longue nuit en solitaire.

La nourriture était des croissants, et pas de ceux qu'on trouve au supermarché. Ceux-ci étaient dans une boîte d'une boulangerie française. Fabriqués traditionnellement, disait l'emballage.

Elle avait réagi par pure colère, alimentée par des heures à se remémorer son passé lointain et le chagrin qu'il ravivait, ainsi que par l'épuisement et le manque de nutriments. L'extrémité pointue destinée à son estomac avait fini dans la mer. Il s'était moqué d'elle puis lui avait attaché les mains et l'avait forcée à s'asseoir à la petite table.

— Tant de feu dans tes yeux et ton cœur. Mais plus la vitesse ni la force de ta jeunesse. Ni le corps magnifique dont je me souviens avec tant de...

— Pas étonnant que les ours dans les forêts soient devenus si populaires.

Son visage était resté impassible. Il n'avait aucune idée de ce que Lyndall voulait dire et c'était tout à fait prévisible. Marcus croyait dur comme fer que les femmes s'extasiaient devant lui. La triste vérité était que pendant un temps, elle l'avait *effectivement* adoré. Le jeune lui. Celui qui avait élevé sa réputation dans le monde de l'art et s'était retiré, avec grâce, quand elle avait choisi Alain comme mari.

Elle n'était pas prête à se rappeler comment tout avait commencé. Ou pourquoi. Encore moins comment cela s'était terminé. Pas encore.

— C'est peut-être le manque de café qui rend ton ton si acerbe. Quel dommage d'être à seulement quelques kilomètres d'excellents cafés, sans aucun moyen de les atteindre.

— Je pourrais emprunter ton hors-bord.

Marcus rejeta la tête en arrière et rit. Si ses mains n'avaient pas été attachées et si son arme ne flottait pas dans la mer, Lyndall aurait pu profiter de cet instant, avec sa gorge exposée, pour le poignarder au niveau de la jugulaire. Quelle stupide perte d'opportunité.

— Mange, Nora. Tu ne me sers à rien si tu ne peux pas réfléchir clairement. Il poussa la boîte de croissants plus près. Je serai ton compagnon pour les deux prochaines heures. Quand je partirai, j'espère que tu auras pris la bonne décision concernant Les marées.

Elle n'avait aucune intention de l'aider. Pas encore.

Ses mains étaient attachées paumes contre paumes, la corde serrée qui rendait ses mouvements difficiles. Mais elle saisit le coin d'un croissant et le manœuvra jusqu'à ses lèvres. Il était beurré et délicieux mais aurait tout aussi bien pu être du poison, tant elle détestait y mordre. C'était l'une des gourmandises préférées d'Alain et il fut un temps où elle les lui préparait, se levant très tôt pour qu'ils soient prêts à enfourner à son réveil.

C'était purement un jeu de pouvoir de la part de Marcus. Un rappel de ce qu'il lui avait pris et cela ne faisait que renforcer sa détermination à le tuer.

Il la regarda manger tout le croissant, le sourire indulgent sur son visage contrastant avec la cruauté dans ses yeux.

Elle but dans une bouteille d'eau ouverte, juste assez pour aider à faire passer la dernière bouchée. Puis elle se pencha en arrière sur son siège.

— Comment as-tu pénétré dans ma chambre forte ?

— Je connais le code.

Son esprit passa en revue le couloir de sa maison. Il n'y avait aucune ligne de vue directe à travers les fenêtres ou les portes.

— Tu as mis ma maison sur écoute.

— « Sur écoute » est un terme si grossier, mais oui, j'ai des yeux partout dedans.

— Alors tu as laissé une trace de preuves derrière toi.

Un autre rire et il se leva.

— Pas là où quiconque cherchera, Nora. Ils sont plus intéressés à savoir si ton œuvre offre des indices sur ton passé et il y a à peine une heure, les femmes qui fouillaient ta maison n'avaient aucune idée. Il fit le tour de la table et se pencha. N'attends pas la cavalerie de sitôt.

Quand il était finalement parti, sans obtenir le résultat escompté, il avait coupé les cordes de ses poignets avec un sifflement de colère.

— La prochaine fois sera ta dernière chance. J'impliquerai *certainement* ceux que tu aimes si tu ne me donnes pas ce que je veux.

S'il parlait de Vince et Melanie, alors elle remettrait Les marées. Elle n'allait pas perdre une autre famille à cause du mal incarné qu'était Marcus Bonner.

VINGT

Liz et Pete étaient dans sa voiture, un peu plus haut sur la route par rapport à l'adresse qu'il avait trouvée. Elle avait fini de lire les informations de la société de sécurité et était arrivée à la même conclusion, à savoir que Tony Shaw était impliqué dans l'enlèvement. Il avait obtenu cet emploi dans le seul but d'installer un faux système d'alarme dans la maison de Lyndall. Comment il savait qu'elle en aurait besoin était une tout autre question.

Annette effectuait une vérification des antécédents sur lui avec le peu qu'ils savaient et avait confirmé que l'homme vivait bien à cette adresse.

— Aiden Strong a-t-il envoyé une photo ? demanda Liz. Je n'arrive pas à croire qu'ils n'aient pas de photo d'identité dans son dossier. Pas pour un travail de sécurité.

— Rien encore. Il a dit qu'il devait revoir les horaires de travail de Shaw et qu'il enverrait la plus claire qu'il pourrait trouver de lui dans le bâtiment. Attends, c'est lui maintenant.

Il ouvrit le message et jura. Deux fois.

— Effacé.

— Quoi ?

— Ce petit enfoiré a dû profiter de son service de nuit pour effacer toutes les séquences où il était au travail.

— A-t-il au moins donné une description ?

— Deux secondes.

Pete composa un numéro.

Liz fit de même, appelant Vince et sortant de la voiture pour parler.

— Des nouvelles ? Il y avait de l'espoir dans sa voix.

— Quelques-unes, mais pas assez. Désolée.

— Je vous ai vus monter à la maison plus tôt.

— Meg et moi avions une intuition à suivre et avons dû revenir. Nous essayons de rassembler des informations sur la personne qui a installé l'alarme anti-panique l'année dernière. Tu as dit que tu étais là.

Depuis la voiture, la voix de Pete était suffisamment élevée pour distinguer quelques mots, la plupart peu flatteurs.

— Il n'y avait rien de particulier chez lui. Quelqu'un de calme. Assez sympathique. Fin de la trentaine ou un peu plus. Silhouette mince. Cheveux bruns. Un mètre quatre-vingts.

— Tu sais comment Lyndall a choisi cette entreprise ?

— Pour autant que je sache, elle les utilise depuis une décennie ou plus.

— Ça aide, merci.

— Tu penses qu'il a installé un système défectueux. Ça a dû être planifié depuis longtemps, Liz.

— Oui. Et oui. Vince, nous obtenons quelques pistes et dès que Pete aura raccroché, nous irons en discuter avec l'une d'entre elles. Je peux te tenir au courant des choses plus tard ?

— Ouais. Allez suivre la piste. Soyez prudents.

Lorsque Liz se glissa de nouveau dans la voiture, Pete venait juste de raccrocher et il semblait satisfait de lui-même.

— J'ai une description.

— Cheveux bruns, silhouette mince, un mètre quatre-vingts, trentaine ou début de la quarantaine ?

— Impressionnant. Et oui. De plus, sa fille est entrée pendant que Shaw se changeait pour mettre l'uniforme, la pauvre gamine. Il avait enlevé sa chemise et elle s'est souvenue d'un tatouage sur son dos.

Les sourcils de Pete se levèrent quand un message bipa.

— Ce serait l'impression artistique qu'elle en a faite.

Il y avait des moments où Liz admirait beaucoup Pete. Annette n'avait rien obtenu de Strong Security malgré son expérience pour obtenir des résultats avec des personnes difficiles. Pete s'était présenté là-bas comme s'il était un nouveau client, puis avait ajouté du piment en indiquant en savoir beaucoup plus sur leurs défaillances qu'eux-mêmes. Et maintenant, ils disposaient d'un bon indice.

L'image était grossière mais envoya un frisson dans le dos de Liz.

Elle en avait vu des similaires.

— Est-ce que j'imagine des choses, Lizzie ?

Elle secoua la tête et ouvrit la porte, s'arrêtant pour regarder Pete.

— Je pense qu'il y a trois tatouages et peut-être que le seul sur lequel nous devrions nous concentrer est l'ancre. Mais mon père avait quelque chose d'étrangement similaire au serpent à plusieurs têtes. Il faut que cette jeune femme passe du temps avec un artiste pour obtenir plus de détails.

Pete envoya les derniers messages à Ben.

— Je vais arranger ça. Allons discuter.

Alors qu'il sortait, le téléphone de Liz sonna et ils se firent face par-dessus le toit de la voiture pendant qu'elle répondait. C'était Ben et encore une fois, Liz remonta dans la voiture pour parler en privé, mettant l'appel en haut-parleur pour Pete.

— Nous sommes à la résidence de Tony Shaw, dit-elle. Sur le point de traverser la route.

— Restez où vous êtes. Meg a travaillé sur la caméra à l'intérieur de l'aimant pour frigo. Elle était morte, grâce à son pied bien placé, et c'est un cadeau qui ne cesse de donner.

Pete et Liz échangèrent un regard.

— Reuben a reconnu l'appareil et de plus, il est au courant d'un vol il y a un peu plus de six mois qui incluait des dizaines d'entre eux ainsi que d'autres jouets high-tech. Et il dit qu'ils sont très high-tech.

— Et vous pensez que Shaw est impliqué ?

— Reuben est allé s'entretenir à ce sujet avec un ancien contact. Êtes-vous en vue de la résidence ?

— À cinquante mètres. En bas de la route.

— On ne peut pas prendre le risque. Revenez pour l'instant.

— Oui, chef.

Liz termina l'appel, réussissant d'une manière ou d'une autre à empêcher la frustration de transparaître dans sa voix.

— Qui pensent-ils que cet homme est si on ne peut même pas rester ici un moment ?

Pete s'engagea sur la route avant de répondre.

— Équipement de surveillance high-tech et autres objets volés, mais d'où ? Rien qui soit passé par VicPol. Peut-être dans un autre État. Mais si Reuben est au courant, comment ?

— Par son emploi précédent, dit Liz.

— Et si c'est le cas, cela présente-t-il un intérêt pour la sécurité nationale ? Pourquoi ne pouvons-nous pas garder un œil sur Tony Shaw ?

— Soit quelqu'un d'autre le surveille, soit personne ne le fait parce qu'ils ne savent pas où il est. Nous avons peut-être trouvé une personne déjà sous surveillance et nous devons faire très attention à ne pas interférer, dit Liz. Ou ils pourraient nous retirer l'affaire.

— Nous n'allons laisser personne nous empêcher de retrouver Lyndall.

— D'accord, mais est-elle impliquée ? Pete, et si le passé caché de Lyndall était de nature criminelle et la rattrapait ?

Candace avait des papiers éparpillés sur la table ronde et elle avait un genou sur une chaise, soutenant son corps d'une main sur la table alors qu'elle tendait le bras vers le milieu. Liz n'avait aucune idée de la raison pour laquelle elle continuait à travailler ici plutôt qu'à son poste, mais avec tout l'espace qu'elle utilisait actuellement, cela avait un certain sens.

— Tu peux me passer les deux pages les plus proches de toi ?

C'étaient des images imprimées à partir des photos que Liz et Meg avaient prises plus tôt dans la journée. Une centaine au format A3. Certaines étaient prises de loin, montrant la totalité d'une peinture ou d'un croquis avec son cadre, tandis que d'autres n'en montraient que des parties. Les morceaux que Liz passa par-dessus la table étaient de ce dernier type.

— Celles-ci viennent du tableau le plus proche de la porte de Lyndall dans sa chambre, dit Liz. Il est un peu différent de tout ce qu'il y a d'autre dans la maison.

Candace triait les morceaux comme un puzzle géant.

— Dis-moi en quoi il est différent.

— En fait, j'étais venue pour vous proposer un café. Ou un peu de déjeuner parce que Pete est dans la cuisine en train de préparer une énorme salade commune, ou sa version de celle-ci. Mais je vais d'abord essayer d'expliquer ce que je veux dire. Liz fit le tour de la table, les yeux fixés sur la pléthore de morceaux. Presque tout ce qui est accroché aux murs de la maison est soit une peinture à l'huile, soit un croquis au fusain. Le sujet est toujours en rapport avec la vie de Lyndall... sa vie actuelle. Des ânes, des vaches, des chats. Des paysages reconnaissables comme des vues de sa propriété. Des fleurs, là encore celles qu'elle cultive. Mais celui près de la porte de sa chambre vient d'ailleurs. Je ne sais pas d'où, mais c'est une peinture triste.

Candace se redressa et regarda Liz droit dans les yeux.

— Continue.

— Alors, il pleut. Il y a un sentier qui traverse une forêt, mais pas comme celles que nous avons ici. Plus une forêt anglaise, ou du moins comme je l'imagine.

— Tu n'y es jamais allée ?

— Non, jamais.

Le visage de Candace changea. Une sorte de nostalgie. Juste un instant. Elle devait avoir un lien avec l'Angleterre.

— Les couleurs sont vives, mais d'une manière différente des autres peintures à l'huile. Je ne connais pas grand-chose à l'art, mais il y a une sorte de lueur qui s'en dégage. Et il n'y a qu'une seule personne. Une jeune femme qui marche le long du sentier.

— Dans quelle direction ? Sur le mur, je veux dire.

— Vers la porte. Oh.

— Oh, en effet. Et que penses-tu de cette révélation ?

Liz trouva l'image sur son téléphone et, en l'agrandissant, la fit défiler sur l'écran pour en examiner les différentes parties.

— La fille marche vers une sorte de porte ou de portail ? Peut-être que Lyndall est fan de science-fiction et de portails, mais regarde comme il est étroit par rapport au sentier. Les pièces du puzzle s'assemblèrent. Je vois probablement des choses qui n'existent pas, mais...

— Mais ?

— Je crois, et Meg aussi, qu'il y a quelque chose à l'intérieur du mur de la pièce sécurisée. Caché derrière le plâtre et suffisamment important pour que Lyndall ait laissé la porte entrouverte au risque d'énerver ses ravisseurs. Mais le portail dans la peinture et les formes à travers les portes ouvertes qui se ressemblent, c'est juste mon imagination qui s'emballe, n'est-ce pas ?

— Elle a laissé le seul indice qu'elle pouvait en gardant la porte ouverte, dans l'espoir fou que des esprits perspicaces feraient le lien avec sa disparition. Ça et les photos de sa famille, ce qui était terriblement risqué si elle se cachait de ce danger depuis toutes ces années. Lyndall savait que Vince donnerait l'alerte et vous trouverait. Candace commença à débarrasser la table, empilant les papiers. Et j'adorerais manger quelque chose, merci. Et Pete aussi.

Devant un bol de salade qui comprenait une dizaine de types de légumes, des noix, du fromage et des graines, accompagné de petits pains, Liz fouilla dans le réseau de l'équipe à la recherche d'informations sur les tatouages. Annette effectuait une recherche officielle, mais Liz ne pouvait se défaire de l'impression que le plus petit des trois était lié à une affaire passée. Pas seulement une affaire passée, mais une affaire profondément personnelle.

Ben lui avait dit que la première affaire qu'il avait prévue pour l'équipe était de retrouver son père. Kyle Moorland. Également connu sous le nom de Garry Ford, le malheureux homme dont Kyle avait volé l'identité après l'avoir tué des décennies auparavant. La dernière fois qu'on l'avait vu, Kyle était dans un bateau au large de Williamstown qui avait explosé. La police n'avait pas pu localiser ses restes car il n'y en avait pas. Kyle était un sociopathe capable de se sortir de n'importe quelle situation, y compris la mort. Deux fois.

Tous les dossiers étaient chargés en prévision de leur enquête.

Liz prit une autre bouchée, impressionnée par les résultats de l'approche tous azimuts de Pete en matière de préparation de repas. Elle n'avait pas beaucoup de temps pour trouver ce qu'elle voulait. Ben lui avait demandé, à elle et à Candace, de le rencontrer dans vingt minutes et elle savait qu'il avait besoin de réponses. Les autorités attendaient comme des vautours pour retirer l'affaire Lyndall à l'équipe naissante et, comme le reste de Nobody, Liz était déterminée à ce que cela n'arrive pas.

Plutôt que d'ouvrir chaque fichier, elle fit une recherche sur « tatouage » et « suprémaciste ». Ce dernier étant l'un des aspects les plus hideux de son père.

Effectivement, il y avait un rapport basé sur des entretiens avec sa nièce, qui était l'une des rares personnes à l'avoir connu après qu'il ait changé d'identité. Elle avait décrit plusieurs tatouages et cicatrices et, avec l'aide d'un artiste, les avait reproduits aussi fidèlement que possible. L'un d'entre eux ressemblait étrangement à l'image dessinée par la fille de Strong.

N'ayant plus faim, Liz poussa le bol sur le côté et fixa les deux images, qu'elle avait placées côte à côte. Elles étaient trop similaires pour écarter une quelconque connexion, mais s'agissait-il d'un système de croyances commun ou de quelque chose de bien plus troublant ? Y avait-il une chance que Tony Shaw connaisse Kyle ?

VINGT-ET-UN

Ben avait pris de nombreuses notes et enregistré l'appel vidéo avec le constructeur de la maison de Lyndall. Pour la première fois aujourd'hui, il sentait qu'un tournant avait été pris. Liz arriva la première, le front plissé d'inquiétude.

— Qu'est-ce qui ne va pas ?

— J'ai demandé à Candace plus tôt si je voyais des choses qui n'existaient pas, et maintenant je me pose la même question sur un autre sujet.

— Qu'a dit Candace ?

— Elle dit que Liz a un esprit vif et de bons instincts, et qu'elle est sur la bonne voie dans son enquête. Puis-je me joindre à vous ? demanda Candace à la porte ouverte.

Ben lui fit signe d'entrer et Liz offrit un petit sourire tandis que l'autre femme s'asseyait à côté d'elle.

— J'ai des informations intéressantes sur la maison de Lyndall. Le constructeur vit maintenant aux États-Unis et il a fallu une lettre de notre service juridique avant qu'il n'accepte de parler de Lyndall.

— Nous avons un service juridique ? demanda Liz. Ce n'était pas une lettre de menace ?

Cela fit rire Ben.

— Rien de ce genre. Nous devions prouver que nous étions une agence légitime ayant à cœur les intérêts de Lyndall.

Le fait que l'homme ait opposé tant de résistance témoignait de sa loyauté envers une ancienne cliente, mais une fois qu'il a su que Lyndall avait été enlevée, il s'est empressé d'aider.

— Lyndall a travaillé en étroite collaboration avec notre constructeur sur les plans, en particulier concernant la visibilité depuis de nombreuses pièces et la chambre forte. Elle a abordé cette dernière avec sa propre liste d'exigences et il les a affinées pour les rendre faisables. Les poutres et les plaques métalliques sous le sol sont reproduites dans les murs et le plafond, mais uniquement pour cette pièce.

Candace bougea sur son siège.

— Lyndall voulait savoir qui s'approchait de la maison. J'imagine que ses caméras sont braquées sur les zones que l'œil ne peut pas voir.

— Meg peut le confirmer. Il y a autre chose cependant. Quelque chose qui correspond aux théories que j'entends sur la chambre forte. Lyndall a insisté pour qu'un système soit installé, dont elle seule connaissait le fonctionnement et qui était infaillible. La porte utilise un mécanisme répondant à un bouton caché. Si on appuie deux fois dessus, il empêche la porte d'être reverrouillée jusqu'à ce que l'opération soit répétée. De plus, il ouvre la porte après une période définie mais seulement de quinze centimètres, et même si elle est alors fermée ou ouverte plus largement, elle reviendra à sa position après quelques minutes.

Liz et Candace échangèrent un regard.

— Partagez, s'il vous plaît.

— Cela correspond à notre hypothèse qu'il y a quelque chose de caché dans la pièce. Meg et moi avons fait attention chez elle à ne pas alerter celui qui surveille, mais il y avait des indices allant dans ce sens. Liz ouvrit la galerie sur son téléphone et le tourna pour que Ben puisse voir. Ce tableau est dans le couloir entre la chambre de Lyndall et la chambre forte. Candace et moi pensons qu'il représente quelqu'un marchant vers une sorte de portail, tu vois, étroit, comme une porte ?

— C'est un tableau intelligent, dit Candace, car il n'y a rien de semblable dans la maison et il est positionné pour diriger le regard vers cette porte. Elle a rendu presque impossible pour une personne ordinaire de relier ses points soigneusement disposés.

— Elle l'a rendu presque impossible pour les personnes qui veulent la sauver ! Ben n'en revenait pas des efforts déployés par Lyndall. On verra ce que l'équipe propose pour procéder à un examen de ce qui se trouve derrière ce morceau de mur. Il se recula. Andy a appelé. Les empreintes digitales de Lyndall ont disparu.

— Pardon, quoi ?

— Je sais, Liz. Les empreintes digitales ne disparaissent pas des bases de données, pourtant les siennes ont disparu. Ou ont été mal classées. Il enquête là-dessus.

— Annette est-elle sûre de ne pas avoir une copie papier ? Et si j'allais vérifier avec elle ? Un deuxième regard. Liz semblait prête à se lever pour aller chercher Annette. Nous sommes tous tellement sous pression qu'elle les a peut-être simplement ratées.

Ben secoua la tête.

— Nous cernons l'identité de Lyndall par d'autres moyens, alors concentrons-nous sur les priorités. Il ne reste que quelques heures avant que je ne retourne en réunion pour nous battre afin de garder cette affaire. Je vais bientôt convoquer une réunion d'équipe, mais j'ai besoin que vous me disiez toutes les deux où vous pensez que nous en sommes. Où nous devons aller. Candace ?

— Nous devons ouvrir ce mur.

Liz acquiesça, et Ben était d'accord. La question était plutôt de savoir comment ils pourraient le faire.

— Lyndall a fait des efforts incroyables pour cacher quelque chose, mais elle a aussi rendu tout juste possible d'y attirer l'attention dans les bonnes circonstances. C'est plus qu'une personne qui se cache d'un passé difficile. J'ai l'impression qu'il y a un plan de secours ici, un moyen de négocier sa sécurité si elle était retrouvée. Candace fronça les sourcils. Ou de marchander pour la vie d'une autre personne.

— Tu veux dire Vince et Melanie ? demanda Ben.

Liz répondit :

— Elle ne connaissait pas Vince quand elle a construit la maison et Mel n'est dans sa vie que depuis un an environ. Si nous avons raison et que Lyndall a un autre fils...

— Exactement. Il ignore peut-être qu'elle est en vie, dit Candace.

— Mais elle sait qu'il l'est.

— Peut-être, Ben. Quand son mari et son fils sont morts, Lyndall a peut-être trouvé un moyen de protéger l'enfant plus jeune, ou c'est peut-être plus sinistre. Ceux dont elle se cache depuis toutes ces années savent peut-être où il se trouve.

— Candace, pourrais-tu travailler sur la recherche de cet enfant, enfin, adulte ? Si nous pouvons assurer sa sécurité, alors peut-être que ces monstres perdront leur influence. Annette a peut-être déjà quelque chose, mais j'apprécierais ton implication. Nous devons trouver un moyen d'entrer dans ce mur et j'en parlerai lors de notre réunion. Liz, sur quoi devons-nous nous concentrer ?

Pendant un moment, il se demanda si elle l'avait entendu car son attention était à nouveau sur son téléphone, mais elle le tourna ensuite pour montrer le dessin des tatouages fait par la personne qui avait vu Tony Shaw s'habiller. Elle avait zoomé sur l'un d'entre eux en particulier et, en le voyant isolé, Ben était sûr qu'il lui était familier.

— Annette recherche les tatouages. Pourquoi celui-ci ? demanda-t-il.

— Est-ce que je vois des connexions qui ne pourraient pas exister ? Regarde ce deuxième qui est aussi un dessin. Elle fit glisser l'écran vers une image similaire. Celui-ci vient du dossier de Kyle.

Ben prit le téléphone et alterna entre les deux, le cœur serré. Il soupçonnait depuis longtemps que le père de Liz avait un réseau beaucoup plus vaste que ce qu'ils avaient découvert et s'était à moitié attendu à ce que le criminel affirme son pouvoir sur sa fille — tout cela dans son esprit, bien sûr — et se vante d'être en vie. Il n'avait aucune preuve que l'homme vivait encore, mais s'il devait parier, il le ferait.

— Merde.

— C'est sûr.

Comment peux-tu avoir l'air si calme, Lizzie ?

— Autre chose ?

Elle lui lança un regard qui disait « ce n'est pas assez pour une journée ? » mais reprit son téléphone.

— Tony Shaw. Pourquoi ne pouvons-nous pas lui parler ou au moins le surveiller ?

— Nous reviendrons là-dessus une fois que Reuben sera de retour.

— Alors que dirais-tu que Pete et moi commencions à visiter les galeries d'art privées où Alain Dubois avait des rendez-vous ?

Il avait dû prendre trop de temps pour répondre car Liz croisa les bras, la bouche pincée. Elle ferait tout ce qu'il demanderait, mais il la décevait et il ne pouvait pas faire grand-chose pour l'éviter maintenant. Son téléphone bipa avec un message de Reuben.

De retour dans vingt minutes. Bonnes infos.

— Reuben a quelque chose. Liz, peux-tu organiser une réunion d'équipe dans vingt-cinq minutes ? Tout le monde présent si possible. Et vois où en est Annette avec les tatouages et vérifie à nouveau les empreintes digitales.

Liz se leva et se dirigea vers la porte.

— Et moi ? demanda Candace.

— Reste une minute. Liz, peux-tu fermer la porte en sortant ?

Attendant que Liz soit non seulement hors de portée de voix

mais aussi de vue, Ben réfléchit à ses mots. Parler d'elle dans son dos n'était pas très plaisant.

— Elle va bien, Ben, dit Candace avec un petit sourire. La meilleure chose pour elle est de retrouver son père et de le mettre derrière les barreaux, mais elle est exceptionnellement patiente et résiliente.

Il acquiesça, soulagé.

— Merci. C'est un imprévu, ces tatouages.

— Un imprévu qui pourrait être sans importance. Ou qui pourrait être le lien dont nous avons besoin pour trouver Lyndall. Il faut surveiller Tony Shaw, Ben.

— On va écouter ce que Reuben a à dire et je prendrai des décisions ensuite.

— Et tu t'en sors bien. L'équipe est satisfaite de toi comme leader. Autre chose ?

Après son départ, Ben fixa l'écran de l'ordinateur où il avait un e-mail confirmant sa réunion dans quelques heures seulement. Le temps leur manquait pour garder cette affaire. Il espérait que le temps ne manquait pas pour Lyndall.

— C'est notre dernière chance de parler en face à face avant que je ne retourne en ville pour plaider notre cause et je veux emporter suffisamment d'éléments positifs avec moi. Qui veut commencer ? Ben balaya la table du regard. Tout le monde était présent et ils avaient tous l'air épuisé. Cela n'allait qu'empirer jusqu'à ce que l'équipe soit écartée de l'affaire ou trouve Lyndall.

— Puis-je ? Phoebe leva à moitié la main.

Ben n'avait reçu qu'un bref résumé de sa part quelques minutes auparavant et l'avait à peine regardé.

— Je t'en prie, vas-y.

La jeune femme prit rapidement une gorgée de ce qui se trouvait dans son gobelet réutilisable, puis commença à parler sans établir de contact visuel avec quiconque.

— Mon équipe a fait du bon travail en rassemblant et en recoupant plusieurs des témoignages les plus crédibles que nous avons reçus suite au podcast. Nous avons eu près de mille réponses et il a fallu un moment pour les réduire pour correspondre aux paramètres de Meg concernant le « quand » et le « où ». Un schéma s'est dégagé. Sur une période de deux ans, il y a eu trois assassinats et une tentative probable ratée en France, en Italie et en Espagne. Et celle qui a échoué était aussi en France.

— Des assassinats ? demanda Hamish.

— Évidemment.

C'était Pete, dont le visage était indéchiffrable. Liz avait les yeux fixés sur lui et il lui fit un léger signe de tête. Il y avait toujours quelque chose entre eux qui restait non dit. Ben était certain que ce n'était rien de physique, mais une certaine synergie de pensée et le fait de se connaître depuis si longtemps.

— Oui, des assassinats. Tous de très mauvaises personnes qui faisaient du trafic de drogue, d'armes ou d'êtres humains.

— Quel est le lien avec le monde de l'art, Pheebsie ?

— Mon nom est Phoebe. Elle leva la tête et fixa Hamish jusqu'à ce qu'il murmure « désolé ». Le lien est que chaque victime a été abattue à grande distance alors qu'elle entrait dans une galerie d'art.

Le silence autour de la table était palpable.

Puis Pete marmonna :

— Je le savais.

— Tu savais quoi ? demanda Phoebe.

— La réputation de Lyndall comme excellente tireuse est basée sur le seul incident que tout le monde connaît, mais ce que j'ai découvert ne fournit aucune preuve de son implication.

— Pas encore. Meg sourit largement. Tu es une légende, Phoebe. Et ton équipe aussi. Si tu peux m'envoyer le résumé, je vais trouver ces connexions.

Phoebe acquiesça et tapota sur son téléphone.

— C'est tout pour moi.

— Excellent travail. Annette, étant donné que tu travaillais sur l'angle des galeries d'art privées en lien avec la visite d'Alain Dubois, as-tu quelque chose à ajouter ?

— Ah, oui. Eh bien, non. Annette fronça les sourcils en prenant un carnet. Bon, rien sur les assassinats pour autant que je sache, mais j'ai les coordonnées complètes des conservateurs de chaque galerie. Ou du moins, de ceux qui étaient conservateurs l'année de la visite prévue de Dubois. Dois-je les contacter personnellement lors d'une visite ou d'un appel téléphonique ? Elle regarda Ben.

— Laisse d'abord Meg avoir la liste pour qu'elle puisse commencer une recherche approfondie et envoie aussi une copie à Liz, s'il te plaît.

— Bien sûr. Mais je suis prête à aller parler aux gens aussi. *Elle doit être frustrée d'être coincée ici.*

— Voyons d'abord le résultat de ma réunion. Ce que tu fais ici est précieux. Des nouvelles sur les tatouages ?

— Je les cherche toujours. Et Tony Shaw est une énigme. Je ne trouve pas grand-chose sur lui à part la confirmation de son adresse.

Reuben, qui n'avait pas parlé depuis son retour quelques minutes plus tôt, s'éclaircit la gorge.

— Je peux aider à ce sujet.

Les yeux de Ben et Liz se rencontrèrent. Il y avait enfin un peu de feu de retour dans les siens. Le briefing leur donnait à tous beaucoup de travail et il s'attendait à ce qu'elle veuille bientôt se mettre en route.

— La caméra de surveillance récupérée si habilement par Meg et Liz appartient à un modèle qui a été testé par certains groupes clandestins en Australie. Un lot d'environ cinq cents a disparu d'une installation sécurisée il y a quelques mois et le numéro de série correspond aux enregistrements de ceux qui ont été volés. C'est le premier localisé. Le visage de Reuben était le plus sérieux que Ben ait jamais vu. Quant à Tony Shaw... c'est un livre fermé. Je garantis qu'il s'agit d'un ancien agent secret d'une sorte ou d'une autre et mon intuition penche vers le paramilitaire. Probablement mandaté, au vu de la sécurité qui l'entoure.

— Pourtant, il se balade tranquillement en trouvant des

emplois, en entrant chez les gens, et apparemment intouchable ! Liz agita les bras. Pete et moi étions juste là, devant sa maison.

— Donne-moi un peu de temps et je rendrai possible son interpellation, dit Reuben directement à Liz. Une heure ou deux. Tu me laisses faire ?

Elle sembla se détendre et acquiesça. Pete haussa les deux sourcils mais pour une fois, resta silencieux.

Pendant toutes les conversations, Hamish avait tapoté ses doigts sur la table, ne s'arrêtant que quelques fois quand Meg lui lançait des regards sévères. Ben ne pensait pas qu'il était délibérément impoli, mais plutôt qu'il avait ses propres nouvelles à raconter et avait du mal à les garder pour lui.

—Hamish, as-tu...

— Oui ! Oui, j'ai découvert où Lyndall a été emmenée. Je crois. Ou du moins, dans la direction générale.

—Bon sang, Hamish, tu ne pouvais pas le dire plus tôt ? Meg secoua la tête. Personne n'aurait eu d'objection à ce que tu interviennes avec des infos valables.

— Je vois. Désolé. Bref, tu... Meg, je veux dire, tu voulais que je vérifie toutes les données aériennes. Les images de drones, les vidéos et photos satellites, tout. La plupart sont inutiles. Du moins pour cette mission. Le terrain autour de la propriété de Lyndall est difficile et...

—Hamish ! Viens-en au fait, s'il te plaît. Meg s'impatientait.

— Je peux montrer plutôt qu'expliquer ? Il tapota sur la table et l'écran horizontal apparut. C'était une vue aérienne de la propriété de Lyndall. Bien. Ici, où se trouve le portail en haut de la crête, Pete a trouvé des traces de pneus et des empreintes de pas. Très utiles, soit dit en passant.

Le grognement de Pete ne laissait rien transparaître, mais comme tout le monde, ses yeux étaient rivés sur l'écran.

Hamish toucha l'écran des deux mains, utilisant ses doigts pour agrandir la vue. J'ai trouvé un petit réglage sympa sur notre application qui m'a permis en quelque sorte de saisir ces traces de pneus et de les suivre, et je n'ai aucune idée de comment ça marche, mais s'il vous plaît, ne vendez pas cette technologie à des gouvernements. Un doigt traça un itinéraire et il continua d'agrandir la vue. Nous allons supposer que les véhicules, ou l'un d'entre eux, ont emmené Lyndall. Tout le long de cette longue crête, puis un virage à travers un champ vide à presque un kilomètre de là. Regardez comment ça mène à cette route de terre puis revient sur la route principale.

Même Ben n'avait aucune idée que l'application de Meg avait des fonctionnalités aussi avancées. Elle avait un léger sourire sur le visage en se penchant pour observer.

— Les choses se compliquent après ça, mais j'ai appliqué les données des images satellites prises à peu près à ce moment-là et j'ai obtenu ceci. C'est un peu confus mais bon, jetez-y un œil.

L'écran passa à une vue nocturne du grand Melbourne. Dans le coin supérieur gauche, un cercle rouge indiquait le suivi des véhicules. Le tout était réglé pour aller beaucoup plus vite que le temps réel et le cercle rouge serpentait au-delà de la périphérie des banlieues ouest, pour finir dans une zone que Ben ne connaissait que trop bien.

Le père de Liz avait conduit tout le monde au même quai près de Williamstown.

C'était là qu'il avait assassiné un bon policier et tenté d'enlever un enfant. Et à une courte distance de ce quai, alors qu'il fuyait l'arrestation, son bateau avait explosé.

VINGT-DEUX

Pete conduisait et Liz fulminait. À l'arrière, Hamish avait eu le bon sens de se concentrer sur sa tablette. S'il disait quoi que ce soit d'agaçant, elle le jetterait hors du véhicule et pourrait même ne pas demander à Pete de s'arrêter d'abord.

Son esprit était en désordre et elle avait besoin de chaque moment de calme pour reprendre le contrôle. Être frénétique ou réactive n'allait pas aider à retrouver Lyndall. Ni son père.

Quel était le lien entre Kyle et celui qui avait enlevé Lyndall ?

Si c'était lié aux opinions suprémacistes blanches épouvantables de son père, y avait-il une organisation clandestine à découvrir ? Annette venait d'envoyer une troisième image du tatouage, cette fois d'un détenu ayant des tendances néo-nazies. À part ces trois-là, il n'était pas dans les bases de données que l'équipe avait consultées jusqu'à présent. Mais Kyle était un solitaire qui avait été exclu des groupes extrémistes parce qu'il était trop... extrême.

Mon propre père, bon sang. Qu'est-ce que ça dit de moi ?

Liz n'avait jamais été en position d'avoir des enfants et au cours de l'année passée, elle en était venue à apprécier cela. Transmettre le genre de gènes d'un tel mal était terrifiant. Pourtant, sa sœur, Anna, avait une belle fille que Kyle avait élevée, mais qui n'avait aucun de ses traits dégoûtants. Au contraire, elle était tout à fait à l'opposé.

— À quoi t'attends-tu, Lizzie ? demanda Pete assez doucement pour que seule Liz l'entende. Personne ne nous attend au bout de la jetée pour nous emmener à Lyndall.

Elle se tourna pour le regarder.

— Je m'attends à ce qu'on fasse notre boulot et qu'on trouve qui est parti de ce quai avec elle, que ce soit en voiture ou en bateau. Rien de moins et on n'est pas dignes de ce travail. Ni de son amitié.

Le visage de Pete était fermé. Il était d'accord, elle n'en doutait pas. Mais il y avait quelque chose entre lui et Lyndall qu'il ne révélait pas, et cela l'inquiétait. Elle avait réfléchi à tant de possibilités et les avait toutes écartées. Il avait passé du temps chez elle. Il esquivait aussi toutes les questions sur leur relation, ce qui ne faisait qu'inquiéter Liz davantage.

— Il y a un parking une rue derrière la jetée, dit Hamish. Pour rester discrets.

Au lieu de dire à Hamish qu'elle et Pete savaient tous deux où se garer et pourquoi, Liz se retourna vers lui.

— Y a-t-il un moyen de voir où Lyndall est allée après ici ? Où le véhicule dans lequel elle se trouvait est allé ensuite ?

— Reuben et moi y travaillons et Meg se dépêche d'ajouter quelque chose à son logiciel qui pourrait nous aider. Donc la réponse est peut-être. Il offrit un sourire plein d'espoir. Il se passe beaucoup de choses en coulisses.

Pete se gara sur le parking d'un supermarché et prit deux places avec ses compétences de stationnement merdiques et son manque général de souci de ce que quiconque pouvait penser. Le BearCat n'avait pas de marquage, mais était visible par sa taille, ses vitres teintées sombres et ses accessoires. Il n'avait pas besoin d'attirer davantage l'attention sur lui.

Ils attendirent pour traverser la route, Hamish tapant toujours sur sa tablette au point que Liz se demandait si elle devrait le guider, comme un enfant. Mais il la glissa brusquement dans sa sacoche.

La large zone herbeuse entre la route et la mer était animée avec beaucoup d'enfants et d'adolescents, certains utilisant les équipements de jeu et d'autres se détendant simplement. Quelques personnes âgées promenaient leurs chiens et c'était un après-midi typique de fin d'été le long de cette promenade populaire. La jetée était calme. La plupart des gens utilisaient celle beaucoup plus grande à quelques centaines de mètres plus loin sur la plage. Celle-ci servait uniquement pour la douzaine de bateaux amarrés.

Je ne veux pas être ici.

L'estomac noué, Liz força ses jambes à continuer à marcher alors que tout ce qu'elle voulait était de courir aux toilettes publiques et vomir. Cela pourrait la faire se sentir mieux pendant une minute mais n'aiderait pas à trouver Lyndall et ne ramènerait pas Terry non plus.

— On ne sera pas là longtemps, Liz. Les mots de Pete étaient pour elle seule.

Il savait toujours. Et il avait été là ce jour terrible.

Elle hocha la tête et mena la marche au milieu de la jetée, passant devant le bateau derrière lequel elle s'était cachée en tenant l'enfant qu'elle avait sauvé de son père. Passant l'endroit où Terry s'était mis dans la ligne de tir pour lui donner une chance de se mettre à l'abri. Et jusqu'à l'endroit où le bateau de son père avait été amarré, rempli d'explosifs comme plan de secours. Il avait presque réussi à s'enfuir avec l'enfant.

Mais nous l'avons sauvée. Elle est de nouveau avec sa mère.

Liz fixait l'endroit où son bateau avait explosé, projetant du bois et du métal dans les airs. D'une manière ou d'une autre, il avait survécu, elle en était certaine. Mais qu'avait-il à voir avec Tony Shaw ou Lyndall ?

Hamish était de nouveau sur sa tablette, déambulant lentement le long de la jetée avant de s'arrêter à côté de Liz et Pete.

— Je suis certain qu'elle a été mise sur un bateau.

— Continue, dit Pete, accordant toute son attention à Hamish.

Liz gardait les yeux fixés sur l'eau.

— Meg a demandé plus d'images satellites à plusieurs entreprises et elles commencent à arriver. Nous connaissons l'heure à laquelle le véhicule est arrivé ici, donc tant que Lyndall était toujours à l'intérieur, il s'agit de trouver des images qui montrent le nombre de bateaux avant et après.

— Combien de temps ?

— Liz, il n'y a aucun moyen de dire…

— Alors pourquoi même le mentionner ? Obtiens l'information et puis partage-la ! Liz fit volte-face. Un regard au visage déconfit de Hamish et la colère s'évapora. Désolée. Hamish, je suis désolée. Cet endroit me donne des cauchemars mais ce n'est pas une excuse pour te crier dessus.

Pete souriait et quand Liz le frappa au bras, il fit comme s'il était mortellement blessé, ce qui détendit l'atmosphère. Mais Liz s'en voulait. Ce n'était pas du tout elle et Hamish était honnête. Elle devait utiliser son énergie à bon escient.

— Parlons à tous ceux que nous pouvons trouver à propos de cette nuit-là.

Après avoir fait le tour des bateaux du plus proche de la route aux deux derniers au bout de la jetée, Hamish reçut un appel téléphonique, marchant rapidement vers le parc pour répondre après avoir jeté un coup d'œil à l'identifiant de l'appelant.

— Bon, on va le faire seuls, Liz, comme toujours. Pete ouvrit une bouteille d'eau. Il est probablement un agent double qui fait son rapport.

Liz le fixa du regard.

— Sérieusement, Pete.

— Non, vraiment. Regarde comment il agit. Il est perturbateur. Il joue les idiots. Il fait tout pour être odieux pour que personne ne s'approche de lui. Il disparaît à des moments étranges. Je parie que si tu essayais d'être sa meilleure amie, il montrerait son vrai visage.

— Tu es ridicule mais je t'en prie, deviens son meilleur pote et teste ta théorie.

— Moi ? Non, il serait trop méfiant. Tu veux le bateau de gauche ou celui de droite ? Il but une longue gorgée d'eau, ses yeux ne quittant jamais Liz.

— Celui de gauche. As-tu dit à Ben que tu te sentais comme ça ?

Pete haussa les épaules et but davantage.

Liz se dirigea vers le dernier bateau à gauche de la jetée, mais elle jeta un coup d'œil vers l'endroit où Hamish avait une conversation animée au téléphone. Pete avait de bons instincts concernant les gens et tout ce qu'il avait observé était vrai, mais il était plus probable que l'ex-soldat au passé trouble soit juste un imbécile inconscient de son agacement plutôt qu'un agent double. Ou peu importe comment Pete voulait l'appeler.

Le bateau était un croiseur de taille décente avec une écoutille latérale verrouillée. Liz appela plusieurs fois puis se pencha par-dessus bord. Tout était verrouillé. Mais il y avait un système de sécurité à bord avec deux caméras pointées vers la jetée. Liz tapa un message sur son téléphone avec son nom et une demande d'appel urgent pour une affaire de police, puis le tint devant la caméra la plus proche pendant une minute entière. Elle envoya le nom et l'immatriculation du bateau à Meg.

Pete discutait avec un homme sur l'autre bateau, alors Liz retourna vers le parc. Ils avaient déjà remarqué d'autres caméras de sécurité et avaient mis Meg dessus, donc ce n'était qu'une question de temps pour obtenir des images, que ce soit des caméras ou des satellites.

— Désolé de m'être enfui, Liz, dit Hamish, essoufflé après avoir couru à travers l'herbe pour la rejoindre. Reuben amène Tony Shaw.

— Quoi ? Oh, c'est brillant.

C'était la meilleure nouvelle de la journée.

— J'ai hâte de le voir en action.

— Reuben ?

— Il a la réputation d'obtenir ce qu'il veut, rit Hamish. Du moins quand il s'agit de criminels.

Et voilà que tu recommences avec tes doubles sens.

— Je le connais à peine. Toi non plus.

— J'aimerais changer ça.

Certaines choses étaient mieux délibérément mal comprises.

— Oui, je devrais vraiment prendre le temps d'apprendre à connaître Reuben.

— Il n'est pas ce que tu penses.

Le téléphone de Liz sonna et elle le leva pour montrer à Hamish que c'était Reuben qui appelait. Son visage devint impassible et il s'éloigna en direction de la jetée.

— Tu vas aller chercher Tony Shaw ? demanda Liz sans préambule.

Reuben rit.

— Les nouvelles vont vite.

— Hamish me l'a dit.

— Comment le sait-il ? Enfin bref, oui, je suis presque chez lui et je vais poliment lui demander de m'accompagner pour une agréable conversation sur du matériel de surveillance disparu.

— Et s'il ne veut pas ? Peux-tu l'arrêter ?

— Je doute d'avoir besoin de faire plus que demander. J'ai quelque chose sur lui et il est là depuis assez longtemps pour savoir comment le monde fonctionne. J'appelais pour te demander si tu voulais assister à l'entretien.

— Oui. Oui, merci. On a presque fini à la jetée donc on ne sera pas loin derrière toi.

Liz alla chercher Pete, qui venait vers elle avec Hamish.

— Le propriétaire du bateau l'avait sorti l'autre soir. Toute la nuit, emmenant un groupe faire le tour de la baie, dit Pete. Probablement avec un peu d'activité illégale aussi.

— Donc ils n'ont rien vu ?

— Je n'ai pas dit ça. Il prétend qu'au moment où il sortait

tranquillement, il a remarqué qu'un autre bateau prenait sa place. Il n'y a pas prêté attention parce qu'il y a de la place là-bas et il a pensé que c'était quelqu'un qui s'arrêtait pour des provisions. Mais quand il est revenu aux premières heures, il avait disparu.

Cela correspondait à la croyance que Lyndall avait été mise sur un bateau.

— Hamish ? Peux-tu étendre les paramètres temporels à quand le nouvel ami de Pete est parti et revenu ?

— Bien sûr.

— Tu vas assister à l'entretien avec Tony Shaw ? demanda Liz, observant attentivement Hamish.

— Hein ? C'était Pete.

— Euh... non. Je pense que je suis nécessaire ailleurs, malheureusement.

— Donc Reuben ne te l'a pas demandé ?

Hamish s'affaira sur sa tablette.

— Hum… ? Oh, ouais il l'a fait. C'est pour ça qu'il m'a appelé.

Le cœur de Liz s'effondra. À qui Hamish avait-il parlé ? Ce n'était pas Reuben.

— Hé ho. Quelqu'un ? Quel entretien avec Tony Shaw ?

Personne ne répondit et Pete leva les mains au ciel.

Tony Shaw était exactement comme Liz l'imaginait. Ce à quoi elle n'était pas préparée, c'était la salle d'entretien et la zone d'observation qui n'avaient rien à voir avec tout ce qu'elle avait vu auparavant. C'était à un étage différent du centre d'opérations central et à travers une salle de réception moquettée, bien qu'il n'y ait pas de visage amical pour vous accueillir.

Elle s'assit sur ce qui pourrait être considéré comme une chaise de gamer dotée d'un dossier haut avec des accoudoirs et un appuie-tête et la possibilité de l'ajuster dans une douzaine de positions, et incroyablement confortable. Elle pivotait, donc elle pouvait simplement se tourner pour parler à n'importe qui d'autre observant l'entretien si elle le souhaitait. Et il y avait trois niveaux avec trois chaises sur chacun. Liz s'attendait à moitié à ce qu'un bras apparaisse d'en dessous avec un plateau de nourriture et de vin. C'était vraiment la classe or.

Devant elle se trouvait la vitre sans tain habituelle, mais elle remplissait un mur entier.

Au-delà se trouvait une pièce qui défiait les normes des salles d'entretien ou d'interrogatoire. Il y avait une table. Mais dessus, il y avait une machine à café et des tasses. Et une fontaine à eau avec des verres. Un petit réfrigérateur était caché en dessous. Les sièges étaient confortables. Trois fauteuils club autour d'une table basse. Un canapé qui ressemblait à un lit pliant. Et dans un coin, deux chaises à dossier droit renversées sur une plus petite table rectangulaire en bois.

Tony Shaw s'adossa contre un mur, les yeux fermés. C'était un homme sans intérêt, physiquement. De taille et corpulence moyennes. Cheveux bruns courts. Visage mince. Il aurait pu passer pour un médecin en blouse blanche ou un enseignant ou un chauffeur de taxi. Utile pour quelqu'un qui aimait voler et se faire passer pour quelqu'un d'autre. Contemplait-il son avenir ? Planifiait-il ses réponses ? Ou somnolait-il ?

Reuben entra dans la pièce par une porte du côté opposé et ses yeux se tournèrent vers le miroir, si clairement à travers la vitre que Liz sourit comme s'il pouvait la voir.

L'autre homme se redressa, clignant rapidement des yeux.

— Asseyez-vous, s'il vous plaît, Tony. Où vous voulez.

Reuben attendit que Shaw s'assoie sur l'un des fauteuils club, passant ses deux paumes sur le tissu. Puis il s'assit en face.

— Jolis fauteuils. Belle pièce. Je pourrais m'installer ici un moment, dit Shaw en croisant les bras.

— Pas besoin. J'ai quelques questions puis je ne vous retiendrai pas plus longtemps.

Shaw rejeta la tête en arrière et rit.

Reuben attendit, impassible.

Pete adorerait voir ça.

Mais Pete était occupé à rechercher des renseignements sur le quai avec Hamish. Pour une fois cependant, il ne s'en était pas plaint et Liz était certaine qu'il surveillait Hamish de près. Son partenaire de longue date sautait souvent aux conclusions, mais avait plus souvent raison que tort. Cependant, c'était une accusation sérieuse qu'il avait portée, car Ben et Candace avaient choisi l'équipe et ni l'un ni l'autre n'étaient facilement dupés.

— Vous n'avez jamais fait de prison, dit Reuben. Il avait attendu que Shaw cesse de rire. Je suppose que vous avez beaucoup d'amis ou de connaissances qui savent ce qu'est vraiment une prison, alors je me demande pourquoi vous voudriez être le bénéficiaire d'une peine à perpétuité. Et dans la pire prison que nous pourrions trouver pour toi.

— Qu'est-ce que vous voulez dire ?

— À propos de la prison ? Imaginez quatre-vingt-dix pour cent de chaque journée en isolement. Imaginez manger la même nourriture tous les jours pendant des décennies, et ce seront les aliments que vous détestez le plus. Aucun contact avec qui que ce soit, pas même les gardiens, car vous serez dans une aile où aucun contact n'est possible. Une porte s'ouvrira une fois toutes les vingt-quatre heures pendant exactement une heure. À l'extérieur de la pièce, il y a un jardin... ai-je dit jardin ? Je voulais dire un espace de trois mètres sur trois, entouré de briques plus hautes que quiconque ne pourrait jamais voir par-dessus et recouvert d'un grillage électrifié. Bien sûr, vous pouvez voir le ciel, mais ce sera la nuit. Et qu'il pleuve des cordes ou qu'il fasse une chaleur infernale, vous y restez pendant une heure pendant que votre cellule est nettoyée. Cette cellule fait la même taille et contient des toilettes et un matelas, rien d'autre. Pas une seule chose. Ça a l'air tentant ?

Un autre rire, mais celui-ci était nerveux et court.

— Pourquoi penseriez-vous que je ne suis pas sérieux, mon pote ?

— On ne fait pas ça aux détenus en Australie. Mon pote.

— Si, en fait. Mais seulement pour les criminels les plus stupides. Ceux qui pensent passer sous notre radar et qui font ensuite une erreur idiote. Comme voler du matériel de surveillance au gouvernement et se faire prendre en train de l'installer dans la maison d'un civil.

Reuben avait à peine bougé et sa voix restait stable au point d'être presque détendue. Il laissait les mots faire leur effet, son langage corporel ouvert. Cela déconcerta Shaw, qui serra les bras et se déplaça un peu pour que ses jambes ne soient plus directement face à Reuben.

— Me traiter d'idiot ne va pas me faire répondre aux questions.

— Ai-je dit que c'était vous que je décrivais ?

Derrière Liz, la porte s'ouvrit et Candace prit le siège suivant.

— Meg a des nouvelles pour toi. Je vais rester et observer.

— Reuben est doué pour ça.

Candace sourit, son attention fixée sur la fenêtre.

— Shaw n'a aucune chance.

VINGT-TROIS

Les doigts de Meg volaient sur le clavier et elle ne leva pas les yeux quand Liz s'approcha.

— Deux secondes. Prends un siège.

Liz tira une chaise à roulettes et s'assit assez près pour admirer la vitesse de Meg et admettre qu'elle ne comprenait pas grand-chose à ce qui était sur l'un des écrans. Des lignes de code défilaient rapidement tandis que Meg en ajoutait encore. Un autre écran affichait deux programmes de reconnaissance faciale basés sur des photos d'Alain et de Jean-Paul. Le troisième écran était vide.

— Shaw a-t-il craqué ? demanda Meg en levant les mains du clavier.

— Pas encore, mais j'aime la façon dont Reuben le gère.

— C'est une question de temps. Bon, j'ai des nouvelles.

Elle cliqua sur quelque chose et le troisième écran s'alluma, montrant un reçu.

— Des fleurs du fleuriste du cimetière. J'ai retrouvé la carte de crédit utilisée, mais s'il te plaît, n'en parle à personne pour le moment car j'ai peut-être pris des libertés avec la procédure légale.

Un autre clic.

— Elle appartient à cet homme.

Il y avait un portrait professionnel d'un homme, peut-être la cinquantaine passée, aux cheveux noir de jais coiffés en arrière. Il avait des traits marqués qui étaient attirants à la manière d'un patron de la mafia à la télévision.

— Marcus Bonner. Citoyen australien né en Allemagne. Il vit ici depuis près de quarante ans. Collectionneur et marchand d'art international. Il voyage en Europe chaque année pour assister à des expositions et des ventes aux enchères. Il possède la Galerie d'art Bonner.

— Dis-moi que c'était sur la liste pour Alain ?

— C'était sur la liste.

— Donc je vais aller lui dire bonjour ?

— Tu y vas, intervint Ben, qui s'était approché après avoir parlé à Annette. Prends quelqu'un avec toi.

— Tout le monde est occupé, patron. Et je suis moins menaçante seule.

— Je peux venir. J'ai vraiment envie d'en faire plus, dit Annette qui avait suivi Ben. Tout ce que je fais, c'est attendre que les gens me rappellent et je peux gérer toute nouvelle information en route.

Liz regarda Ben, qui hocha la tête. Ce serait bon pour Annette de sortir du bâtiment. Elle avait été agent de patrouille pendant longtemps avant de passer à la gestion des entretiens et des interrogatoires, et cela leur donnerait l'occasion de parler. Bien qu'elle connût Annette depuis des années, elle avait à peine eu le temps de discuter depuis son arrivée dans le bâtiment.

— Tu peux être prête dans dix minutes ?

— Bien sûr, répondit Annette avec un grand sourire avant de se précipiter vers les salles du fond.

Meg jeta un coup d'œil à Ben.

— Nous sommes certains que les caméras de surveillance installées chez Lyndall n'ont pas de son et je suis aussi sûre que possible qu'il n'y a rien d'autre que celles-là à l'intérieur. Tout ce dont nous avons besoin, c'est de confirmer que le ravisseur de

Lyndall veut quelque chose d'elle, plutôt que d'une tierce partie. Il n'y a eu aucune demande de rançon.

— Et ensuite, nous pourrons aller chercher ce qu'elle a caché et l'offrir comme appât, dit Ben. Reuben pourrait obtenir des résultats qui nous orientent dans la bonne direction. Et Marcus Bonner. Mais sois prudente avec lui, Liz. Sa raison de déposer des fleurs pourrait être innocente.

— Ou pas. Je sais, et nous serons prudentes.

Liz retrouva Pete avant de partir. Il était devant le tableau à roulettes que Candace utilisait dans la deuxième pièce, plongé dans ses pensées. Elle ne voulait pas le déranger et recula.

— Je sais que tu es là. Entre.

— Annette et moi allons parler à la personne qui a déposé des fleurs au cimetière.

Il se retourna.

— Je devrais venir ?

— Non. Mais tu dois savoir que l'homme possède l'une des galeries d'art sur l'itinéraire d'Alain.

— Attends, il pourrait réellement avoir connu Alain ? Je devrais venir avec vous.

Peut-être que tu devrais.

— Tu es occupé, mon vieux.

Pete passa une main dans ses cheveux.

— Je dois finir ça. Candace et moi travaillons pour retrouver le deuxième enfant, bien qu'elle se soit convenablement éclipsée pour assister à l'interrogatoire.

— Elle pourrait remarquer des choses que nous ne verrions pas.

— Ouais, je sais. Va parler à ce type de l'art, mais si tu penses qu'il est impliqué, appelle-moi.

— Oui, maman.

— Lizzie...

— Je te taquine. Arrête d'être si protecteur et trouve cet enfant. Adulte. Et je t'appellerai.

Une fois dans le véhicule, Annette ne cessa presque pas de

parler. À travers le tunnel de Burnley, le long de l'autoroute Monash, sur l'Eastlink et enfin la Peninsula Link, elle bavarda de tout sauf de l'affaire. Si elle essayait de rattraper le temps perdu depuis qu'elle n'avait pas vu Liz, ça marchait.

— Tu dois prendre cette sortie, dit Annette.

— Pour Mount Martha ? Non, la suivante.

— C'est plus rapide par là.

Liz prit la sortie et le système de navigation se plaignit, parlant de recalculer l'itinéraire.

— J'allais au lycée près de la galerie d'art. Enfin, pas tout près mais dans le même secteur. On y a fait une excursion une fois.

— Mais tu n'en as parlé à personne.

— Bien sûr que si. J'en ai parlé à Hamish quand je l'ai vue sur la liste des galeries.

Et voilà encore ce nom.

— Alors, c'était comment ? Je crois que c'est privé.

— On n'avait pas le droit d'aller partout. Euh... c'est un vieux bâtiment. Classé, je crois. Derrière de grands portails. L'art était trop bizarre pour moi. J'aime les paysages et les portraits, mais c'était surtout de l'abstrait.

— Tu te souviens de Marcus Bonner ?

— Non. J'y étais seulement parce que je traversais une phase où je pensais que l'art était cool et que n'importe qui pouvait le faire. Que je pouvais le faire.

Elle rit brièvement.

— J'étais terrible. J'ai essayé l'abstrait après l'excursion et je n'ai plus jamais recommencé. J'ai changé mes choix de cours pour le semestre suivant pour poursuivre mon autre rêve.

— La police ? Liz jeta un coup d'œil de son côté.

— Tu me croirais si je te disais que je voulais être historienne ? J'adorais les études religieuses et je me voyais déjà errer parmi de vieux volumes poussiéreux dans une église européenne, mais d'une manière ou d'une autre, ça s'est transformé en vieilles boîtes poussiéreuses dans un commissariat.

D'une certaine façon, cela correspondait à Annette, qui était une superstar des archives de la police, d'avoir aspiré à une vie plus calme et plus lente. Elle avait été excellente sur le terrain mais n'avait jamais eu d'ambition.

— Prends la prochaine à gauche puis un virage serré à droite. De mémoire, la route monte pendant un moment.

Une fois de plus, Liz ignora le programme de navigation et en quelques minutes, elle s'était garée devant un long mur élevé dans une rue tranquille. De si haut, elle pouvait apercevoir la baie de Port Phillip malgré le fait qu'elles étaient du mauvais côté de l'autoroute pour s'attendre à une vue.

D'impressionnants portails en fer forgé étaient fermés et Liz appuya sur un bouton d'un panneau de sécurité marqué « visiteurs ».

— Que puis-je pour vous ? répondit une voix masculine profonde.

— Bonjour. Sergent-détective Liz Moorland et agent-détective Annette Benski. Nous aimerions vous prendre quelques minutes de votre temps. Plus précisément, du temps de Marcus Bonner.

Les grilles s'ouvrirent suffisamment pour les laisser passer, puis se refermèrent immédiatement derrière elles. Liz jeta un coup d'œil autour d'elle pour repérer d'éventuelles sorties de secours, au cas où. Elle n'avait aucune raison de considérer Bonner comme un suspect, mais cette rencontre pourrait changer la donne.

— Je me souviens de cet endroit ! s'exclama Annette en pointant du doigt l'endroit où l'allée contournait le bâtiment et disparaissait. Nous sommes tous venus en minibus et les grilles étaient ouvertes, nous avons fait le tour jusqu'à l'arrière.

— Qu'y a-t-il là-bas ?

— C'était probablement l'entrée et les quartiers des domestiques à l'origine. Comme ce n'est plus une résidence comme au dix-neuvième siècle, j'imagine que c'est là qu'ils reçoivent les livraisons. Je me souviens que nous avons suivi un long couloir étroit avec beaucoup de pièces sur les côtés. Nous sommes passés devant une cuisine et j'ai pu y jeter un coup d'œil, elle était immense.

Liz avait rapidement fait des recherches sur la propriété avant de quitter le quartier général.

— C'est une galerie privée depuis plus de cinquante ans. On y organise occasionnellement des collectes de fonds pour différentes œuvres caritatives ainsi que des bals réguliers pour les mécènes.

— Qui peut bien avoir autant d'argent ?

Annette semblait éblouie. Si elle avait voulu devenir artiste, elle aurait compris à quel point il était difficile d'atteindre le sommet. Peu y parvenaient. Encore moins d'Australiens.

Alors qu'est-ce qui rendait Lyndall différente ?

— Bienvenue à la Galerie Bonner.

Marcus Bonner était un homme qui prenait soin de son corps et portait un costume taillé pour mettre en valeur ses efforts. Sa présence était imposante et Annette devint très silencieuse, baissant les yeux. Il se tenait sur la marche du haut avec un sourire désarmant.

— Je vous en prie, entrez.

Liz monta immédiatement les marches, tendant la main pour le saluer. Bonner était une tête plus grand qu'elle et de près, les signes de l'âge étaient plus évidents.

— Bonjour. Je suis Liz et voici Annette.

Mieux vaut rester décontractée.

Annette avait rejoint Liz et hocha la tête plutôt que de tendre la main. Bonner ne sembla pas le remarquer, se retournant d'un geste du bras pour qu'elles le suivent. Il se dirigea vers une porte latérale.

— Ça va ? chuchota Liz.

— Mauvais pressentiment à son sujet.

— Ce n'est qu'un homme. Observe tout ce que nous voyons et je parlerai, si ça t'aide ?

Il y eut un léger hochement de tête que Liz prit pour un oui.

Elles franchirent la porte latérale et entrèrent dans un petit vestibule vitré.

— J'ai un merveilleux conservateur qui insiste pour qu'aucun air extérieur n'entre sans filtration. C'est mieux pour les œuvres d'art, surtout les plus anciennes, expliqua Bonner en verrouillant la porte latérale. Seulement quelques secondes, puis les portes intérieures s'ouvriront.

Ce qu'elles firent. Une ouverture silencieuse de doubles portes.

Bonner traversa un grand hall d'entrée, avec un escalier majestueux menant à une mezzanine, puis entra dans l'une des nombreuses pièces.

La pièce avait la taille d'une petite maison sans fenêtres, et tous les murs exposaient une douzaine de tableaux chacun. Au centre de la pièce se trouvaient des chaises rembourrées, chacune faisant face à un mur.

— Je vous en prie, asseyez-vous pour que nous puissions parler.

Je préférerais regarder autour.

Liz s'installa confortablement tandis qu'Annette se perchait sur le bord de sa chaise, regardant autour d'elle avec de grands yeux. Bonner déplaça un autre siège pour leur faire face, ce qu'il fit avec une expression expectative.

— Merci de nous recevoir, M. Bonner...

— Marcus.

— Marcus. Nous enquêtons sur une affaire de disparition et votre nom est apparu comme un possible contact passé. Si cela ne vous dérange pas de répondre à quelques questions, cela pourrait nous être utile.

— Certainement, bien que je ne sois pas au courant de la disparition de quelqu'un de proche.

— Les questions concernent plutôt quelqu'un proche de la personne en question. Alain Dubois. Et son fils, Jean-Paul.

Liz observa le visage de Bonner comme un faucon. Ses yeux se plissèrent pendant une fraction de seconde.

— Alain ? Il est décédé il y a de nombreuses années. Tout comme son jeune enfant. Un tragique accident de bateau dans la baie de Port Phillip. C'était un confrère marchand d'art et il avait visité cette galerie quelques jours avant sa mort. Les épaules de Bonner s'affaissèrent. Une chose terrible.

— Sa visite ici était-elle la seule fois où vous vous êtes rencontrés ?

— Pas du tout. Mon travail m'amène souvent en Europe et nos chemins se sont croisés une douzaine de fois. C'était un homme remarquable.

— Est-ce pour cela que vous avez déposé des fleurs sur sa tombe ?

Il se recula, les sourcils levés.

— C'est ainsi que vous m'avez relié à lui ? Je suis perplexe quant à la façon dont vous avez découvert cela, mais peu importe... en quoi Alain est-il pertinent pour votre personne disparue ?

— Nous enquêtons sur la disparition de sa femme.

Bonner se leva et marcha jusqu'au milieu de la pièce pour contempler un tableau.

L'attention d'Annette était focalisée sur le reste de la galerie tandis qu'elle tournait lentement la tête aussi loin que possible pour regarder les œuvres d'art dans son champ de vision. Puis elle se tourna dans l'autre sens, baissant brusquement les yeux lorsque Bonner revint à grands pas.

Il ne s'assit pas, posant ses mains sur le dossier de la chaise et fixant intensément Liz.

— Pourquoi chercheriez-vous Nora Egan ?

Un nom enfin.

— La femme d'Alain. La mère de Jean-Paul.

— Eh bien, oui, à moins qu'il n'ait épousé quelqu'un d'autre plus tôt dans sa vie. Nora a quitté Alain, emmenant leur autre enfant et on ne les a jamais revus. Elle n'est guère une personne disparue après quoi... trente ans ou plus ?

— Quand l'a-t-elle quitté ?

Se redressant, Bonner haussa les épaules.

— Je ne faisais guère partie de leur cercle intime d'amis, j'en ai peur. Mais c'était peu de temps avant sa visite ici. Il était triste. Quand j'ai appris qu'il était tombé d'un bateau avec l'enfant, il était évident que c'était de son fait. Certains hommes ne supportent pas bien la perte et il lui était dévoué.

— Vous connaissiez Nora. Personnellement ?

Il remit le siège à sa place initiale.

— Je l'ai rencontrée une fois ou deux. C'était un grand talent mais manifestement une piètre personne. La plupart des artistes sont incapables de rendre l'amour si avidement accordé par les simples mortels.

Liz se leva et se dirigea vers l'un des tableaux près de la porte, Bonner sur ses talons. Du coin de l'œil, elle vit Annette partir dans l'autre sens.

— J'ai peur d'avoir une vidéoconférence prévue sous peu, donc à moins que vous n'ayez autre chose ?

— C'est une belle peinture. Achetez-vous des œuvres d'art du monde entier ?

— Eh bien, oui. La collection est internationalement reconnue pour sa qualité et nous avons accueilli certains des plus importants critiques d'art et collectionneurs du monde. Êtes-vous collectionneuse ? Bonner était inconfortablement proche de Liz, mais elle se contenta de sourire.

— Pas du tout, mais je suis impressionnée par quiconque peut créer une telle galerie. J'ai lu que vous en étiez la force motrice depuis de nombreuses années. Sans vouloir paraître impolie, est-ce le fruit de votre propre travail ou d'un héritage ?

Il se raidit légèrement.

— Mon père, si on peut l'appeler ainsi, était un Irlandais ivrogne qui adorait les jeux d'argent et ma mère, qui était magnifique, dépensait une grande partie de ses revenus durement gagnés pour le sortir de ses ennuis. Mon éthique de travail vient d'elle, car elle dirigeait une auberge en Allemagne, où j'ai grandi, une fois que nous nous sommes éloignés de lui.

Mais pas d'héritage. Juste du travail acharné. Je dois vraiment y aller.

— Merci pour votre aide. Annette était de retour aux côtés de Liz et lui fit un signe de tête. Nous ne vous prendrons pas plus de temps.

Un instant plus tard, elles étaient au soleil et la porte en haut des marches se refermait derrière elles. Aucune ne parla jusqu'à ce qu'elles soient de retour dans la voiture de l'autre côté des grilles. Liz verrouilla les portières, puis secoua la tête, se moquant d'elle-même. Elles étaient tout à fait en sécurité ici.

— J'ai pris une photo, dit Annette. Le tableau qu'il est allé regarder quand tu as posé des questions sur la femme d'Alain.

— Oh, c'était risqué.

— Mais je pense que ça en valait la peine. Annette lui tendit le téléphone. Si tu agrandis en bas à gauche, le nom de l'artiste est très clair.

C'était Nora Egan.

VINGT-QUATRE

Après avoir posé autant de questions que possible sur le deuxième enfant de Lyndall, Pete rejoignit Candace pour regarder l'entretien. Elle était absorbée, prenant des notes tout en gardant les yeux sur la fenêtre, et ne lui jeta même pas un coup d'œil.

Il se laissa tomber sur le siège à côté d'elle.

Tony Shaw restait assis sans un mot tandis que Reuben leur préparait du café à tous les deux.

— Shaw était sur le point de dire pour la vingtième fois qu'il ne sait rien sur Lyndall ou sur le fait de mettre sa maison sur écoute. Reuben se leva et commença à faire du café, donc ses paroles tombèrent à plat. Il maîtrisait parfaitement l'art des interrogatoires.

— J'aimerais être là-dedans.

— On a besoin que Shaw reste en vie, Pete.

— Oh, il le serait. Pour un certain temps.

Candace rit puis fit une note sur la tablette posée sur ses genoux.

— Shaw est en train de craquer. Avec Reuben qui lui tourne le dos, regarde son attitude. Son cou est raide. Ses bras se tendent contre rien d'autre que la pression de ses mains poussant sur la table.

— Il transpire à grosses gouttes.

— Bonne observation.

Reuben revint à la table avec deux cafés, en plaçant un près de Shaw avant de reprendre sa place. Il ne toucha pas à sa tasse mais Shaw en prit une gorgée puis fit la grimace.

— Quoi ? Trop chaud ? Ça ne peut pas être le goût parce que j'ai choisi les grains moi-même.

Avec un regard noir, Shaw ouvrit le bouchon d'une bouteille d'eau et but.

— Imaginez un monde sans café. Je vous vois bien comme un connaisseur de café. Quelqu'un qui a une machine à café coûteuse et qui prend son temps pour savourer le premier de la journée. Mais en isolement, il n'y a pas de café. Vous ne pouvez pas faire la queue avec les autres détenus pour boire votre ration de java diluée. Je peux le voir maintenant. Reuben se pencha en arrière sur sa chaise et posa une cheville sur un genou. Ces longues journées et ces nuits encore plus longues ? Vous vous souviendrez de ce que ça fait de préparer votre propre café. D'aller dans les cafés de votre choix. De vous asseoir au soleil avec un croissant et un jus.

— J'aime pas les croissants. Même pas les authentiques croissants français de la Péninsule.

— Je suis nouveau à Melbourne et j'aime bien les pâtisseries. Où est-ce le mieux sur la Péninsule ?

— Qu'est-ce que j'y gagne ?

— Je pourrais ne pas vous jeter ma tasse de café brûlante au visage. Reuben n'avait pas changé de ton, restant décontracté et conversationnel. Et je n'ajouterai pas de croissants à vos rations quotidiennes.

Shaw rejeta la tête en arrière et rit.

— Tout un numéro. Il est sur le point de craquer.

La voix de Candace était excitée et Pete la regarda avec

surprise. Elle était la personne la plus difficile à cerner dans l'équipe parce qu'elle masquait tout. Mais pas maintenant.

Le rire s'arrêta.

Shaw repoussa sa tasse.

— Qu'est-ce que vous voulez de moi ? Je vais parler mais j'ai besoin d'immunité.

Reuben prit sa tasse pour la première fois et but une gorgée.

Candace et Pete retournèrent au centre. Reuben avait demandé une pause et déplaçait Shaw dans une pièce sans rien d'autre qu'un toilette, un lavabo et un lit taillé dans le mur en béton surmonté d'un mince matelas.

— Ce deuxième enfant de Lyndall ? demanda Candace.

Ils suivaient une série de passages.

— Sans son vrai nom, c'est difficile. Alain Dubois n'apparaît comme le père d'aucun enfant à part la mention sur la pierre tombale. Et pendant que j'y pense, j'ai demandé à Meg de chercher qui a payé pour les enterrements.

— Ça, c'est une bonne idée.

— Je suis d'accord. Pete sourit. Sous-estimée comme toujours.

— N'importe quoi. Chacun d'entre nous est ici pour ses talents uniques.

— Même Hamish ?

Candace s'arrêta net et Pete recula pour lui faire face.

— Eh bien, à part piloter les drones et être un bon tireur, qu'est-ce qu'il fait exactement ?

— Ben n'a pas besoin d'expliquer ses choix, mais Hamish a des compétences dont l'équipe avait besoin. On sait tous que sa façon d'interagir est un peu différente mais il a un bon bilan de résultats. À part son admiration évidente pour Liz, quelles sont tes véritables inquiétudes concernant Hamish ?

Pete y réfléchit. Tout ce qu'il avait était de la spéculation. Aucune preuve tangible que Hamish ne jouait pas selon les règles ou pire, travaillait contre l'équipe. Il n'allait pas passer pour un râleur.

— Peut-être que je suis juste habitué à être celui qui repousse les limites.

Elle n'était pas convaincue. Pas à en juger par la façon dont elle pencha légèrement la tête et garda les lèvres droites.

— Je vais lui laisser une chance, d'accord ?

Ils recommencèrent à marcher.

— Tu sais, Pete, tu peux tout me dire. Si ce n'est pas pour les oreilles de l'équipe, fais-le-moi savoir. Et si quelqu'un, pas seulement Hamish, éveille tes soupçons plutôt que de piquer ton ego, tu peux me faire confiance.

— Ouais, je sais.

— Alors, l'enfant ?

— J'ai laissé une tonne de messages à des contacts de ma... vie passée. Des gens qui savent des choses sur les disparitions délibérées et qui n'ont pas peur de poser des questions difficiles. L'un d'entre eux peut ou non avoir accès à des dossiers concernant la protection des témoins et peut ou non y jeter un coup d'œil discret.

— Peut ou non ?

Il haussa les épaules.

— Mieux vaut qu'on n'en sache pas trop. J'ai aussi quelqu'un qui suit les pistes françaises. C'est une machine qui avance lentement pour obtenir des faits sur Alain Dubois.

Le téléphone de Pete sonna.

— C'est Liz. Il appuya sur « accepter ». Je suis avec Candace en haut-parleur.

— Ah bien. Annette écoute ici. Nous avons eu une réunion avec Marcus Bonner qui était... intéressante. Il est très suave, habile et charmant jusqu'à ce qu'on le presse. Il connaissait Alain Dubois comme un marchand d'art qu'il a rencontré à plusieurs reprises mais une seule fois dans sa galerie. Il a parlé de lui comme d'un homme bien.

Annette parla.

— Il a l'opinion qu'Alain est responsable de la tragédie qui lui a coûté la vie ainsi qu'à Jean-Paul.

— Tu veux dire, délibérément ? demanda Pete.

— Oui. Il connaissait Lyndall et a une piètre opinion d'elle. Écoutez ça. Il dit que peu de temps avant la visite d'Alain à la galerie, Lyndall a pris le deuxième enfant et a quitté le mariage et le fils aîné. Et nous avons enfin un nom. Il l'a appelée Nora Egan.

Candace s'arrêta et ouvrit sa tablette, tapant le nom dans la barre de recherche.

— Liz, Annette... Je fais une recherche rapide et il y a plusieurs pages juste avec son nom. Informations publiques.

— J'ai déjà parlé à Meg qui est impatiente de nous réunir tous. Nous sommes à une demi-heure. Annette lui a envoyé une photo qu'elle a prise en douce d'un tableau dans la salle d'exposition où nous étions. Il est signé Nora Egan et ça me rappelle vraiment certaines œuvres de Lyndall. Je repense sans cesse à ce qu'il a dit sur son départ avec le deuxième enfant.

— Nous sommes en route vers Meg, dit Pete. Et je vais donner le nom de Nora Egan à Reuben pour renforcer son interrogatoire.

— D'accord. À tout à l'heure.

— Si tu veux, je peux le dire à Reuben, proposa Candace. Va voir Meg.

Elle se retourna sans attendre de réponse et Pete continua vers le centre. C'était une avancée majeure.

Meg aurait eu besoin de plus de doigts et d'écrans. Se cloner aurait été une solution encore meilleure. Elle laissa quelques recherches en cours et alla à la table, tapant des instructions pendant quelques minutes avant de relever l'écran vertical.

Connaître le vrai nom de Lyndall changeait tout. Au lieu de chercher à partir d'une série d'indices — certains d'une nature douteuse — puis d'essayer de recouper les résultats, elle avait maintenant un point de départ. Elle configura l'écran, utilisant un doigt pour tenir, puis déplacer, images et textes jusqu'à ce qu'elle soit satisfaite.

Reuben entra et se dirigea vers la cuisine. Candace était juste derrière. Pete était déjà revenu après avoir assisté à l'interrogatoire et se trouvait dans une des pièces du fond après une brève discussion avec Meg.

Il n'y avait personne d'autre.

Cela devrait suffire pour l'instant et elle pourrait informer les autres à leur arrivée.

Elle vérifia son bureau et fit quelques ajustements à l'une des recherches, puis avala rapidement de l'eau.

Je sais que nous sommes proches. Si proches maintenant.

— Ben est parti ? demanda Pete en jetant un coup d'œil au bureau de Ben comme pour confirmer.

— Il y a seulement quelques minutes. Il a la réunion en ville.

Pete fit le tour de la table, ses yeux ne manquant rien.

Quand Candace et Reuben les rejoignirent, Meg toucha l'écran.

— Voici Nora Egan. Lyndall à une autre époque et dans un autre lieu. L'image s'agrandit. Elle a vingt ans sur cette photo. C'est la plus ancienne que j'ai trouvée jusqu'à présent.

Tout le monde fixa l'image. La jeune Lyndall avait de longs cheveux bruns qui tombaient sur ses épaules et portait un jean et une chemise qui mettaient en valeur une belle silhouette. Son sourire était large alors qu'elle posait derrière un chevalet. Elle était à l'extérieur, tenant une palette et un pinceau, ses yeux fixés directement sur l'appareil photo. Et ses yeux révélaient qu'il s'agissait bien de Lyndall.

Meg commença à faire défiler d'autres images, chacune s'agrandissant pendant quelques secondes puis revenant à sa taille d'origine tandis que la suivante la poussait.

— Je suis encore en train d'établir un profil, mais ce que je peux vous dire, c'est que Lyndall est australienne de naissance. Son lien avec l'Europe a commencé par son art, puis elle a déménagé en France pour épouser Alain, un marchand d'art. Elle a pas mal voyagé pour des expositions et autres, et cette photo me dit qu'elle était une invitée appréciée lors de ces événements et de dîners exclusifs. J'en saurai plus bientôt et une fois que

Phoebe sera de retour, elle pourra m'aider à recouper les informations sur l'assassinat.

Reuben avait l'air sombre.

— Tu essaies de lier Lyndall à des meurtres ?

— Pas du tout, dit Pete. Elle n'est pas une tueuse.

— Bien sûr que si, et aussi récemment qu'il y a un an. Hamish entra dans la pièce.

— Elle sauvait la vie de sa voisine, pas en train d'assassiner un boss de la mafia.

Meg était impressionnée par le ton mesuré que Pete gardait, mais ses mains étaient pressées contre ses jambes. Comme c'était intéressant. Était-ce à cause de son faible pour Lyndall, ou de son malaise avec Hamish ?

— Savons-nous avec certitude que l'homme qu'elle a abattu récemment n'était pas lié au crime organisé ?

— Mec, c'est une perte de...

— Non, nous ne le savons pas. Meg n'avait ni le temps ni l'énergie pour leur... peu importe ce que c'était. Mais pour l'instant, ce qui compte, c'est de relier suffisamment de points pour nous mener à Lyndall. Elle espérait que son expression suffirait à les faire se ressaisir. Hamish, as-tu avancé avec les images autour du quai ?

— Quelques nouvelles. Puis-je ?

Il regarda Meg pour lui demander la permission de toucher l'écran.

— Je vais baisser celui-ci, alors vas-y et utilise l'horizontal. D'une pression, l'écran vertical disparut. De cette façon, elle ne perdrait pas sa configuration pour plus tard.

Hamish ne perdit pas de temps à transformer toute la table en une carte nocturne du Grand Melbourne.

— Si vous regardez de près, c'est un enregistrement d'une combinaison d'images en direct toutes fusionnées pour créer un aperçu assez décent de la nuit où Lyndall a disparu. Nora Egan, je veux dire.

Pete lança un regard à Hamish, les yeux plissés, mais garda la bouche fermée.

— Nous pouvons plus ou moins suivre le chemin de sa maison au quai... du moins le véhicule qui l'y a amenée. Je suis retourné là-bas et j'ai trouvé un magasin de l'autre côté de la rue qui avait une caméra pointée dans la bonne direction pour nous. Il utilisa son téléphone pour envoyer quelque chose à l'écran. J'espère que ça marchera.

Une image sombre apparut. Granuleuse. C'était la nuit et il n'y avait aucun signe de présence humaine. Le parc était à peine visible et au-delà, des mâts de yachts.

— J'ai essayé d'améliorer la qualité mais ici, Hamish pointa du doigt, on voit le contour de ce que je pense être un Pajero ou un Land Cruiser. Ses phares sont éteints mais il y a une porte ouverte.

Meg ajusta la mise au point et le contraste.

— Pas beaucoup d'amélioration, mais oui, je suis d'accord avec ce que tu vois.

— Les traces de pneus que nous avons trouvées derrière chez elle correspondraient à ces 4x4. Pete se pencha pour fixer l'image. Alors, sont-ils en train de la déplacer sur un bateau, ou dans un autre véhicule ? N'y a-t-il eu aucun autre résultat des caméras ? Le quai en avait. L'un des bateaux aussi. Il se redressa, les yeux sur Meg.

— Je vais relancer ces pistes dès que j'aurai de l'aide pour d'autres choses.

— Je peux retourner parler aux propriétaires de bateaux, proposa Hamish.

Meg vérifia l'heure.

— Non. Gardons les choses centralisées jusqu'au retour du patron.

Reuben parla pour la première fois.

— Ça va m'aider avec Shaw. Il fit un geste vers la table. Avoir le vrai nom de Lyndall aussi. Il y a quelque chose qu'il a dit cependant qui n'avait aucun sens.

— À propos des croissants ? demanda Pete.

— Oui. Il ne les aime pas, même ceux qu'il a appelés les « authentiques croissants français ». De la Péninsule.

— Quelle Péninsule ? Peut-on le pousser là-dessus ? Meg pointa la carte. Depuis le quai, un bateau a un accès relativement facile aux péninsules de Mornington ou de Bellarine. Les deux ont des centaines d'endroits où s'amarrer. Mais Liz et Annette sont allées à Mount Martha, donc ça se rattache à la première.

Les autres se tournèrent vers elle.

— Je vais avoir besoin d'aide. Nous devons trouver tout ce qui concerne Marcus Bonner.

VINGT-CINQ

— Annette est avec toi ? demanda Meg en accueillant Liz à la porte intérieure, regardant derrière elle.

— Non, mais elle n'est que quelques minutes derrière. Elle voulait fumer.

— Elle fume ?

— C'est la première fois que je l'apprends. La pauvre a été déboussolée par sa rencontre avec Marcus Bonner et elle a dit quelque chose à propos du stress de cette semaine qui la rattrapait.

Elle avait déposé Annette au coin de la rue. Liz voulait un café et une pause toilettes, mais l'expression sur le visage de Meg était irrésistible.

— Que s'est-il passé ?

— Il pourrait, j'insiste sur le *pourrait*, y avoir un lien avec Marcus Bonner au-delà de sa relation passée avec Alain Dubois. Tony Shaw a fait un commentaire en passant à Reuben à propos de croissants sur la Péninsule.

— Exactement quoi ?

— Je n'ai pas entendu la conversation, mais Shaw a exprimé son aversion pour les croissants, même les authentiques français de la Péninsule. Reuben, Pete et Candace confirment qu'il l'a dit, donc j'ai besoin qu'Annette recherche des boulangeries et autres pour trouver qui en fait qui correspondent à cette catégorie.

— Ou du moins à sa compréhension de celle-ci. Liz suivit Meg jusqu'à son bureau. En supposant qu'il parle de la péninsule de Mornington. La France. L'art. Chaque homme ayant un type de contact différent avec Lyndall. Tout cela pointe vers Bonner.

— C'est sûr. Ben ferait mieux d'obtenir l'approbation pour que nous puissions continuer. J'ai envoyé un bref rapport il y a quelques minutes au cas où il serait encore en réunion. Pour l'instant, Reuben travaille sur Shaw. Pourrais-tu parler à Vince s'il te plaît ? Je vais t'envoyer quelques images de Nora et j'aimerais avoir son avis. Voir s'il y a quelque chose de nouveau qui lui vient à l'esprit.

Après un rapide passage aux toilettes et s'être procuré un cola light au lieu d'un café, Liz appela Vince depuis son bureau.

— Liz ? S'il te plaît, dis-moi quelque chose de bon.

L'inquiétude dans sa voix lui fit de la peine. Elle réprima l'envie de s'excuser de ne pas être restée plus en contact parce que, quand ? Son temps était entièrement occupé et elle faisait de son mieux.

— Nous nous rapprochons. Tu es chez toi ?

— Ouais. Je viens de déposer Melanie chez une amie pour la nuit. Soirée pyjama d'anniversaire et elle voulait vraiment y aller.

— C'est la meilleure chose pour elle. Ça ne doit pas être amusant d'avoir des patrouilles de sécurité qui font des allers-retours dans l'allée et de savoir que Lyndall n'est pas encore rentrée. Vince, as-tu déjà entendu le nom de Nora Egan ?

Annette arriva, se précipitant vers les pièces du fond.

— Oui. Oui, je l'ai entendu. Lyndall n'a-t-elle pas l'un de ses tableaux ?

— Lequel ?

— Donne-moi une minute. Il n'est pas signé, je sais ça.

Liz commença à prendre des notes à la main. Elle avait vérifié chaque œuvre d'art pour les signatures et beaucoup n'en avaient pas. Aucune ne portait le nom de Nora Egan.

— Après que nous avons déplacé l'armoire à fusils dans la chambre forte, elle m'a dit... merde, pourquoi n'y ai-je pas pensé plus tôt ?

— Prends ton temps.

Le ton de Vince était bourru. Il était agacé contre lui-même.

— Elle se tenait à côté d'un tableau et m'a dit qu'il avait été peint par Nora Egan. Ça ne signifiait rien pour moi mais elle m'a fait répéter. J'ai demandé pourquoi et elle m'a lancé un de ces regards intenses en disant que je saurais si j'avais un jour besoin de dire à quelqu'un qu'il existait.

Il y eut un bruit. Un choc sourd.

— J'aurais dû m'en souvenir, Liz.

— Ressaisis-toi, Vince. Sa disparition était stressante et elle ne s'est pas aidée en étant si vague tout le temps. Quel tableau ?

Je sais quel tableau.

— Dans le couloir entre sa chambre et la porte de la chambre forte.

Liz ferma les yeux. Elle avait eu raison d'y prêter attention. Cela signifiait quelque chose d'important. Crucial. Et Lyndall avait soigneusement tout planifié pour un tel scénario catastrophe. Intelligente.

— Vince, nous sommes assez intelligents pour comprendre ça. Candace et moi avons déjà discuté de l'importance de ce tableau sans savoir que Lyndall l'avait peint.

— Attends. Lyndall est Nora Egan ?

— Elle l'est. Les yeux ouverts, Liz griffonna des mots de manière désordonnée, ses pensées se mêlant à ce que Vince révélait. Tu es seul toute la nuit, ce soir ?

— Mel ne rentre pas avant demain après-midi. Pourquoi ? Qu'est-ce que tu veux que je fasse ?

— J'ai une idée qui se forme. Tu peux me laisser réfléchir ? Et être prêt si j'ai besoin d'aide ?

— Je ne vais nulle part, Liz. À part nourrir les animaux.

— Ont-ils besoin d'être nourris maintenant, ou peuvent-ils attendre une heure ou deux ?

— Plus longtemps et il y aura une rébellion des ânes.

Ben convoqua une réunion dès son retour et tout le monde se retrouva autour de la table ronde que Candace avait dégagée. Le tableau à roulettes était sur le côté. Pheobe, qui avait dormi dans l'une des unités après avoir été debout la majeure partie de la nuit, semblait toujours épuisée, mais elle sirotait de l'eau glacée et observait tranquillement tandis que les autres s'asseyaient.

— Merci à tous d'être ici, dit Ben. Particulièrement toi, Pheobe, pour nous avoir laissé perturber ton sommeil bien mérité.

Ben n'avait rien laissé transparaître depuis qu'il avait franchi la porte principale quinze minutes plus tôt. Il s'était enfermé dans son bureau pour passer des appels téléphoniques après avoir demandé à Liz de rassembler l'équipe.

— Grâce à vos efforts concernant de solides pistes au sujet de Tony Shaw et Marcus Bonner, nous avons obtenu quarante-huit heures supplémentaires sans interférence.

Il y eut un soupir collectif autour de la table.

— Nous allons retrouver Lyndall bien avant cette échéance. Les nouvelles informations sur la véritable identité de Lyndall sont incroyablement utiles et je m'apprête à rendre visite à Shaw.

Pete sourit.

— Je ne t'ai jamais vu te battre.

— Et tu ne le verras jamais. Reuben ?

Reuben souriait aussi, probablement à l'idée du toujours calme et bien habillé Ben Rossi en train de se battre physiquement avec un suspect. Liz savait mieux. Ben avait déjà arrêté des tueurs, mais il n'était pas aussi bagarreur que Pete ou probablement Reuben.

— Bien. Notre visiteur dans la salle d'interrogatoire est prêt à nous aider dans notre enquête mais maintient que ce ne sera pas avant d'obtenir l'immunité contre les poursuites, dit Reuben.

— Ce que nous ne pouvons pas offrir. N'est-ce pas ? demanda Annette.

— Nous avons tous vu des séries policières où les exigences du criminel sont satisfaites sur-le-champ et nous savons tous à quel point c'est ridicule. Je pense que même les criminels le savent. Ben secoua la tête. Mon intention est de voir Shaw poursuivi pour son rôle dans cette affaire et pour tout ce que nous pourrons déterrer sur lui, mais pour le bien de Lyndall, j'ai l'autorité de lui assurer que nos recommandations aux autorités seront directement influencées par son niveau de coopération.

Bien formulé, il croira faire une bonne affaire.

Liz n'avait qu'un seul objectif. Retrouver Lyndall vivante. Tout le reste était un problème différent pour un autre moment. Jusqu'à récemment, elle avait toujours suivi les règles à la lettre. Jamais franchi de lignes et ne pouvait imaginer le faire. C'était avant qu'un enfant ne soit enlevé... un deuxième enfant dans des circonstances étrangement similaires à un cas proche de Liz. Franchir les lignes avait permis de retrouver l'enfant et avait conduit Liz à l'Opération Nobody, alors elle se fichait que Ben mente effrontément à l'ordure dans la cellule de détention.

— Patron ?

Tout le monde se tourna vers Liz.

— Je viens de parler à Vince Carter dont la mémoire a été ravivée par le nom de Nora Egan. J'ai une idée sur la façon d'entrer dans la chambre forte.

Pete était assis sur la chaise à côté de Liz et lui donna soudainement un coup de pied à la cheville, pas assez fort pour lui faire mal mais suffisamment pour attirer son attention et quand elle le regarda, son expression était facile à lire. Il l'avertissait d'arrêter de parler.

— Vas-y, Liz, dit Ben.

Hamish se pencha en avant, dans l'expectative. Liz ne s'était pas liée à lui d'une quelconque manière et ne faisait pas entièrement confiance à l'homme. Et elle savait que Pete non plus. Peut-être était-ce à cause de leur histoire, mais Liz voulait savoir pourquoi c'était un problème pour son ancien partenaire avant d'en dire trop.

— J'y réfléchis encore. Ça ne vous dérange pas si Pete et moi en discutons d'abord ?

Ben acquiesça. À ses côtés, Candace plissa les yeux.

Pendant quelques minutes supplémentaires, Ben attribua des tâches, aidé par Meg qui était submergée par le volume considérable d'enquêtes qu'elle menait. Elle prit Annette, Phoebe et Hamish pour l'assister. Reuben repartit pour faire sortir Shaw de la cellule. Quand ils furent partis, Ben regarda Liz, attendant.

— J'ai une idée qui inclut de faire entrer Vince dans la maison de Lyndall. Il n'est pas encore allé nourrir le bétail donc sa présence là-bas ne sera pas remise en question. Il n'y a aucune raison pour qu'il ne puisse pas entrer dans la maison et aller à la chambre forte.

— Mis à part le risque qu'il y ait d'autres surveillances dont nous ne sommes pas au courant, dit Candace. Tu veux qu'il explore ce petit bout de mur ?

— Qu'il le casse même. Je suis sûre que c'est simplement du plâtre.

Ben se leva.

— Nous pouvons obtenir l'autorisation de l'équipe de sécurité à la maison pour qu'il y ait accès, mais je pense que ça aura l'air trop suspect s'il entre simplement et détruit un mur.

— Et s'il titubait en entrant ? Pete se leva et commença à zigzaguer dans la pièce. Il aurait passé un long après-midi à boire et se sentirait triste que son amie soit toujours portée disparue. Il se retrouve dans la chambre forte et dans son état d'ébriété, il trébuche et tombe contre le mur. Il fit semblant de faire exactement cela, s'arrêtant juste avant de toucher les briques.

Avec un sourire, Ben partait déjà.

— Pourquoi je ne vois pas d'abord ce que Shaw a à offrir ?

— D'accord, mais puis-je préparer Vince au cas où vous diriez d'y aller ?

Liz rattrapa Ben alors qu'il entrait dans la pièce principale, les autres suivant.

— Ce que Pete a suggéré peut sembler stupide mais c'est crédible et pourrait même nous donner un aperçu.

— Patron ? Puis-je vous montrer quelque chose à tous les deux ? Meg agita ses deux mains en l'air.

Il y avait une facture pour deux funérailles sur l'un de ses écrans.

— Ceci a été payé par la Galerie d'Art Bonner. A-t-il mentionné son implication avec ça, Liz ?

— Non. Et il n'était pas content qu'on sache pour les fleurs.

— Marcus Bonner est déjà alerté, Ben, dit Pete. Faites faire son rôle à Vince avant que les méchants ne fassent une nouvelle tentative à la maison de Lyndall.

Meg acquiesça.

— Je peux lui expliquer la meilleure approche.

— Oui, travaille avec Liz et Pete là-dessus. Et je vous veux tous les deux à proximité quand il entrera, alors partez bientôt. Ben regarda autour de lui. Tous les yeux étaient de nouveau sur lui. Hamish, je dirai à Reuben de te retrouver au garage. Allez chercher Marcus Bonner.

Liz se retrouva dans l'ascenseur avec Hamish après que Pete soit retourné chercher quelque chose, disant qu'il serait en bas dans une minute.

— Il ne m'aime pas.

— Mon vieux, à ce stade, je ne suis pas intéressée par la politique de cour d'école. Ma seule préoccupation est Lyndall.

Son visage s'affaissa mais il hocha ensuite la tête.

— J'ai l'air un peu pathétique. Désolé. Une fois qu'on l'aura retrouvée... peut-être qu'une sortie au pub local nous aidera à trouver un terrain d'entente. Avec toi aussi.

— Pete refusera rarement un verre.

— Et toi ?

— Bien sûr. Je pense que toute l'équipe méritera quelques verres une fois que Lyndall sera à l'abri.

Les portes s'ouvrirent et ils suivirent quelques couloirs jusqu'au garage. Ni Reuben ni Pete n'étaient encore là.

— À quoi dois-je m'attendre de Marcus Bonner ? Quelque chose pour me donner une idée de lui. Il y avait une nouvelle intensité chez Hamish, comme s'il avait changé de vitesse.

— Ne le sous-estime pas à cause de son âge. Sa carrure est puissante et il semblait agile. S'il est l'homme qui était à l'écran dans la chambre forte avec le fusil, nous savons qu'il est intelligent et furtif.

— Et s'il était autrefois le gestionnaire de Nora Egan, il sera préparé à à peu près tout.

Liz croisa les bras.

— Gestionnaire ? Que sais-tu que j'ignore ?

— Je relie les points, Liz. Des assassinats de figures criminelles de haut rang dans ou autour de galeries d'art en Europe à l'époque où Nora vivait apparemment en France. Bonner y était un visiteur régulier et les connaissait tous les deux. Il aimait Alain mais pas elle. Le mari de Nora et un enfant se noient en Australie et tu sais où ? En faisant du bateau dans la baie de Port Phillip. Son autre enfant disparaît et elle aussi, pour réapparaître en tant que Lyndall Smith, sauveuse d'ânes.

Prenant soin de ne pas paraître accusatrice, Liz baissa les bras.

— Comment sais-tu pour la relation de Bonner avec Alain et Nora, et son opinion sur eux ? Et le vrai nom de Lyndall ?

— C'est Annette qui me l'a dit.

La porte de la cage d'escalier claqua alors que Pete et Reuben en sortaient, plongés dans une conversation et se dirigeant vers eux.

— Hamish... te souviens-tu qu'Annette t'ait dit qu'elle avait visité la galerie Bonner quand elle était encore à l'école ?

Son visage était impassible et il secoua la tête.

— Tu es sûr ? C'était avant qu'on identifie Marcus Bonner comme la personne responsable des fleurs sur les tombes.

— Je m'en souviendrais. Mais elle et moi avons à peine eu le temps de parler jusqu'à ce qu'elle fume tout à l'heure et que je la rejoigne. Je n'y touche jamais sauf si quelqu'un est seul en train de tirer sur sa cigarette et m'en offre une. C'est plutôt social, en fait.

— Tu es prêt, Hamish ? lança Reuben depuis l'un des plus grands véhicules.

— Il y a un problème ? demanda Hamish en baissant la voix alors que Pete approchait.

— Pas du tout. Sois prudent et attrapez ce salaud.

VINGT-SIX

Dans une heure, toute lumière aurait disparu. Melbourne n'était déjà plus qu'un phare lointain. Plus près, la lumière éclatante du soleil couchant se reflétait sur les fenêtres de certaines des maisons les plus chères de Victoria le long de la côte de la Péninsule. D'immenses demeures avec un accès direct à la plage, ou perchées sur des falaises.

Lyndall avait calculé qu'elle se trouvait à un peu plus de trois kilomètres de Rye Beach. Plusieurs fois aujourd'hui, elle avait vu des bateaux quitter la jetée et se diriger vers elle, pour être ensuite repoussés par l'un des hommes de Marcus déguisé en garde forestier des parcs de Victoria dans le bateau qui ne s'éloignait jamais de son champ de vision. Il s'était donné beaucoup de mal pour éviter qu'elle ne soit découverte.

Par moments au cours de cette longue journée, seule à l'exception de quelques phoques et de nombreux oiseaux marins, le moral de Lyndall avait faibli.

Elle avait été proche de céder à ses exigences.

Remettre Les marées résoudrait certains problèmes. Vince et Melanie ne seraient plus menacés, ni la personne pour laquelle elle pleurait chaque jour. Personne que Marcus n'utiliserait comme menace. Trop réfléchir à ce monstre et à sa capacité à détruire des vies était déprimant.

Mais c'était sa seule police d'assurance.

Une fois qu'il aurait Les marées, elle ne serait plus indispensable. Personne ne le serait. Et il aurait le contrôle d'informations dangereuses qu'il recherchait depuis des décennies.

Au lieu de s'apitoyer sur son sort, Lyndall puisa dans la résilience qui l'avait aidée à traverser les pires moments. Elle fit le point sur la situation, arpentant le petit espace intérieur du vieux bâtiment qui grinçait et gémissait à chaque mouvement de la mer. Idéalement, elle aurait brisé une fenêtre ou trouvé un autre moyen de sortir, mais le verre était conçu pour résister aux conditions océaniques et s'avéra impossible à briser sans un outil approprié. Sa tentative de s'échapper en cassant une vitre avec une chaise fut rapidement remarquée par les hommes de Marcus, et la menace d'être à nouveau ligotée suffit à la dissuader.

Elle avait déjà déjoué les plans de Marcus plus d'une fois et pouvait le refaire.

Il serait bientôt là et il voudrait savoir où se trouvait Les marées. Si Vince avait saisi certains de ses indices et les avait partagés avec Liz, alors une enquête devait être en cours. Sûrement que les caméras dans sa maison auraient enregistré son propre enlèvement et, avec un peu de chance, l'auraient vue allumer le téléphone. À présent, elle avait compris que celui qui avait installé la nouvelle alarme faisait partie de l'équipe de Marcus, mais elle devait croire que les autres mesures qu'elle avait mises en place conduiraient à son sauvetage.

Spéculer sur ce que la police pouvait penser était une perte de temps, mais il y avait une chose qu'elle devait essayer. Marcus avait son deuxième téléphone. S'il l'allumait ici, Liz pourrait sûrement le localiser. Tout ce dont Lyndall avait besoin, c'était d'un moyen de le faire allumer.

VINGT-SEPT

— On ne peut pas s'approcher du chalet ni de la maison de Lyndall, Vince. Pas avant que tu ne sois allé dans la chambre forte.

— Mais les gardes de sécurité savent qu'ils doivent me laisser faire ?

Au téléphone, Vince avait l'air d'un homme renaissant. Son ancien lui, celui de l'époque où il était le meilleur flic de rue que Liz ait jamais rencontré. Avec Pete, ils avaient longuement discuté du déroulement de la prochaine demi-heure et Vince était sur le point de commencer ce qu'il appelait la phase une. Nourrir les animaux comme d'habitude.

— Oui. Celui qui traîne habituellement autour de la maison descendra l'allée pour bavarder avec l'autre. Apparemment, ça arrive plusieurs fois par service, donc dans le cas peu probable où la propriété serait surveillée, rien ne semblera anormal.

— Sauf que tu porteras une bière ouverte en passant devant eux, ajouta Pete. Tu pourrais t'en asperger un peu pour que ça paraisse réaliste.

— Non, je te laisserai faire ça. Ça te correspond mieux.

— Toujours ravi de te verser de la bière dessus.

Liz les laissa évacuer un peu de tension nerveuse.

Pete s'engagea sur la route menant chez Vince.

— On y est presque, alors monte chez Lyndall, s'il te plaît. Laisse ton téléphone dans la poche supérieure en train d'enregistrer et on te surveillera à distance.

— À plus tard, alors. Et Liz, merci pour ça. Vince raccrocha.

— Il s'en sortira très bien, Liz.

— S'il y a quelqu'un qui peut y arriver, c'est bien lui. Où est-ce qu'on s'arrête ?

— Quand je parcourais la campagne pour surveiller Hamish, je suis tombé sur un chemin où on peut se garer. On ne le voit pas depuis chez Lyndall, mais si on sort et qu'on marche un peu, on pourra voir sa maison.

Liz se concentra sur son téléphone, configurant le lien vers le flux en direct du système de sécurité de Lyndall. Meg avait exercé sa propre magie pour le rendre accessible via l'application et au moment où Pete se gara, il s'affichait sur l'un des deux écrans du véhicule.

— On est prêts à regarder maintenant. Liz jeta un coup d'œil autour d'elle. Ils étaient dans un bois sur un chemin de terre accidenté et ne pouvaient pas voir la route qu'ils avaient quittée. Et tu as trouvé ça quand ?

— Tu ne m'écoutes donc jamais ?

— Seulement si on m'y force.

Pete sortit.

— On monte un peu plus haut ?

Grognant dans sa barbe qu'elle venait juste de configurer le flux en direct, Liz prit une tablette et le rejoignit, tapotant frénétiquement jusqu'à avoir l'intérieur de la maison de Lyndall sur un écran plus grand que son téléphone. Elle le suivit sur une pente raide sans savoir où il la menait.

Même Pete semblait un peu perdu mais après quelques faux départs, il disparut entre des buissons.

— Par ici.

— Par où ?

Il réapparut et elle le garda en vue le long de son chemin

quelque peu douteux. Mais il y avait une minuscule clairière et c'était un point de vue en or avec la maison de Lyndall de l'autre côté de la vallée. Pete lui tendit des jumelles.

— Vince semble avoir mis du fourrage dans le paddock du bas pour les vaches et remonte l'allée.

Les jumelles étaient exceptionnelles et Vince aurait pu être à cent mètres au lieu d'un kilomètre ou plus. À mi-chemin de la longue allée de Lyndall, il passa devant les deux gardes de sécurité, levant sa bouteille de bière en guise de salut.

Les gardes avaient des antécédents irréprochables, tout comme l'ensemble de leur équipe qui protégeait la propriété depuis quelques heures après l'enlèvement de Lyndall. Anciens policiers, tous de bonnes personnes avec des réputations solides et payés bien au-dessus de la norme. Liz rendit les jumelles à Pete.

— C'est l'un des endroits examinés par le drone ? Comme site potentiel d'observation ?

— En effet. Au moins, Hamish n'a pas failli tomber du bord ici. Pete avait visiblement une dent contre lui. Que disait-il d'intéressant dans le garage tout à l'heure ?

— Il m'a demandé mon avis sur Marcus Bonner et ce à quoi il fallait faire attention.

— Bien sûr. Comme s'il allait soudainement s'en soucier assez pour faire son travail.

— Mec, ça suffit, d'accord ? Sois un peu indulgent.

Pete haussa les sourcils.

— Meilleurs amis maintenant ?

— Pas vraiment. Mais il a l'esprit vif et une théorie solide sur Lyndall et ce qui se passe.

— Il connaissait son vrai nom en arrivant à la réunion où le reste d'entre nous l'a découvert.

— Annette et lui ont fumé dehors et elle l'a mis au courant. Où est Vince maintenant ?

Pete déplaça les jumelles.

— Je l'ai. Enfin, au moins je peux voir les ânes qui trottent tous vers le paddock où il les a nourris.

La nervosité frappa l'estomac de Liz et elle se força à respirer profondément et lentement. C'était risqué. Si elle et Pete pouvaient observer la maison, il n'y avait aucune raison de croire qu'ils étaient seuls. Probablement pas dans les bois comme ici, mais autour ou à l'intérieur de la maison avec des caméras qu'elle et Meg n'avaient pas trouvées la dernière fois.

— Il n'y a pas de drones, n'est-ce pas ? Des modèles étranges ?

— Non, je vérifie et l'équipe de sécurité est bien consciente de devoir les surveiller. Le mieux qu'on puisse espérer est une extraction facile de ce qui est caché dans le mur. Pete baissa les jumelles pour regarder Liz. Et une capture rapide de Bonner. Reuben a hâte de lui faire découvrir les cellules.

Liz vérifia l'application.

— Il est sur le point d'entrer. Tu l'écoutes ?

Pete montra son téléphone.

— Oui. Meg aussi. Je vais le mettre sur haut-parleur mais il ne peut pas nous entendre.

Fais attention, Vince.

Alors que les ânes, et Pomme, qui traînait derrière mais réussissait quand même à s'emparer de la part du lion, se mettaient à mâcher leurs biscuits de foin, Vince se faufila à l'intérieur du grand abri et alluma la vidéo sur son téléphone. Ne voyant pas comment enregistrer les images en toute sécurité sans savoir si une caméra soigneusement cachée le repérerait, il glissa le téléphone dans la poche supérieure de sa chemise et fit confiance à l'audio. Il ne faisait pas confiance à la technologie, mais il avait une confiance totale en Liz et sa nouvelle équipe. Dans sa main droite, il cachait un petit tournevis épais.

Il prit le chemin vers la maison, ne titubant pas vraiment mais faisant certainement un travail digne d'un Oscar pour représenter une ivresse discrète.

Sur la terrasse, il s'arrêta une minute, oscillant un peu,

prenant une gorgée de la bouteille qui avait été vidée plus tôt dans un grand verre et remplie de thé froid. Durant toutes ses années en tant qu'officier de police, il n'avait jamais voulu être détective. Aujourd'hui, si.

Comme Liz.

Pas comme cet enfoiré.

Il ne put s'empêcher de sourire en pensant à quel point cela agacerait Pete, bien qu'à sa décharge, le détective n'ait été que d'une grande aide pour expliquer comment tout cela allait se dérouler.

Vince avait beaucoup de colère dans laquelle puiser. Lyndall comptait énormément pour Melanie. Pour lui. Il avait perdu une femme et une fille et à travers tout cela, Lyndall avait été un soutien constant et discret.

Il leva la bouteille et cria au ciel presque nocturne.

— Hé toi ! Je veux qu'elle revienne !

Il sortit de sa poche un trousseau de clés et fit mine de chercher la bonne pour ouvrir la porte coulissante. Tout cela pourrait être en vain. Si personne ne surveillait, c'était du temps perdu. Mais d'après ce que Liz avait dit, les salauds qui avaient enlevé Lyndall étaient doués en matière de surveillance et sa vie était en danger si le moindre faux pas était commis.

Vince fit glisser la porte et entra.

Son cœur battait la chamade. La maison était froide, dépourvue de la chaleur naturelle de sa propriétaire. Lyndall avait une gentillesse souvent cachée sous une personnalité pratique et brusque, mais depuis que Melanie était venue vivre avec lui, il avait vu la vraie Lyndall plus souvent qu'autrement.

Sauf que maintenant, je dois découvrir qui tu es vraiment.

En lisant entre les lignes, cette équipe de Liz voyait Lyndall comme quelqu'un avec un passé sombre. Peut-être un passé criminel. Si c'était vrai, alors elle avait été contrainte ou forcée à cette vie parce qu'il savait qu'elle n'avait aucune méchanceté en elle. Il avait juste besoin qu'elle soit de retour en sécurité. Tout le reste serait réglé et il serait à ses côtés.

— Lyndall ? Je continue d'espérer que c'est un mauvais rêve. Il fit en sorte que ses mots soient lents et lourds. Dans la cuisine, il posa la bouteille sur le comptoir. Es-tu de retour ?

Il déambula dans le couloir, s'appuyant contre le mur pendant une minute, les yeux fixés sur le tableau qu'il savait maintenant être l'œuvre de Lyndall. Nora Egan. Elle avait eu une famille. Une carrière brillante. Une vie entière qui avait été détruite par la perte de son mari et de son fils — peut-être par l'homme qui l'avait enlevée.

Vince utilisa la détresse qui l'envahissait à son avantage. Il se couvrit le visage d'une main et tituba d'un côté à l'autre du couloir où la porte de la chambre forte était légèrement ouverte, la poussant grand ouverte et trébuchant presque sur ses pieds.

Il maintint l'élan, les bras maintenant tendus et le corps oscillant alors qu'il poussait un cri guttural. Ses mains heurtèrent durement le mur ensemble, toutes deux agrippant le manche du tournevis et le forçant dans le plâtre. Tout ce qu'il pouvait espérer était que sa carrure cachait l'outil à toute caméra.

— Bon sang, regarde ce que j'ai fait. Je dois réparer ça.

Vince agrandit la petite déchirure puis glissa le tournevis dans une poche et utilisa ses doigts.

— Maintenant il y a un trou dans la chambre forte de Lyndall. Tellement maladroit. Désolé, Lyndall.

Il n'en crut pas ses yeux.

Il y avait un cylindre noir scotché contre un montant en bois. Ça devait être ce que Liz avait supposé être caché par Lyndall. Vince déboutonna partiellement sa chemise, protégeant toujours la zone endommagée.

— Il va falloir du nouveau plâtre.

Tout en parlant, il arracha le scotch et sortit soigneusement le cylindre. Il était rigide mais heureusement assez petit pour tenir contre son torse. Vince reboutonna sa chemise et croisa les bras.

— Il faudra peut-être plus que du plâtre. J'ai besoin d'un constructeur. Non. J'ai besoin de vodka.

— C'est la phrase. Il a trouvé quelque chose ! Liz et Pete avaient observé Vince à travers le flux en direct. On doit y aller.

Retourner à la voiture ne prit que quelques minutes et tout ce temps, Vince parlait. Au début, c'était plus de l'auto-récrimination bruyante et fausse pour les dégâts, puis trouver la bonne clé pour fermer la maison, et ensuite une fois qu'il marchait, c'était dirigé vers eux.

— Je l'ai, Liz. Je vais descendre toute l'allée de Lyndall pour vous rencontrer.

— Vous aviez raison. Toi, Candace et Meg. C'était bien de croire que quelque chose était caché derrière le mur. Pete souriait en conduisant. Un travail de police incroyable.

— Vince a été brillant. On n'a pas vu un seul bout de ce qu'il a trouvé.

— Ouais... il s'en est bien sorti. Mais Pete était toujours extatique et fit un petit coup de poing victorieux.

Meg téléphona, sa voix tout aussi excitée.

— Vous savez ce qu'il a trouvé ?

— Non. Il est prudent dans ce qu'il dit.

— Appelle-moi dès que vous partez.

— On tourne juste dans la rue maintenant. Vince est presque au bout de l'allée, dit Liz. Je te rappelle.

— Dis-lui qu'il a fait du bon travail.

Pete dépassa les deux allées et fit demi-tour, puis s'arrêta sur la route alors que Vince les rattrapait. Liz avait sa fenêtre baissée et Vince s'approcha aussi près que possible de la voiture, faisant glisser soigneusement un cylindre noir de sous sa chemise.

— Ça va aider à la retrouver. N'est-ce pas ? Il se pencha pour regarder dans la voiture. Quelqu'un aurait pu voir ce que j'ai trouvé ?

— J'en doute. On regardait le flux en direct et rien n'est apparu sur les caméras de Lyndall.

— Rappelle-moi de ne pas t'énerver, dit Pete.

— Trop tard, mon pote.

— Ça va aller si tu restes au chalet ? Je peux t'arranger un endroit pour la nuit ou jusqu'à ce qu'on attrape ces gens.

— Non, mais merci, Liz. Juste au cas où elle reviendrait. Ou quelque chose. Vince recula. Je garderai un œil sur tout.

Pete se pencha par-dessus Liz.

— Meg a dit que tu avais fait ce qu'il fallait.

Liz le repoussa.

— Elle a dit que tu avais fait du bon travail. Et oui, on pense que ça va nous aider à retrouver Lyndall.

— Allez-y.

Vince leva la main tandis que Pete s'éloignait.

VINGT-HUIT

— Annette, du nouveau pour les croissants ? lança Meg depuis son bureau, trop fatiguée et bien trop occupée pour se déplacer jusqu'au bureau de sa collègue.

— Elle est montée sur le toit pour une minute, répondit Phoebe en s'approchant rapidement, un carnet à la main. J'ai fait des recherches et j'en ai trouvé trois qui pourraient correspondre aux critères.

Réprimant son agacement qu'Annette ait laissé Phoebe faire son travail alors que cette dernière avait déjà suffisamment à faire, Meg leva les mains de son clavier.

— Je t'écoute.

— Il y en a une dans la péninsule de Bellarine, près de Wallington qui est un peu au milieu. Une autre à Langwarrin, et la troisième à Rye. Langwarrin ne fait pas techniquement partie de la péninsule de Mornington, donc avec l'autre connexion à Mount Martha...

— Je vois. Et celle de Rye est considérée comme la vraie affaire pour leurs viennoiseries ?

— Elle appartient à un boulanger français formé à Paris. Probablement ce qu'on peut trouver de plus authentique ici. J'ai vérifié et Rye est à un peu moins de trente kilomètres de la galerie d'art Bonner.

Un e-mail apparut sur l'un des écrans et Meg l'ouvrit immédiatement, ses yeux parcourant rapidement le message.

— Oh, Dieu merci. Ce sont les informations que je cherchais sur l'autre téléphone de Lyndall.

Maintenant, je peux trouver qui le détient.

Elle se tourna vers Phoebe, qui était assez proche pour avoir lu l'e-mail.

— Pourrions-nous garder ça entre nous pour l'instant ? Juste jusqu'à ce que Ben ait autorisé le partage de ces détails.

— Bien sûr. Et pour la boulangerie française de Rye ?

— Toi et Annette, travaillez ensemble pour trouver le propriétaire, s'il te plaît. Meg jeta un coup d'œil à sa montre. Ils seront fermés depuis longtemps à cette heure-ci, mais Annette devrait avoir un moyen d'obtenir des numéros personnels pour qu'un employé puisse jeter un œil aux photos de Shaw et Bonner. Tu sais où est Candace ?

— À la table de conférence.

— Merci. Et merci d'avoir obtenu les infos sur la boulangerie. Bon travail.

Baissant les yeux, Phoebe hocha la tête et retourna à son bureau, les joues rouges. Meg l'appréciait énormément et la comprenait totalement. La jeune femme avait un esprit brillant en lutte contre son anxiété sociale et parvenait malgré tout à gérer une entreprise prospère et maintenant, à aider cette équipe.

Meg envoya un message à Candace, lui donnant le numéro qu'elle venait de recevoir et lui demandant de garder cela confidentiel. Quand Ben serait de retour, il pourrait passer cet appel mais il voudrait que Candace soit au courant.

Elle contempla ses écrans un instant. Il y avait déjà tellement de programmes en cours, mais elle en avait besoin d'un de plus. Un qui l'alerterait dès que l'autre téléphone de Lyndall serait allumé et qui suivrait aussi quand il avait été actif pour la dernière fois. À présent, ce fichu appareil pourrait être à court de batterie ou détruit, mais c'était une carte joker qu'elle devait s'assurer de ne pas laisser passer.

D'ici quelques minutes, Liz et Pete apporteraient la partie la plus importante du puzzle... si tous avaient bien compris les indices cryptés de Lyndall.

Le soleil se couchait.

Je ne veux pas que tu passes une autre nuit dehors, Lyndall. Trouve un moyen de me faire connaître ta position.

Pete insista pour que Liz l'accompagne par un chemin différent dans le bâtiment. C'était encore une autre aile séparée du quartier général de l'équipe et dès qu'elle entra, elle sut que Meg en était responsable.

Il alluma les lumières.

— Elle ne peut pas être loin.

— Je pensais qu'on utiliserait la deuxième pièce.

— Trop sensible. Et en réalité, on ne sait pas ce qu'il y a dans le cylindre que tu serres si fort. Ça pourrait être un poison aéroporté qu'on s'apprête à libérer.

— Tu es vraiment d'humeur joyeuse, toi.

Mais Liz posa le cylindre sur une paillasse en acier inoxydable et recula. Juste au cas où.

— Toujours rien de Reuben et Hamish ?

Pete vérifia son téléphone, comme elle venait de le faire.

— J'avais oublié qu'il n'y a pas de signal ici. Ils devraient être en route avec Bonner. Il passa une main dans ses cheveux. J'ai envie de manger. De boire un café sans qu'il refroidisse. De prendre une bière.

— Je sais. Oh, j'aurais dû mentionner que Hamish veut t'offrir une bière une fois que tout ça sera terminé.

— Ouais, eh bien en ce moment, le diable lui-même est le bienvenu pour m'en offrir une et je ne refuserai pas. Et Liz ? Je garderai l'esprit ouvert à son sujet, d'accord ?

— Désolée, les gars. Un million de choses se passent en même temps. Meg entra d'un pas vif. C'est plus petit que ce que je pensais.

Le cylindre faisait environ quarante centimètres de long.

— Pete, il y a des masques et des gants dans le tiroir à ta gauche. Pour nous tous, s'il te plaît.

— Tu vois, je t'avais dit qu'il y avait probablement une arme biologique à l'intérieur.

— Arrête d'être ridicule, dit Meg en fronçant les sourcils. Ce sera une peinture et je ne veux pas que vous respiriez dessus ou que vous la touchiez.

Ils commencèrent à enfiler l'équipement de protection.

— Meg, des nouvelles de Reuben ? Ou de Ben ? demanda Liz en ajustant son masque.

— Ben a des papiers qui arrivent de ses supérieurs pour que Shaw les signe. L'homme est assez stupide pour se faire prendre mais assez malin pour s'assurer d'avoir quelque chose par écrit. Et rien des deux gars pour l'instant.

Quelque chose n'allait pas. Liz connaissait la durée du trajet jusqu'à la galerie et même s'ils avaient dû escalader le mur pour accéder aux lieux, puis forcer l'entrée, il aurait dû y avoir des nouvelles maintenant.

Après avoir installé une caméra pour enregistrer ses actions, Meg ouvrit soigneusement le cylindre. Ce qu'elle en sortit était scellé dans un matériau légèrement brillant.

— Imperméable. Et j'imagine hermétique.

Une fois cette protection retirée, Meg déroula lentement une toile. L'œuvre représentait un paysage marin. Une longue étendue de plage la nuit avec des vagues qui déferlaient et le clair de lune se reflétant sur la surface de l'eau. C'était une belle peinture avec des coups de pinceau si délicats que les vagues étaient translucides par endroits et une empreinte de pas solitaire demeurait dans le sable humide.

— La signature de Nora Egan, dit Meg. « Les Marées ». Je pense que c'est le titre ?

Tout le monde examina les mots au-dessus de la signature et acquiesça.

— Eh bien, c'est magnifique, mais qu'est-ce qui le rend si

important pour que Lyndall l'ait non seulement caché dans une chambre forte sur mesure, mais ait aussi laissé des indices cryptés pour le trouver ? La peinture vaut-elle une fortune ou est-ce un autre indice ?

— J'espère que non. Mon cerveau n'est pas câblé pour ces énigmes, dit Pete. Pourrait-il y avoir une autre peinture en dessous ?

— Il n'y a qu'un moyen de le savoir, dit Meg. Mais j'ai besoin d'un scanner. Je vais en emprunter un. Je ne devrais vraiment pas partir maintenant.

— Alors demande à Annette d'y aller, suggéra Pete.

— Non. Non, j'ai besoin d'elle à proximité, alors peux-tu y aller, Pete ? Je vais téléphoner à l'avance et tu n'auras qu'à le récupérer à la porte. C'est portable.

Meg plaça la toile dans un coffre-fort et dès qu'elles furent sorties de la pièce, elle passa un coup de fil.

Liz commença à chercher des peintures de Nora Egan intitulées « Les Marées ».

— Rien, Pete. Ni sous son nom ni sous son titre. Alors qu'est-ce qui la rend si importante ?

Leurs téléphones bipèrent en même temps avec des messages.

— Oh, c'est de Reuben. Le cœur de Liz se serra. Ils n'ont pas attrapé Bonner.

Le centre était presque mortellement silencieux quand Liz revint. Pete venait de partir chercher le scanner et Meg était juste derrière elle, toujours au téléphone. Phoebe ne leva pas les yeux de son ordinateur et Annette sourit à peine lorsque Liz se dirigea directement vers la deuxième pièce.

Ben était adossé au mur, se frottant les yeux.

Affalée à la table, Candace semblait tout aussi abattue.

Pour la première fois depuis la disparition de Lyndall, Liz ne savait pas quoi faire ni quoi dire. L'équipe ne pouvait pas s'effondrer à cause d'un revers. Mais chacun d'entre eux était épuisé et probablement affamé. Elle n'allait pas se transformer en mère de l'équipe, mais Liz n'était pas prête à abandonner.

— Nous avons tous besoin de faire une pause pendant quelques minutes, dit-elle. Nous trois, on va aller préparer du café ou autre chose pour l'équipe et trouver des fruits ou je ne sais quoi, et on fera venir les autres ici pour faire une pause. Reuben et Hamish ne sont qu'à quelques minutes, alors allons-y.

— Liz, c'est une gentille pensée mais...

— Elle a raison, Ben. Candace se mit debout. Le moral est en baisse et nous pouvons inverser la tendance.

— Si vous avez besoin de vous reposer, on peut s'en occuper.

Ben se redressa.

— Nous avons tous besoin de repos et nous le ferons, une fois que Lyndall sera en sécurité.

Il ouvrit la marche vers la cuisine.

Pendant qu'il préparait un assortiment de boissons chaudes, Candace jeta des frites surgelées dans la grande friteuse à air chaud et Liz coupa des fruits et du fromage et ajouta des crackers sur un grand plateau. Faire quelque chose d'aussi simple semblait productif et lorsqu'ils transportèrent leurs préparations respectives devant tout le monde, ils attirèrent beaucoup d'attention.

— Phoebe, Annette, Meg ? Pause obligatoire de quinze minutes.

Les deux premières se levèrent d'un bond et suivirent l'annonce de Ben, mais Meg ne bougea pas de son bureau. Liz posa son plateau sur la table et revint.

— Trop à faire, Liz. Désolée.

Meg n'avait même pas levé la tête pour regarder Liz. Elle avait une main sur un clavier et l'autre sur une souris et travaillait sur deux écrans tandis qu'un troisième affichait une carte de Victoria.

— À quoi sert la carte ?

— J'ai obtenu le numéro de l'autre téléphone de Lyndall et j'ai juste besoin qu'il s'allume. Juste une seconde.

La voix de Meg vacilla et Liz s'accroupit à côté d'elle.

— Ça t'alertera à distance, n'est-ce pas ?

— Oui.

— Et les autres programmes ?

— Oui. Oui, Liz, ils m'alerteront tous, mais comment puis-je m'éloigner alors que la vie de Lyndall pourrait dépendre de mes recherches ?

— Je comprends. Mais quelques minutes pourraient te redonner un peu d'énergie et les gars seront bientôt là et nous aurons besoin de toute notre énergie et de notre esprit pour gérer ce qui arrive. Tu as besoin d'emporter un ordinateur portable avec toi ?

Avec un soupir, Meg secoua la tête et se leva.

— Le téléphone suffira.

En entrant dans la salle de conférence, elle renifla l'air.

— Pete sera contrarié d'avoir manqué les frites chaudes.

La nourriture était presque dévorée lorsque Reuben et Hamish arrivèrent. Liz venait de faire plus de cafés et leur fit signe de se servir.

— On s'attendait à un débriefing, mais pas à un avec du fromage et des raisins, dit Reuben en s'asseyant près de Liz. Où est Pete ?

— Il va chercher un scanner spécial pour que je puisse voir si Lyndall a caché quelque chose à l'intérieur du tableau que nous avons récupéré dans la chambre forte. Et je vous mettrai tous les deux au courant dans un instant, mais nous sommes tous un peu désespérés de savoir ce qui s'est passé à la galerie Bonner. Meg prit la dernière frite.

Hamish avait l'air plus sombre que Liz ne l'avait jamais vu.

— Il n'y a eu aucune réponse à nos demandes d'entrer dans les locaux, alors nous avons trouvé un moyen d'entrer. La galerie était fermée à clé et il n'y avait personne.

— Cependant, ceux qui étaient là sont partis rapidement, ajouta Reuben. Une porte à l'arrière était déverrouillée et les alarmes n'étaient pas activées, donc nous sommes entrés assez facilement. Il y a tout un dispositif de surveillance installé et pas seulement pour leurs propres locaux. Il tourna son téléphone. Capture d'écran de trois caméras encore activées chez Lyndall.

Liz n'en croyait pas ses yeux. Les images montraient Vince. D'abord se dirigeant vers la porte coulissante, puis dans le couloir, et pire encore, dans la chambre forte.

— Je n'arrive pas à y croire... merde, dit Meg. Tu as regardé Vince ? Tu as vu ce qu'il a fait ?

— Il est tombé contre un mur. Il a bien caché ce qu'il a trouvé, mais il a trouvé quelque chose. Tu as parlé d'un tableau.

Au moins, ils ne savent pas ce que nous avons.

Ben prit le téléphone pour mieux voir.

— Vous avez vu ça en direct ?

— Oui. Mais impossible de dire s'ils ont un accès à distance et il est réaliste de penser qu'ils en auront un, dit Hamish en s'arrêtant de manger suffisamment longtemps pour parler. Cela lie la disparition de Lyndall à Bonner sans aucun doute et j'ai l'impression que nous l'avons manquée de quelques minutes. C'est comme s'il savait que nous arrivions.

Il regarda autour de la table, ses yeux s'arrêtant sur Annette. Elle lui rendit son regard, sans ciller. Cela donna à Liz l'étrange sensation que quelque chose n'allait pas, mais était-ce un conflit entre eux ou quelque chose de bien plus sinistre ?

En rendant le téléphone, Ben se leva.

— Où en êtes-vous ?

Reuben se leva également.

— On a quelques personnes de confiance assez proches pour signaler toute activité. On ne voulait pas mettre quelqu'un sur le terrain. J'aimerais faire venir une équipe scientifique pour fouiller l'endroit de fond en comble, ainsi que pour faire une recherche approfondie.

— Dès que nous aurons des ressources disponibles, nous le ferons. Je vais voir où en est ce document pour Shaw, alors reste dans le coin, Reuben. Tous les autres, continuez ce que vous faisiez. Nous nous rapprochons.

Alors que Ben commençait à partir, le téléphone de Meg bipa.

— Pete est en bas, donc je vais lui demander de m'aider à scanner cette œuvre d'art. Liz, je n'ai pas de signal dans cette pièce.

— Je m'occuperai de la surveillance. Vas-y.

Meg partit et tandis que les autres commençaient à débarrasser la table ou à quitter la pièce, Candace prit Liz à part et attendit qu'elles soient seules.

— Tu as remarqué ce moment entre Hamish et Annette ?

Liz hocha la tête.

— Je pensais qu'ils s'entendaient plutôt bien, mais ça m'a laissé l'impression du contraire.

— Une fois que nous aurons retrouvé Lyndall et que tout le monde aura eu un vrai repos, je leur parlerai. Nous avons besoin d'une équipe cohérente et bien qu'il y ait toujours de petites différences de personnalité, nous ne pouvons pas nous permettre des conflits majeurs. Tu as bien fait de nous sortir, Ben et moi, de notre humeur maussade.

— Nous sommes tous une équipe qui veille les uns sur les autres. Et en parlant de ça, je dois me rendre au poste de Meg.

VINGT-NEUF

Une demi-heure passée au bureau de Meg n'avait apporté aucun changement aux programmes en cours. Liz n'osait rien toucher et avait installé son propre ordinateur portable sur une partie libre du poste de travail, vérifiant les écrans toutes les quelques minutes. Pete et Meg travaillaient toujours sur le tableau et Ben et Reuben étaient de retour avec Shaw après que les papiers eurent été finalisés.

— Liz ? Phoebe et moi avons des infos de la boulangerie, annonça Annette, excitée, les yeux grands ouverts. On peut utiliser l'écran vertical ?

— Euh... oui ? Tu sais le faire marcher ?

Annette rit.

— C'est comme ça que j'étais les premiers jours, mais je sais m'en servir maintenant. Il faut juste de la pratique et Meg dit qu'on ne peut pas le casser.

— Je ne vais pas tester cette théorie maintenant. Vas-y.

Depuis la table, le poste de travail de Meg était bien visible et Liz se plaça de manière à avoir une vue directe pendant qu'Annette installait les images vidéo. Phoebe et Hamish les rejoignirent.

Phoebe parla en premier.

— Annette a fait un excellent travail pour retrouver le propriétaire de la boulangerie. Il n'était pas ravi d'être dérangé chez lui, mais quand il a su qu'il s'agissait d'une affaire de personne disparue, il s'est montré très aimable.

— Oui, il est retourné à la boulangerie et a vérifié les images récentes car il a reconnu le visage de Bonner sur la photo que nous avons envoyée. Il dit qu'il est venu plusieurs fois ces deux dernières semaines.

— Cette vidéo a été enregistrée avec son téléphone car il ne savait pas comment la télécharger. Il va continuer à surveiller s'il y en a d'autres, mais celle-ci devrait nous être utile, dit Phoebe en pointant l'écran. Vous allez voir Bonner entrer par la porte d'entrée d'abord.

La copie de la copie n'était pas parfaitement nette mais suffisamment bonne pour montrer Marcus Bonner au comptoir, d'abord quelques personnes derrière puis se frayant un chemin jusqu'au premier rang au fur et à mesure qu'elles étaient servies. Il passa la plupart du temps à faire défiler son téléphone mais regarda directement la jeune femme derrière le comptoir, presque droit dans la caméra qui était positionnée face à la porte. Il parla puis attendit, la main sur le comptoir en tapotant avec ses doigts tandis qu'il lisait quelque chose sur son téléphone dans l'autre main.

— Tu peux mettre sur pause ?

L'image se figea.

— Et zoomer sur son bras. Quand on l'a rencontré, il portait un costume. Ses avant-bras sont nus et je veux voir ce tatouage.

Annette sembla avoir du mal, mais Phoebe prit le relais et obtint le gros plan que Liz voulait. Elle prit une photo avec son propre téléphone, le cœur battant.

— Merci, continue.

Bonner paya sa commande, qui était dans une boîte avec le logo de la boulangerie, puis partit.

— C'était quand ?

— Hier, juste avant la fermeture à 15 heures. Annette changea la vidéo pour celle d'une caméra extérieure. Le propriétaire nous a aussi envoyé celle-ci.

La perspective était celle d'une fenêtre d'angle et couvrait la porte de la boulangerie, quelques tables extérieures et une partie du trottoir. Marcus Bonner sortit et regarda autour de lui, sembla voir quelqu'un qu'il connaissait et s'arrêta pour lui parler. L'autre personne était un homme mais il tournait le dos à la caméra depuis la place qu'il occupait à la table la plus éloignée. Bonner l'écouta attentivement, hochant la tête, puis parla brièvement et partit.

— Repasse-la, s'il te plaît.

Il y avait quelque chose chez l'homme assis... Liz voyait des choses. Le tatouage devait être responsable de ses conclusions hâtives.

Hamish regarda attentivement.

— Il connaissait assez bien quelqu'un pour s'arrêter et lui parler. Pas de sourires ni de poignée de main. Mais pas d'antagonisme non plus.

— Ça ne te dérangerait pas de demander à Candace de venir voir ces deux vidéos et de donner son avis ?

Il acquiesça et alla immédiatement la chercher.

— Phoebe, tu te sens capable de t'asseoir au bureau de Meg ? De prendre ma place et de surveiller les alertes ?

— Oh. Oh, oui. Je peux. Maintenant ?

Liz alla chercher son ordinateur portable.

— Si ça ne te dérange pas. Ou prends d'abord un verre. Meg pourrait en avoir encore pour une demi-heure ou plus, mais si quelque chose apparaît sur ces écrans, envoie immédiatement Hamish la chercher.

Phoebe s'installa lourdement sur le siège derrière le poste de travail.

— Que se passe-t-il, Liz ? demanda Annette. Tu vas quelque part ?

De retour à son propre bureau, Liz rangea son ordinateur

portable dans sa sacoche et passa la bandoulière sur son épaule, puis prit son sac à main.

— En effet. Quand Pete sera dans les parages, ou Ben, tu pourrais leur demander de m'appeler ?

— Bien sûr, mais où vas-tu ?

— Et s'il te plaît, demande à Candace de gérer l'étage jusqu'à ce que Ben ou Meg reviennent. Je vous tiendrai tous au courant bientôt. Ne voulant pas attendre assez longtemps pour que Candace sorte et la dissuade de partir, Liz ignora la confusion sur le visage d'Annette et s'éclipsa.

Elle était encore dans le garage, attendant que la porte se lève quand Candace appela et pendant une seconde, Liz envisagea de laisser la messagerie répondre. Mais elle avait abandonné tout le monde sans presque rien dire et son intention n'était pas de les inquiéter.

— Désolée de ne pas être restée assez longtemps pour te parler, Candace.

— Tu as visiblement quelque part où aller.

— Oui. Non. Tu vas penser que j'ai perdu la tête.

Le doux rire de Candace rassura instantanément Liz. Elle sortit et s'engagea dans la rue.

— Je ne te jugerai pas. Tu devrais le savoir maintenant. Et je te connais assez bien pour comprendre que tu as soit fait des connexions, soit que tu suis ton instinct. J'ai jeté un rapide coup d'œil aux images et si je ne me trompe pas, ce tatouage te fait penser à ton père.

Bon sang, elle est douée pour ça.

Ce n'était pas la première fois que Liz avait envie de se confier à elle. De parler de l'homme qui l'avait abandonnée et qui avait ensuite enlevé non pas une, mais deux jeunes filles dans un monde fantasmatique malade où elles seraient la fille parfaite qu'il avait perdue.

Un klaxon retentit et Liz pila. Elle avait failli couper la route à un petit camion.

— Qu'est-ce que c'était ?

— Juste la circulation, Candace. Mais oui, le tatouage est le même que celui de mon père et celui sur le dos de Tony Shaw. Tu pourrais peut-être en informer Ben ? Ça pourrait aider s'il voit ces deux extraits.

— Je les ai déjà envoyés. Ça ne sert à rien que tu ailles à la Galerie Bonner. Pas sans renforts.

— Je n'y vais pas.

Elle n'y avait même pas pensé.

— Je vois.

Liz serpentait à travers plusieurs rues étroites. Dans peu de temps, elle serait sur le pont Bolte.

— Candace, tu peux me suivre. Je vais à Rye.

— C'était ma deuxième supposition. De quoi as-tu besoin de ma part ?

Un hélicoptère ? Une plus grande équipe ? La localisation exacte de Lyndall ?

— Tu l'as déjà fait. Écoute, ce n'est vraiment qu'une intuition, mais j'ai appris à me faire confiance.

— Bien. Appelle-moi si tu as besoin de moi.

La ligne fut coupée.

Au cours de toutes ses années en tant que policière, même en travaillant avec des flics corrects comme Vince et son ancien patron, Terry, elle n'avait jamais connu un tel niveau de confiance et de soutien qu'en ces quelques jours.

Liz s'engagea sur la route qui la mènerait à la péninsule de Mornington et accéléra.

Ben et Reuben étaient assis dans la salle d'observation, regardant Shaw lire l'accord pour la troisième fois.

— Il nous fait perdre du temps, dit Reuben en déplaçant sa chaise pour mieux voir Ben. Et si on le relâchait ?

— Je t'écoute.

— On lui dit qu'on a reçu des informations d'une autre source et qu'il est libre de partir.

— Pourquoi nous croirait-il ?

Après que Shaw les ait tant fait tourner en bourrique, Ben était sur le point de le faire transférer à la brigade criminelle. Il n'était simplement pas convaincu que cela accélérerait quoi que ce soit.

— On a le tableau.

— Oui, c'est vrai.

— Si on lui fait croire qu'on a trouvé quelque chose sur le tableau qui nous permettra d'identifier l'emplacement de Lyndall, peut-être qu'il nous mènera à elle. Ou à Bonner. Parce qu'avoir le tableau dans un endroit non divulgué et sécurisé pourrait pousser Bonner à vouloir faire un échange.

Tout dépendait de savoir si Bonner était la bonne personne. Si le tableau était la cible finale. Et si Lyndall était même encore en vie.

Reuben sourit.

— En plus, j'ai quelques petits mouchards sophistiqués que je voulais tester sur un vrai criminel. Il ne saura jamais qu'il a été marqué et à moins qu'il ne se frotte à vif avec exactement le bon mélange de produits chimiques, ça ne partira pas.

— C'est le patch transparent que tu m'as montré ?

— Oui. Et son téléphone a déjà été compromis par nous, donc s'il est assez bête pour l'utiliser, on écoutera.

Shaw était debout et tapa à la fenêtre, brandissant les papiers, toujours non signés.

— On lui annonce la mauvaise nouvelle ensemble ?

— J'ai toujours voulu en voir une en chair et en os, pour ainsi dire. Je les ai étudiées mais je n'aurais jamais imaginé en trouver une sous une couche de peinture à l'huile !

Meg tenait un minuscule objet avec de longues pinces sous une grande loupe.

— Mais son contenu aura-t-il survécu ? Pete n'avait jamais rien vu d'aussi petit.

— Il n'y a aucune raison que non. Les micropuces comme celle-ci ne sont qu'un dispositif de stockage.

— Et le tableau ?

Meg plaça soigneusement la puce dans un sac transparent et le scella.

— Il n'y a presque aucun dommage visible à l'œil nu. S'il faut l'utiliser comme appât, on devrait être bon.

Ils regardèrent à nouveau « Les Marées » qui était sur la table en acier inoxydable. Le scanner avait rapidement localisé la puce, ou du moins, une image en contradiction avec la toile et la peinture. Elle se trouvait entre des couches épaisses de couleur où l'empreinte de pas était dans le sable et en regardant maintenant, Pete ne pouvait pas dire que Meg avait retiré ce qui était probablement la raison de l'enlèvement de Lyndall.

— Et maintenant ?

— On va tout verrouiller. Je n'ai pas l'équipement ici pour extraire ce qu'il y a sur la puce et je n'y toucherais pas même si je l'avais, pas avant qu'on en sache beaucoup plus à ce sujet.

L'esprit de Pete allait trop vite et il recula d'un pas de la table.

— Tu as dit appât ? Pour Shaw ? Bonner ?

— Je vais tout verrouiller alors va trouver Ben. Il y aura un moyen de contacter Bonner.

Il ne perdit pas de temps pour retourner au centre, passant d'abord rapidement aux toilettes. En revenant, il renifla l'air. Quelqu'un avait fait cuire des frites. Son estomac avait depuis longtemps cessé de réclamer de la nourriture, mais maintenant il grondait à nouveau.

Annette était à son poste de travail mais Phoebe était à celui de Meg et Candace était dans son bureau pour une fois. Hamish regardait par-dessus l'épaule d'Annette quelque chose. Il n'y avait personne d'autre présent et la pièce était calme.

Candace le vit et lui fit signe d'approcher.

— Tu as parlé à Liz ?

— Non, je viens directement de chez Meg. Où est Liz ?

— Candace ! Tout le monde !

Phoebe bondit sur ses pieds, la chaise roulant œn arrière. Elle pointa du doigt un écran qui affichait une carte de l'État.

— Regardez, il y a une localisation.

Hamish y était le premier. Tout le monde se rassembla autour. L'image montrait un cercle pulsant avec plusieurs lignes droites pointant vers lui.

— Qu'est-ce que c'est ? Mais alors ça fit tilt et il poussa Hamish. Le téléphone de Lyndall, pas vrai ? Quelqu'un peut aller chercher Meg, s'il vous plaît ?

— J'y vais, dit Phoebe en se précipitant.

Le cercle se trouvait dans la baie de Port Phillip, au large de la côte de l'extrémité sud de la péninsule de Mornington. Chaque ligne menait à la terre, probablement des antennes-relais qui se combinaient pour localiser le téléphone.

— Est-ce sur un bateau ? demanda Annette.

— Je suis là.

Meg s'empara de sa chaise et glissa dessus tandis que Pete s'écartait, ses mains atteignant déjà la souris et le clavier.

— C'est bon. C'est très, très bon. Elle fit quelque chose qui changea l'écran en une vue satellite, similaire aux applications de cartes sur un téléphone. Laissez-moi récupérer l'emplacement exact... cool. Meg copia une ligne de longitude et de latitude et la déplaça dans une boîte de recherche sur un autre écran. C'est en direct. C'est bien sauf qu'on n'est nulle part près.

Elle zooma jusqu'à ce que seuls le cercle et la côte soient dans la même image.

— C'est à quelques kilomètres au large de la plage de Blairgowrie, dit Pete.

— En fait, c'est plus près de la plage de Rye. On dirait le phare South Channel Pile.

— Pardon, quoi ? Hamish semblait confus.

— Un vieux phare. Plus utilisé, déplacé de son emplacement d'origine et reconstruit. Protégé des visiteurs.

Candace laissa échapper un petit rire.

— Notre Liz est une femme intelligente.

Pete se redressa et la regarda.

— Elle est partie à Rye.

— En effet.

TRENTE

Le téléphone était posé sur la table entre Lyndall et Marcus. Il s'était éteint à nouveau après seulement une minute ou deux à cause de la batterie à plat. Marcus avait appelé l'un de ses bateaux et quelqu'un lui avait apporté une batterie externe portable. Maintenant, ils attendaient.

— Ces téléphones sont stupides. Regarde le temps que ça prend pour commencer à charger et redémarrer, même. Marcus se leva et commença à faire les cent pas. Il a intérêt à se dépêcher. Il s'arrêta devant une fenêtre et fixa la nuit.

Il était arrivé il y a un moment, son humeur indéchiffrable.

Elle mourait de faim et mangea rapidement le burger et les frites froids d'un restaurant à emporter. Son besoin de nutrition l'emportait sur l'envie de lui jeter cette nourriture médiocre au visage. Pendant tout ce temps, il était resté assis à la regarder. Pas en colère. Pas même impatient. Plutôt comme s'il était résigné.

Quand elle eut fini, il tendit la main et toucha son visage. Elle recula brusquement la tête pour éviter sa main.

— Oh, ma chère Nora. Comme nos vies auraient été différentes si tu ne m'avais pas volé. Ce que nous avons perdu. L'amour que nous partagions autrefois, disparu à jamais. L'arrangement astucieux pour accomplir nos missions... la mienne et celle d'Alain. Tu aurais peut-être pu suivre ton autre rêve et devenir médaillée olympique en tir. Quel gâchis de talent.

— Je ne t'ai pas volé, Marcus. Le tableau est à moi.

Son visage s'assombrit.

— Où est-il ? Je ne suis plus disposé à attendre.

— Avant de t'aider, j'ai besoin de savoir que c'est terminé. Une fois que tu auras le tableau, tu ne me chercheras plus jamais. Tu ne me contacteras plus jamais et tu n'approcheras plus jamais de mes proches.

Marcus hocha la tête.

— Et il y a autre chose.

— De l'argent ? Je peux te donner le montant que tu veux.

Et ça ne me ramènera jamais mes enfants.

— Pas de l'argent... Marcus, j'ai juste besoin de savoir... sa voix faiblit. Lui demander cela, c'était risquer de connaître le pire. Mais s'il allait vraiment disparaître à nouveau, et cette fois pour toujours, c'était sa seule chance.

— Tu veux savoir à propos de Claude ?

Ses mains commencèrent à trembler et elle les cacha sous la table.

— Tu me vois peut-être comme un monstre, mais j'ai tenu ma promesse. Il ne lui serait jamais arrivé de mal à moins que tu n'exposes mon opération et celle de mes maîtres. J'espérais que tu me retrouverais pour me rendre la puce et reprendre ton fils dans ta vie, mais tu as choisi de ne pas le faire. Au lieu de cela, tu as créé une diversion élaborée qui m'a fait te chercher à travers l'Europe alors que tout ce temps, tu vivais dans le même État que ma maison.

Plutôt que de débattre de ses choix, Lyndall le pressa.

— C'est un jeune homme maintenant. Capable de prendre ses propres décisions. Une fois que tu auras Les marées...

— Quoi, Nora ? Je devrais l'arracher à sa vie pour la deuxième fois et lui dire que sa mère bien-aimée est vivante et se cachait de lui ? Quelle cruauté. Et tu supposes que je connaisse même sa localisation après tant de temps donc non. Marcus frappa du poing sur la table. Non !

Les doigts serrés les uns contre les autres, Lyndall fit un léger signe de tête.

C'était suffisant pour calmer l'homme et il prit une longue respiration.

Je dois contrôler mes émotions. Mel et Vince ont besoin que je règle ce gâchis.

— Mais il restera en sécurité ? Claude. Tu me le promets... s'il te plaît, Marcus.

— Je te le promets.

— Je peux te conduire à la toile Les marées.

Marcus s'appuya sur la table.

— Et là se pose un problème. Ta maison est sous surveillance. Malgré cela, ton stupide voisin s'est lancé dans une sorte de beuverie alcoolisée et s'est introduit il n'y a pas longtemps.

— Dans ma maison ? Les gardes ne l'ont pas arrêté ?

— Ils étaient partis faire une promenade ou quelque chose comme ça. Il criait vers le ciel puis est entré avec une bouteille de bière et a titubé partout. Je suppose qu'il est amoureux de toi pour agir de façon si stupide à son âge. Il était dans le couloir près de ta chambre et a perdu l'équilibre. L'imbécile est tombé contre un mur.

— J'espère qu'il n'a rien abîmé ! Si c'est le cas, je lui demanderai de payer les réparations.

Marcus ouvrit son téléphone et le tourna.

— Regarde par toi-même.

Les images étaient intéressantes à plusieurs niveaux. Le plus alarmant était de voir qu'il y avait plusieurs caméras qui n'appartenaient pas à Lyndall en place. Un autre était que la porte de la pièce de sécurité était entrouverte exactement comme elle l'avait espéré par défaut. Et puis, quand il quitta la pièce après avoir mis la main dans le bon mur au bon endroit, il marmonna qu'il avait besoin d'une vodka. L'homme détestait la vodka de toutes ses forces.

C'était merveilleux. C'était l'œuvre de Liz et sa foi dans le système qu'elle avait mis en place il y a si longtemps était validée.

— Marcus, si un homme ivre a pu contourner les gardes, je le peux certainement. Ramène-moi à la maison et je récupérerai Les marées.

Marcus éclata d'un rire fort et bruyant.

Faisant de son mieux pour avoir l'air désespérée, Lyndall alla jusqu'à laisser tomber sa tête dans ses mains, qu'elle avait remontées de sous la table.

— Allez, Nora. Je ne suis pas ton stupide voisin amoureux. J'irai à la maison mais tu me diras comment y entrer en toute sécurité et où se trouve le tableau.

— Mais ça n'aura pas d'importance parce qu'il y a un code. Pour un coffre-fort.

Elle leva les yeux. Marcus fronçait les sourcils, tout son visage incertain.

— Où est le coffre-fort ?

— Caché à l'intérieur de la chambre forte. Il s'ouvre soit avec la reconnaissance faciale et les deux paumes, soit il y a un code pour l'ouvrir.

— Donne-moi le code.

— Je le ferais. Mais ce n'est pas un code que tu mémorises, Marcus ! Il est conçu sur mesure pour changer à chaque tentative et se verrouillera complètement si trois tentatives échouent.

— Tu fais exprès de ne pas avoir de sens ? J'ai des gens près de ce chalet de ton voisin et avec un coup de téléphone je peux avoir des gens là-bas.

— Me menacer ne change pas les faits. Ce que je dis, c'est que soit tu m'emmènes avec toi et tu utilises mes données biométriques, soit je te montre comment utiliser le code. Mais ça ne fonctionne que si tu as toujours mon téléphone. Mon autre téléphone, Marcus, que je sais que tu as pris dans l'armoire à fusils.

Sa main glissa dans une poche et il le jeta sur la table.

— Celui-ci ? Ce n'est pas un smartphone alors comment pourrait-il faire ce que tu dis ?

Lyndall n'avait pas assez bien réfléchi à tout ça. Son intention était de le faire l'emmener à la maison. Ce téléphone qu'elle avait ne servait qu'à passer des appels, envoyer des textos et pas grand-chose d'autre. À part une petite liste de numéros dans une application de notes.

— Ne te fie pas à son apparence, Marcus.

Il l'alluma et après un moment d'obscurité, le petit écran s'illumina.

— Quel est le mot de passe ?

— Claude. Tout en majuscules.

Marcus lui lança un regard puis utilisa le mot de passe.

— Et maintenant ? Où dois-je chercher ?

— Puis-je ? Elle tendit la main. Ce n'est pas comme si je pouvais appeler quelqu'un à l'aide avec toi à quelques centimètres, n'est-ce pas ?

Il le lui passa.

Elle utilisa le clavier pour localiser la note et elle s'ouvrit, mais ensuite l'écran devint noir.

— Qu'as-tu fait ! Marcus lui arracha le téléphone. Je te jure, Nora, si c'était une ruse...

— Calme-toi. Tu n'as pas vu la batterie clignoter ? Il a juste besoin d'être rechargé.

Avec un grognement, Marcus repoussa sa chaise et se dirigea vers la porte.

— Surveille ton ton, Nora. Il fit un geste vers le bateau qui s'était retiré à sa distance habituelle d'une cinquantaine de mètres.

Le hors-bord qui avait amené Marcus depuis la rive était amarré au bas des marches et ses deux occupants étaient à l'extérieur du bâtiment, en train de fumer. Il avait l'air rapide, mais en prendre le contrôle semblait impossible.

— Que se passera-t-il ensuite, Marcus ? Une fois que tu auras les codes et que je t'aurai expliqué comment trouver le coffre-fort ?

Dans une minute ou deux, le téléphone serait suffisamment chargé pour être utilisé. Lyndall devait agir rapidement car elle ne croyait pas une seconde que cet homme allait simplement la laisser partir libre.

— J'y ai réfléchi. Mon plan était de te laisser ici jusqu'à ce que j'aie le tableau, puis de rappeler mon bateau. Il ne faudrait qu'un jour ou deux avant qu'un touriste ou quelqu'un du genre ne s'approche suffisamment pour que tu puisses attirer son attention. Mais il semble que j'aie attiré l'attention de tes potentiels sauveteurs et que je doive ajuster mon timing.

La meilleure nouvelle depuis des jours. Maintenant, il faut juste que je reste en vie un peu plus longtemps.

— Il ne t'arrivera rien de mal, Nora. Nous avons un accord.

Le téléphone s'alluma et Marcus le poussa à travers la table.

— Maintenant, les codes.

TRENTE-ET-UN

Liz quitta la boulangerie, le propriétaire verrouillant la porte derrière elle et retournant à sa recherche de plusieurs jours de vidéosurveillance. Il était charmant, bien que déconcerté par l'attention portée à sa petite entreprise. Elle était restée un moment pendant que Meg se connectait à distance à son système, qui était heureusement moderne. Il avait été accommodant avec les informations, imprimant même un duplicata du reçu de la vente à Bonner, qui était jusqu'à présent la seule prise sur caméra. L'autre homme, celui assis dehors, n'était pas entré dans la boulangerie et aucune vérification des caméras n'avait montré son visage. Mais en regardant l'échange sur l'enregistrement original, on pouvait voir la surprise sur le visage de Bonner lorsqu'il avait vu l'autre homme, qui était parti dans la même direction un moment plus tard.

Elle avait rencontré quelques policiers en uniforme local organisés par Ben et ils se rendaient dans les magasins encore ouverts si tard avec la photo de Bonner et celle de Lyndall du téléphone de Vince.

Marcus Bonner avait été imprudent. Il s'était senti en sécurité dans cette petite ville où personne ne le connaissait. Juste un visage parmi d'autres dans une communauté habituée aux étrangers, grâce à sa popularité comme destination de vacances. Si Tony Shaw n'avait pas été interrogé et laissé échapper l'information sur les authentiques croissants français de la Péninsule, elle ne serait pas ici en ce moment.

— Mais où es-*tu*, Lyndall ?

Liz traversa la route et descendit vers la plage. C'était une belle étendue de sable doré avec plusieurs rampes de mise à l'eau par intervalles et une longue jetée. Elle y était venue à l'occasion et savait que c'était une plage sûre pour la baignade. Mais c'était pendant la journée.

Les nuages se déplaçaient dans le ciel, couvrant et découvrant une lune presque pleine pas loin au-dessus de l'horizon. Aucune tempête n'était prévue, et il n'y avait pas beaucoup d'humidité, juste la chaleur résiduelle de la journée. La plage était déserte et les vagues frappaient le rivage alors que la marée changeait. Au loin, les lumières de Melbourne rappelaient à Liz à quel point l'aide était loin, si elle en avait besoin.

Pete appela et tandis qu'elle répondait, Liz marcha sur la jetée.

— Je suis coincé dans des travaux routiers, dit-il. Des travaux de nuit, qui ont commencé de façon inopportune il y a une demi-heure.

— Et j'attends toujours qu'un bateau arrive. Comment se fait-il qu'on ne puisse rien obtenir à court terme ?

— Ça pourrait avoir un rapport avec le court préavis ? Sérieusement, il y a deux unités nautiques qui descendent de Williamstown, mais le vent agite l'eau et rend le voyage plus lent que prévu.

— Il y a à peine une brise ici, dit Liz. J'ai appelé quelques sociétés de charter locales, mais personne ne veut sortir si tard. À ce rythme, je vais réquisitionner quelque chose.

— D'accord. Excellente idée, Lizzie. Vole un bateau, va jusqu'à ce phare abandonné, neutralise les méchants, sauve Lyndall.

— Et sois de retour à temps pour un dîner tardif quelque

part. Pete... tu penses que Lyndall est là-bas ? Si proche de la terre mais incapable de partir ? On ne sait même pas si elle sait nager.

— Tout ce qu'on sait, c'est que le signal de son téléphone venait de là ou très proche. Une fois pendant une minute maximum, puis pendant quelques minutes de plus. Maintenant, si elle l'avait, elle enverrait sûrement un message ou appellerait ? Mais il est plus probable que Bonner se cache là-bas et attend probablement qu'on vienne le chercher pour le sortir des eaux australiennes. L'allumer a peut-être été pour vérifier si elle avait des messages qu'il devait connaître.

Liz n'en était pas si sûre. Elle avait fait des recherches sur le South Channel Pile Light pendant qu'elle était à la boulangerie et c'était un endroit intelligent pour cacher une personne réticente. Lyndall était ingénieuse et Bonner le saurait. La garder quelque part d'aussi isolé était un coup intelligent.

Au bout de la jetée, le vent se levait et les vagues aussi. Quelque part dans l'obscurité se trouvait le téléphone de Lyndall. Lyndall aussi, espérait-elle.

— Je bouge à nouveau, Liz. Où devons-nous nous retrouver ?

— Sur le parking du supermarché. Je suis sur la jetée en ce moment.

— À dans quinze minutes.

Elle resta là, regardant dans la nuit. À trois kilomètres de là, une lumière clignotait et Liz savait que c'était la source du signal téléphonique. Il n'était peut-être plus utilisé comme phare maintenant, mais ses lumières servaient toujours de guide dans la baie. Les navires de police n'auraient aucun mal à l'atteindre. Mais arriveraient-ils trop tard ?

L'appel de Reuben galvanisa Liz à l'action. Dieu merci, le parking n'était qu'à quelques minutes.

— Je suis avec Hamish en haut-parleur, Liz. Nous ne sommes pas loin derrière Pete, mais je fais un petit détour.

— Pour me trouver un bateau ?

Il rit et pour une raison quelconque, ce son aida Liz à se calmer.

— Je suis sérieuse.

— Et oui, c'est précisément ce que nous faisons. Presque. J'ai un ami à Tootgarook qui adore les jet-skis et en garde plusieurs. Il a accepté de me retrouver avec trois et nous viendrons à Rye Beach.

Liz poussa un profond soupir de soulagement. C'était au moins quelque chose.

— Trois ?

— Je suppose que tu veux venir faire une petite balade.

— Je ne manquerais ça pour rien au monde.

— Bien. Et si je t'envoyais un message quand nous serons à quelques minutes et que je te disais où nous serons ?

Hamish parla en arrière-plan mais Liz ne pouvait pas entendre. Elle traversa la route entre les voitures.

— Hamish vient d'avoir des nouvelles de Meg. Tony Shaw est parti en direction de la maison de Lyndall, selon son nouveau traceur. Encore plus positif, elle a pu écouter un appel téléphonique qu'il a passé juste après que Ben l'ait déposé chez lui.

— Comment ?

— Le traceur est un peu spécial. Il nous permet d'écouter les conversations de celui qui le porte.

— Qu'est-ce qui a été dit ? Tu sais qui il a appelé ?

— Il n'a pas utilisé de nom et l'appel a été bref, mais il a dit qu'il avait été retenu et interrogé par une bande d'idiots qui n'avaient aucune idée à qui ils avaient affaire.

Quel idiot. Reuben ne semble pas être du genre à tolérer les insultes.

— Il a dit qu'il était resté ferme face à un interrogatoire agressif, donc ça confirme juste son statut de menteur. Reuben semblait plutôt content, pour ne pas dire plus. Puis il a écouté son interlocuteur pendant un moment et a dit... attends, Hamish, tu l'as sur ton téléphone ?

— Salut, Liz. J'ai la transcription et ses mots étaient... « Je vais entrer dans cette pièce, patron, et s'il y a un coffre-fort, je le trouverai. »

— Oh mon Dieu. Un coffre-fort ? Je vais confirmer avec Vince qu'il n'y en a pas, mais ça pourrait signifier que Lyndall leur en a parlé. Elle pourrait être encore en vie.

— Ouais, c'est ce qu'on pense. Ben a conseillé aux gardes de sécurité de se tenir à l'écart, mais tu veux prévenir Vince Carter ?

— Je vais l'appeler. Je ne veux pas qu'il s'approche de l'endroit pour le moment.

— Et Liz ? Je sais que tu n'as pas encore toutes les infos... Je doute que l'un d'entre nous les ait, mais ce que je sais est positif et personne ne rentre chez soi ce soir sans Lyndall.

Elle termina l'appel en se sentant enfin pleine d'espoir.

Reuben avait raison de dire qu'elle n'avait pas encore toutes les dernières informations.

Son départ soudain du centre signifiait que l'équipe devait reprendre une partie de son travail, et elle en était désolée. Mais ils avaient déjà suivi tant de pistes sans résultats qu'elle avait dû suivre son instinct. Et c'était un instinct effrayant car il la menait à son père.

Il y avait quelque chose de familier chez l'homme assis devant la boulangerie sur les images. La même largeur d'épaules et le même torse musclé mais mince étaient tout ce qu'elle avait pour se baser. Ça et le tatouage sur l'avant-bras de Marcus Bonner, qui ressemblait étrangement à celui de son père. Pendant le trajet depuis Melbourne, son esprit n'avait cessé de tourner en rond, spéculant sur la raison pour laquelle trois hommes, dont deux liés à l'enlèvement de Lyndall, avaient le même tatouage que Liz avait précédemment associé à un obscur groupe suprémaciste blanc.

Elle entra dans le parking et, ne voyant pas Pete, appela le numéro de Vince.

— Du nouveau, Liz ?

— Un peu. Et je suis désolée d'appeler si tard.

— Je ne dormais pas vraiment. Que signifie « un peu » ?

— Avant que j'oublie, sais-tu si Lyndall a un coffre-fort ?

— Non, elle n'en a pas. Enfin, c'est ce que je sais, donc je suppose que tout est possible. Quelles sont les nouvelles ?

— L'autre téléphone de Lyndall s'est brièvement allumé et nous sommes sur le point de localiser son origine. Nous ne savons pas si elle est au même endroit, alors ne t'attends à rien pour l'instant.

— Compris. C'est prometteur.

— Ça l'est. Tu dois aussi savoir qu'il pourrait y avoir du remue-ménage sur la propriété de Lyndall sous peu. L'homme qui aurait installé le bouton de la chambre forte ? Nous l'avons gardé en détention pendant des heures et avons de bonnes informations, mais on l'a autorisé à partir et...

— Non, Lizzie, pourquoi ?

— Parce qu'il porte un traceur et c'est notre meilleure chance d'obtenir une localisation précise de Lyndall. C'est pour ça que je t'appelle, Vince. Il se dirige dans ta direction.

— Alors je vais l'attendre.

— Tu ne feras rien de tel.

Pete entra dans le parking et se gara.

— Nous avons besoin qu'il montre son jeu et celui de son patron. Les gardes de sécurité sont en alerte et resteront hors de son chemin à moins qu'il ne tente de causer des dégâts. Soit tu t'enfermes dans le chalet et tu restes sur place, soit j'envoie quelqu'un te chercher.

— Tu n'oserais pas.

Sorti du véhicule, Pete le verrouilla et se dépêcha vers Liz.

— Oh si, je le ferai, Vince. Mais pendant qu'un membre de mon équipe te surveille, il pourrait aider à retrouver Lyndall. Et tout mouvement autour de sa propriété pourrait suffire à faire fuir cet homme. Alors, que décides-tu ?

Pete s'arrêta à proximité, les deux sourcils levés devant le ton ferme de Liz.

— Ouais, d'accord. Je vais éteindre les lumières et rester à l'intérieur.

— Et je te tiendrai au courant dès que j'aurai des nouvelles. Elle passa une main dans ses cheveux. On se rapproche, mon pote. Tiens bon.

— Je déteste ça. Je déteste attendre. Fais attention à toi, Lizzie.

Elle glissa le téléphone dans sa poche en espérant que Pete ne ferait pas de remarque sarcastique.

— Ça doit être dur pour Vince. Je suppose que tu lui as dit que Shaw se dirigeait vers lui ?

Liz résista à l'envie de serrer Pete dans ses bras pour sa compréhension et sa décence.

— Il va rester tranquille, mais je te garantis qu'il va surveiller.

— Allons prendre un café quelque part et faire un plan.

Ils trouvèrent du café à emporter à la station-service et se dirigèrent vers la plage. Dans le court laps de temps où elle était partie, la marée avait monté davantage et le vent se renforçait. À mi-chemin le long de la jetée, ils s'assirent sur un banc et sirotèrent leurs boissons.

Liz répéta la conversation qu'elle avait eue avec Reuben.

— Hamish peut rester ici et je viendrai avec vous deux, dit Pete. Et avant que tu ne dises que je m'acharne sur lui, ce n'est pas le cas. Il est meilleur tireur s'il s'agit d'une cible à longue portée et j'ai un jet-ski, donc je serai dans mon élément.

— Tu quoi ?

Il rit de sa surprise.

— Où est-ce que tu le gardes même ?

Pete vivait dans un appartement dans les banlieues ouest, loin de toute plage.

— Dans un garde-meuble.

— Je suppose qu'on ne connaît jamais vraiment une personne. Liz lui sourit. Elle avait toujours imaginé Pete comme un surfeur, donc elle n'était pas loin. Un peu comme Annette. Je la connais depuis des années mais je n'ai jamais su qu'elle avait un enfant.

— Non. Elle n'a pas d'enfants.

Ça ne pouvait pas être vrai. Une des raisons pour lesquelles Annette avait quitté le centre hier était d'organiser la garde de son enfant. Et puis encore pour acheter plus de lait d'avoine... dont ils avaient beaucoup. Liz avait dû mal comprendre à propos de l'enfant, mais comment ? C'était troublant.

— Que sais-tu de ce que Meg a trouvé dans le tableau ? demanda Pete.

— Rien. J'étais partie avant que vous ne reveniez tous les deux au centre. Elle a trouvé quelque chose *dans* le tableau ? Sous le tableau ?

— La plus petite puce électronique jamais vue, Liz. Quelque chose tout droit sorti d'un film d'espionnage, jusqu'à son implantation entre les couches de peinture à l'huile. Et il n'y a aucun moyen de dire sans une loupe décente que la peinture a été perturbée, donc elle est toujours utilisable.

Liz finit son café et se leva pour jeter le gobelet dans une poubelle à proximité.

— Ben ne dit rien à ses supérieurs à propos de la puce pour le moment. Il s'inquiète des fuites après que Bonner s'est enfui.

— Attends, il avait dit à ses patrons qu'on allait arrêter Bonner ?

— Il a dû envoyer des nouvelles pour garder le contrôle de l'enquête. Pas au sujet de la toile Les marées cependant. Le tableau et la puce électronique sont sous clé et jusqu'à ce qu'il détermine l'autorité compétente à contacter pour cette dernière, elle restera là où elle est. Le tableau en revanche...

— Un appât ? C'est pour ça que Shaw a été relâché ?

Pete ouvrit son téléphone.

— Meg a coupé le flux de toutes les caméras dans la maison pendant quelques minutes et nous avons demandé à l'un des gardes de sécurité d'aller dans la chambre forte et de laisser un message sur le mur endommagé. Même s'il cherche un coffre-fort, il ne manquera pas de le voir.

Il tourna l'écran.

Sur une grande feuille de papier, collée bien en vue au-dessus du mur endommagé, des mots étaient écrits au marqueur épais.

Nous avons Les marées.

En dessous se trouvait un numéro de téléphone portable.

— Soit Bonner le verra via une caméra, maintenant qu'elles sont de nouveau en marche, soit nous facilitons grandement la tâche à Shaw pour qu'il entre et trouve ceci. Nous serons à l'écoute quand il dira à son patron que Lyndall doit rester en vie pour obtenir ce qu'il veut. Pete se leva et s'étira. Si Lyndall est dans ce phare, Bonner voudra probablement la déplacer et il va découvrir ce qui arrive quand on s'en prend à ses amis.

TRENTE-DEUX

~TROISIÈME JOUR~

Minuit venait de sonner et le vent n'était pas tombé, mais la plupart des nuages avaient disparu, améliorant la visibilité depuis le bout de la jetée. C'est le bruit des jet-skis qui tira Liz de ses sombres pensées sans solutions. Elle se retrouva à nouveau au bout de la jetée.

Tant de choses dépendaient des autres.

Certains d'entre eux étaient des criminels.

Et l'équipe, son intégrité. Liz était d'accord avec Candace sur le fait que des conversations devaient avoir lieu et que, peut-être, plus d'informations sur l'histoire de chacun devaient être clarifiées. Mais pas maintenant, alors que la vie d'une femme était en jeu.

Elle retrouva Pete et Hamish qui approchaient du côté de la plage, tous deux portant des boîtiers de drones. Pete était au téléphone et, laissant son boîtier, monta sur une plate-forme, toujours en train de parler. Hamish s'arrêta près de Liz et ramassa le second boîtier.

— Tu n'es pas sur un jet-ski ?

— J'ai conduit le BearCat jusqu'ici. Nous devons faire décoller un drone et voir si Lyndall est dans cette structure. Si c'est le cas, je vais m'occuper de quelques armes et rester à terre pour vous couvrir correctement tous les trois. L'ami d'Imran est sur le troisième jet-ski et quelqu'un vient les chercher tous les deux pour les ramener chez eux. Reuben a insisté pour qu'ils ne restent pas dans les parages.

Pete avait raccroché et aidait à sécuriser les trois jet-skis qui cognaient contre la plate-forme. Liz resta en retrait, ne voulant pas s'engager avec des civils alors que ses nerfs jouaient avec son estomac et son esprit. Il y eut des poignées de main et une brève conversation, puis Hamish escorta les deux hommes hors de la jetée.

Reuben grimpa avec un gilet de sauvetage à la main.

— Tu tiens le coup ?

— Bien sûr. C'est l'un des meilleurs endroits de vacances de l'État et je suis là. Après minuit. Et pas parce qu'il y a une couverture de pique-nique ou une bouteille de quelque chose de spécial... non, juste des jet-skis malodorants et le risque de se faire tirer dessus par un méchant marchand d'art.

Il rejeta la tête en arrière et rit.

Quelque chose se brisa en Liz. Elle était une femme forte. Un être humain fort. Une flic dure. Mais les choses allaient mal en ce moment et son propre sens de l'humour avait disparu depuis longtemps.

Elle se détourna brusquement pour se frotter les yeux. Pleurer ici et maintenant était impensable.

Une main ferme lui serra l'épaule et la bouche de Reuben était proche de son oreille.

— La prochaine fois que nous serons ici, laisse-moi apporter le vin et nous célébrerons le retour en sécurité de Lyndall auprès de ses proches.

C'était la dernière chose à laquelle elle s'attendait qu'il dise et cela n'arriverait jamais parce qu'elle ne sortait pas avec des collègues, mais pendant un moment, l'image d'une journée ensoleillée avec une mer chaude, du vin frais et une bonne compagnie repoussa tous les aspects négatifs.

Liz se retourna.

— Merci. Le contrôle était de retour en place.

Reuben hocha la tête, ses yeux fixés sur les siens.

— Garde cette pensée en tête, d'accord ? Pete nous regarde d'une manière particulièrement étrange.

Un rire involontaire monta en elle.

— Beaucoup mieux. On va attraper des méchants ? Il lui tendit le gilet de sauvetage. On va commencer à se diriger dans la bonne direction pendant qu'Hamish fait décoller un drone.

Le téléphone de Pete sonnait à nouveau lorsqu'ils le rejoignirent sur la plate-forme et après avoir répondu, il le mit en haut-parleur.

— Ben ? J'ai Liz et Reuben ici. Désolé pour le bruit du vent en arrière-plan.

— On vous entend. Il y a du nouveau. Tony Shaw s'est introduit dans la maison de Lyndall. Il s'avère que Vince était trop occupé à penser à la vodka pour activer les verrous secondaires de la porte coulissante. Ben rit. Tout le monde savait maintenant que le mot « vodka » était un mot-clé. Quoi qu'il en soit, il n'a pas perdu de temps pour aller dans la chambre forte et au début, il est resté là à regarder autour de lui avant de voir le papier.

— À la recherche du coffre-fort inexistant.

Elle est vivante. Elle joue avec Bonner.

— Ensuite, juste devant nous, Shaw a passé un autre appel.

Liz retint son souffle.

— Deux, en fait. Le premier était pour transmettre l'info sur le message de notre part. Ça s'est transformé en lui essayant de parler pendant que quelqu'un lui criait dessus. Je n'ai pas pu saisir les mots mais le ton était furieux. Finalement, il y a eu une pause et Shaw a dit qu'il les rencontrerait au point de dépôt.

— Tu penses qu'il parlait de la jetée de Williamstown ?

— Peut-être, Pete.

— Et le deuxième appel ? Liz força les mots à sortir de sa bouche.

Meg intervint.

— Ce sont de bonnes informations, les gars. Shaw a quitté la propriété, a conduit quelques kilomètres et s'est garé quelque part. Il a passé un appel et laissé un message qui disait seulement « la marée change » puis a raccroché. Quelques minutes plus tard, il a reçu un appel. Celui-ci était pratiquement à sens unique du côté qu'on ne peut pas entendre, mais il y a eu quelques commentaires intéressants de Shaw.

Liz voulut s'asseoir. Ses jambes tremblaient d'un mélange d'épuisement et d'énergie nerveuse et elle écarta un peu les pieds et se cala contre le léger balancement de la plate-forme.

— Ben, peux-tu lire la transcription ?

— Bien sûr. C'était après qu'il ait répondu et écouté pendant presque soixante secondes. *J'ai dit à Bonner que les flics ont l'œuvre d'art et j'ai laissé un numéro de téléphone. Je suppose qu'ils veulent l'échanger contre Nora. Il a explosé. Il a dit qu'il en avait assez de gérer vos décisions et veut que je sois à la jetée pour l'aider à faire un échange.* Puis il a écouté à nouveau avant de dire *Je suis avec vous, pas avec Bonner.*

Pete et Reuben se regardèrent, puis Liz.

— Ben... tu es en train de dire que quelqu'un dirige Bonner ? Ce n'est pas lui seul derrière l'enlèvement de Lyndall ? demanda Liz.

Candace répondit :

— Depuis que nous avons vu les images de l'homme assis devant la boulangerie, j'ai ajusté mon profil de Bonner à quelqu'un qui veut contrôler les résultats mais qui est lui-même contrôlé par une autre personne. J'ai l'impression, en regardant les images encore et encore, que Bonner ne s'attendait pas à voir cet homme et a été pris de court, pour ainsi dire, par sa présence.

— Une idée de qui est cet homme ? demanda Reuben.

Liz fit un pas en arrière du téléphone tendu. Ses propres pensées ne pouvaient pas être justes.

Pete perçut son malaise, ses yeux se plissant mais il ne dit pas un mot.

— Pheobe et Annette travaillent dur pour réduire la liste de noms de la vie de Lyndall en tant que Nora Egan. Jusqu'à présent, il n'y a personne qui apparaît à la fois dans son passé et dans celui de Bonner ou même d'Alain, dit Candace. Nous avons cependant découvert où Nora et Alain se sont rencontrés. C'était dans un club de tir. Tous deux étaient en lice pour une sélection olympique dans diverses épreuves de tir à la carabine.

— Attendez, donc nous avons peut-être mal abordé tout ça ? demanda Pete. Nous avons supposé que Nora pouvait être une tueuse à gages, mais et si c'était Alain ?

— Ou les deux, dit Ben. Dans tous les cas, il semble qu'elle pourrait être ramenée à la jetée pour être récupérée par Shaw, alors je forme une équipe pour s'y rendre. Je rappelle Hamish pour que Reuben puisse d'abord faire décoller un drone et ensuite, si nécessaire, que vous puissiez y aller vous-mêmes.

— Et soyez prudents ! lança Meg.

Retirer Hamish de l'équipe à Rye n'était pas l'idéal, mais Ben manquait d'effectifs et tout indiquait que Lyndall serait ramenée à la jetée. Avoir son meilleur tireur à cent kilomètres de là n'aide-rait personne si l'action se déplaçait à Melbourne.

— Meg t'envoie les coordonnées pour rejoindre l'hélicoptère. Apporte tout ce dont tu as besoin pour l'opération et Reuben récupérera le véhicule plus tard.

— D'accord. Je ne suis pas vraiment à l'aise de les laisser seuls ici.

— Si quelque chose change, on te fera faire demi-tour. Dépêche-toi pour être à l'heure à ton rendez-vous. Ben raccrocha.

Il était d'accord avec Hamish. Personne n'était à l'aise de travailler dans ces conditions, avec une équipe divisée et si peu d'informations. Il y avait de grandes chances qu'il prenne les mauvaises décisions, mais les choix étaient limités. Avec tant d'enjeux, il avait été contraint de demander la présence d'une des équipes CIRT. Les équipes d'intervention en cas d'incident critique étaient de petites unités d'intervention rapide composées de personnel hautement qualifié qui soutiendraient les hommes de Ben. Et les unités maritimes progressaient vers le phare du chenal sud, donc elles pourraient être en mesure d'intercepter Bonner.

— Tu es prêt, Ben ? Meg avait enfilé un pantalon et un haut noirs et tenait une veste lourde dans une main, l'omniprésent sac d'ordinateur portable dans l'autre. Annette dit qu'elle sera à l'unité dans une seconde ou deux.

— Presque. Descends et je vais chercher mes affaires.

Meg fit un signe de la main à la pièce et sortit. Il ne restait que Pheobe et Candace, et toutes deux avaient l'air de personnes poussées à leurs limites. C'était une grande courbe d'apprentissage pour Ben et pour l'Opération Nobody. À l'avenir, il devrait modifier les niveaux de personnel et mettre en place des règles de base pour les protéger de ce niveau d'épuisement, mais pour l'instant, il était reconnaissant que chaque personne mette les besoins de Lyndall avant les siens. C'était plus qu'il n'avait espéré leur demander.

— Vas-y, Ben. Pheobe et moi continuerons à faire tourner les choses et à assurer les communications.

Entendant son nom, Pheobe leva les yeux de son siège au poste de travail de Meg. Elle offrit un sourire et Ben vit la force qu'elle apportait à l'équipe. Sa nature n'était pas en phase avec les exigences d'un tel travail, mais elle avait su relever le défi, et plus d'une fois. En fait, Pheobe commençait à avoir l'air d'être à sa place.

Candace le suivit dans son bureau où il rassembla ce dont il avait besoin.

— Méfie-toi des attaques inattendues venant de la terre ou de la mer, dit Candace. Liz n'a pas dit un mot quand nous avons parlé du fait que Bonner avait un patron, mais d'après les tatouages sur lui et Shaw, je sais qu'elle soupçonne son père d'être impliqué. Et physiquement, l'homme à la boulangerie pourrait bien être Kyle Moorland.

— J'en serai conscient et j'en parlerai aux autres. La description de Kyle, y compris une photo et un bref résumé, ont été envoyées au CIRT. Ils ont déjà eu l'expérience de le poursuivre, donc si l'occasion se présente, je pense qu'ils feront de son arrestation leur priorité.

— Les prochaines heures sont cruciales, dit Candace. Ses yeux étaient sincères. Nous croyons tous en toi, Ben.

Cela signifiait beaucoup pour lui et alors qu'il descendait les escaliers en courant vers le parking, Ben s'engagea à être à la hauteur de la confiance qu'on lui accordait.

Au loin, les lumières clignotantes dans le ciel étaient celles de l'hélicoptère venant chercher Hamish. Bien qu'il aurait pu facilement survoler le phare du chenal sud, il dévia pour éviter d'être identifié comme une unité de police.

Liz se sentait totalement impuissante.

Elle faisait les cent pas sur la jetée, ou du moins, sur les vingt derniers mètres. Reuben et Pete étaient concentrés sur le drone lancé quelques minutes plus tôt. Un écran était ouvert et Reuben, assis en tailleur devant, guidait le petit engin aussi bas au-dessus de l'eau qu'il osait. Pete utilisait des jumelles longue portée pour suivre sa progression.

Et je ne peux rien faire. Rien du tout.

Elle remettait tout en question. Sa décision d'abandonner l'équipe et de conduire jusqu'ici sans plan était non professionnelle. Les pensées tourbillonnantes à propos de son père. Et ses inquiétudes concernant Hamish et Annette. Parce que si l'un d'eux était à la solde de son père, alors la vie de Lyndall était en danger plus que quiconque ne le réalisait.

— Lizzie !

Elle courut vers l'endroit où se trouvaient les hommes, ses yeux attirés par l'écran qui montrait ce que voyait le drone.

— Il est bien en retrait de la structure, presque à sa limite de visibilité, et nous avons des problèmes à résoudre. Reuben manœuvra les commandes et une forme dans l'eau apparut progressivement. Bateau numéro un. J'ai pris une photo et zoomé dessus, il porte l'insigne des parcs de Victoria.

— J'ai demandé à Pheobe de contacter quelqu'un dans l'organisation pour confirmer que ce bateau ne leur appartient pas, dit Pete en baissant ses jumelles. C'est un moyen astucieux d'éloigner les curieux habituels. Il leur suffirait d'inventer quelque chose à propos de l'extension de la zone d'approche et d'éviter qu'un vrai bateau des parcs se présente.

— L'autre problème est un deuxième bateau. Plus difficile à voir parce qu'il est petit et contre la structure, mais il a l'air rapide.

— Donc il y a *bien* des gens là-bas... Tu peux voir à l'intérieur du bâtiment ?

— À peine.

Une fois de plus, l'image changea, l'écran devenant presque noir jusqu'à ce que le drone se stabilise là où Reuben l'avait envoyé. L'angle était juste au-dessus de la surface de la mer et le phare du chenal sud s'élevait de l'eau. Il y avait des fenêtres autour de la structure et des mouvements d'ombres derrière elles. La mise au point s'améliora quand une silhouette se tint pressée contre la vitre, regardant au-dehors.

Vêtue d'un pyjama, les cheveux détachés sur ses épaules, les paumes contre la fenêtre, Lyndall avait l'air absolument terrifiée.

TRENTE-TROIS

L'âge avait changé Lyndall. Son corps était plus lourd et moins réactif que même dix ans auparavant. Elle pouvait encore escalader une clôture, porter d'énormes sacs de nourriture pour le bétail et réparer un portail, mais la possibilité de nager jusqu'au rivage d'ici restait à voir. Pour l'instant, cela semblait être son seul espoir, à condition qu'elle puisse trouver un moyen d'entrer dans l'eau.

Du bon côté, sa volonté était plus forte que jamais. Et l'âge n'avait pas affecté sa vue, et alors qu'elle fixait la direction de Rye Beach, Lyndall vit quelque chose. Pas dans la mer, mais juste au-dessus. Alors qu'elle se concentrait dessus, la petite forme disparut.

— Je t'ai dit de t'asseoir, Nora !

Marcus avait vociféré et s'était emporté, jetant une chaise après un appel téléphonique, alors elle s'était éloignée de sa ligne de mire immédiate. Maintenant, elle retournait à la table.

Son visage et son cou étaient d'un rouge vif. Peut-être allait-il faire un AVC ou une crise cardiaque et pendant que ses hommes s'occuperaient de lui, elle pourrait s'échapper. Sa mort n'était pourtant pas quelque chose qu'elle souhaitait. Lyndall doutait d'avoir la capacité de localiser son fils et une fois sortie de ce pétrin, elle torturerait Marcus si nécessaire pour obtenir des aveux sur tout ce qu'il avait fait. Jean-Paul méritait justice. Claude aussi.

Douce illusion. Tu es loin d'être en sécurité.

— Tu as menti.

— Absolument pas. Je t'ai donné les codes pour accéder au coffre et...

— Il n'y a pas de coffre !

Lyndall leva les yeux au ciel et se pencha en arrière sur sa chaise.

— Ton homme a-t-il bien cherché ?

— Assez pour voir un message de tes amis policiers. Il tourna l'écran de son téléphone. C'était collé au mur dans ta chambre forte. Tu veux bien m'expliquer ?

Les mots étaient clairs : **Nous avons Les marées.** Et un numéro de téléphone. Et derrière, il y avait un trou dans le mur.

Des frissons lui parcoururent les bras.

— Est-ce authentique ? Le tableau est dans mon coffre, alors comment quelqu'un a-t-il pu le trouver, et encore moins l'ouvrir ? Je poserais quelques questions à ton homme parce que ça ressemble à quelqu'un d'autre qui essaie de prendre le contrôle.

C'était un risque calculé, les mots qu'elle utilisait. Marcus était un maniaque du contrôle et elle sut qu'elle avait touché son point faible quand sa couleur s'intensifia encore plus.

— Tu pourrais le renvoyer dans ma maison et le surveiller de plus près.

— Je l'ai déjà surveillé avant.

— Alors as-tu vu s'il cherchait le coffre ? Est-ce *lui* qui a mis le papier là ?

— Je n'ai aucune idée de qui l'a mis là, mais quelqu'un tenait assez à toi pour aller jusqu'à récupérer la seule chose que je veux.

Il frappa la table des deux paumes.

Lyndall resta immobile. Le provoquer était un jeu dangereux.

Quand son téléphone sonna, il se leva brusquement et tourna le dos pour répondre.

Prenant une longue et lente inspiration, Lyndall se concentra sur sa conversation. Le téléphone était pressé contre son oreille, mais elle pouvait dire que c'était une voix masculine à l'autre bout. Il écouta, sa main libre se crispant en poing jusqu'à ce qu'il ait l'occasion de parler.

— Eh bien, j'ai changé d'avis depuis que j'ai parlé à Shaw. S'ils veulent un échange, alors ce sera selon mes conditions. Ils peuvent venir ici où j'ai des hommes en place et plusieurs options de sortie.

Celui qui avait appelé était son patron, Lyndall en était certaine. Elle avait été consciente d'une chaîne de commandement lorsque le véritable but d'Alain dans la vie était apparu au grand jour, mais Marcus était la seule personne visible. Probablement pour lui rappeler leur propre histoire.

— Je te le dis, c'est une erreur. Ils viennent à nous ou je la tue ici et maintenant. Marcus se retourna délibérément pour fixer Lyndall. Elle est à quelques mètres. Elle pense toujours qu'elle peut me tenir tête et gagner.

Quoi que l'autre homme ait dit fit soudainement rire Marcus. Son corps se détendit un peu et il hocha la tête.

— Très bien. Tout cela est bouleversant, perdre ma galerie et voir mon identité exposée, alors pardonne mon humeur. Si cela nous permet d'obtenir le tableau, alors nous le ferons à ta façon, mais ta personne infiltrée dans cette équipe a intérêt à te donner les bonnes informations. Sur cette note curieuse, il mit fin à l'appel.

Tu veux dire la police ? Ceux qui me cherchent ?

N'y avait-il pas de fin à l'emprise insidieuse de Marcus et de ses patrons ? Cela devait être ainsi qu'il l'avait trouvée en premier lieu... un flic corrompu qui connaissait Liz. Ou Vince. La seule chose dont elle était certaine était qu'une fois que Pete McNamara entendrait parler de cela, rien ne l'arrêterait pour les démasquer. C'était un excellent officier de police et un homme solide.

Marcus sortit et cria à ses hommes qui étaient de retour sur le hors-bord à quelques mètres, leur faisant signe de s'approcher. Si Lyndall comprenait ce qui allait se passer, il allait bientôt la forcer à monter sur ce bateau, en pyjama et chaussettes, et potentiellement la faire tuer s'il y avait un échange de coups de feu sur le quai. Il n'y avait qu'une seule ligne de conduite dans son esprit et tout aussi risquée, mais sa vie serait entre ses propres mains, pas celles d'un monstre.

— On y va. Marcus entra à grands pas. Si tu fais ce qu'on te dit, tu pourrais bien survivre à tout ça. Je vais attacher tes mains.

Elle se leva et se serra dans ses bras, l'air aussi effrayée qu'elle pouvait le feindre.

— As-tu un gilet de sauvetage ?

— Pour quoi faire ? Le bateau ne va pas couler.

— Les bateaux coulent tout le temps et je ne sais pas nager, Marcus.

Il traversa la distance et lui saisit le menton, la forçant à le regarder dans les yeux si près qu'elle pouvait sentir son haleine fétide.

— Tout le monde sait nager, Nora.

— Je n'ai jamais appris. Et j'ai toutes les raisons de craindre la mer, en particulier cette baie, après ce qui est arrivé à mon mari et à mon fils.

Marcus soupira.

— Bon sang. Écoute, il n'y a pas de gilets de sauvetage, mais je n'attacherai pas tes mains. Comme ça, tu pourras t'accrocher au bord. Je ne vais pas te laisser te noyer. Toi, mon ancien amour, tu es mon assurance. Il l'embrassa sur les lèvres, brutalement et heureusement rapidement, puis s'éloigna.

Il était de nouveau au téléphone, dos tourné, et elle essuya sa bouche sur son haut.

De tout son cœur, Lyndall espérait qu'elle survivrait à cela, ne serait-ce que pour détruire Marcus Bonner.

TRENTE-QUATRE

Moteurs éteints, les jet-skis montaient et descendaient au gré du courant.

En temps normal, Liz aurait ri aux éclats en glissant sur la mer nocturne, le vent dans les cheveux et le clair de lune pour la guider. L'expérience était surréaliste et lorsqu'elle avait jeté un coup d'œil à Pete à un moment donné, son visage rayonnait d'excitation. Maintenant, ils s'étaient arrêtés à environ un kilomètre du bâtiment.

Ils avaient tous des jumelles et les deux hommes portaient des fusils sur le dos. Liz avait son arme de poing et ils portaient des gilets pare-balles sous leurs gilets de sauvetage.

— Il y a du mouvement du côté du bateau des parcs, dit Reuben. On dirait qu'ils se dirigent vers Melbourne. Je vais envoyer un message à Ben pour qu'il s'en occupe.

Pheobe avait confirmé que les parcs de Victoria n'avait aucune connaissance d'un bateau patrouillant dans la zone ces deux derniers jours.

Liz utilisa ses jumelles pour chercher Lyndall. Les fenêtres étaient vides et la lumière qui y était allumée, probablement une lanterne ou quelque chose de similaire, s'éteignit brusquement.

— Tu as vu ça ? La lumière s'est éteinte à l'intérieur. Liz

continua de scruter. Attends... le hors-bord est en bas des marches.

— Je le vois, dit Pete. On est du mauvais côté pour voir ce qui se passe. On devrait peut-être faire un tour.

— Nos moteurs ne vont pas les alerter ? Liz baissa ses jumelles. Il faut d'abord voir où est Lyndall.

— Ce qu'on ne peut pas faire d'ici. Pete démarra son moteur. Je vais m'approcher en douceur.

Il avança lentement, le jet-ski loin d'être silencieux mais probablement trop éloigné du bâtiment pour déclencher l'alarme.

Le téléphone de Liz vibra et elle répondit.

— Candace. Qu'est-ce qui se passe ?

— Je peux voir sur le traceur que même si vous êtes proches de l'endroit où le téléphone de Lyndall s'est allumé, il semble maintenant s'éloigner de vous.

— Quoi ? Il est à nouveau allumé ? Où est-il ?

— Selon la carte, à environ deux kilomètres au nord-ouest de vous et se dirigeant vers la ville.

Liz transmit l'information à Reuben.

— Il doit être sur le bateau des parcs. Il changea de direction pour le chercher.

— Alors Lyndall est aussi à bord ?

— Aucun moyen de le savoir, mais j'ai parlé à Ben et il a mis les unités de la police maritime dessus. Ils sont bien conscients de ce à quoi ils pourraient être confrontés, mais il serait peut-être bon que l'un de vous s'en approche. Il y avait dans la voix de Candace une note d'anxiété que Liz n'avait jamais entendue. Je pense que tu devrais suivre et laisser Reuben s'occuper du hors-bord.

— Pourquoi ?

— Parce que... Liz, fais attention. S'il te plaît, sois prudente là-bas.

Sous elle, l'eau clapotait contre la machine et autour d'elle, le vent bien qu'ayant beaucoup réduit, transportait des sons et des odeurs. Pendant un instant, rien de tout cela n'eut d'importance à part la femme à l'autre bout du fil qui s'inquiétait pour son bien-être. Liz n'était pas habituée à ce qu'on se soucie d'elle, certainement pas par d'autres femmes. Mais ici se trouvait une autre femme qui avait besoin de toute son attention.

— Candace ? Je vais ramener Lyndall à la maison, d'accord ? Savoir que toi et Pheobe veillez sur nous rend cela possible.

— Et nous serons là aussi longtemps qu'il le faudra.

Le téléphone de retour dans sa poche, Liz se rapprocha de Reuben.

— Tu pourrais suivre l'autre bateau, s'il te plaît ? Je vais attendre d'avoir des nouvelles de Pete et s'il ne voit pas Lyndall sur le hors-bord, je l'enverrai te rejoindre.

— Et s'il la voit ?

— Alors lui et moi ferons un plan.

— Je n'aime pas l'idée de te laisser.

Incertaine de ce qu'elle ressentait à l'idée d'être seule sur une machine qu'elle n'avait utilisée que quelques fois, à un moment qui changerait des vies, une étrange sensation de calme envahit Liz.

— On peut difficilement célébrer le sauvetage de Lyndall avec une bouteille de vin sur la jetée de Rye si on ne la sauve pas, n'est-ce pas ? Je peux gérer.

L'expression de Reuben disait le contraire, mais pendant un instant, il y eut une lueur dans ses yeux qui reconnaissait sa référence à ses paroles antérieures.

— Je vais aller les suivre, mais je ne crois vraiment pas qu'elle soit sur ce bateau. Alors attends-toi à me revoir bientôt.

Sur ces mots, il disparut dans la nuit.

Liz était seule.

Qui sait quelles créatures marines se cachaient en dessous.

TRENTE-CINQ

Lyndall fit mine de craindre de descendre de la dernière marche pour monter dans le hors-bord. L'un des hommes eut pitié d'elle et la soutint par les bras pour l'aider à embarquer.

— J'ai le mal de mer, lui chuchota-t-elle.

Il l'aida à s'asseoir à l'arrière.

— Vomissez par-dessus bord. Il se déplaça vers le siège du poste de conduite et démarra le moteur.

Le hors-bord était élégant et elle aurait adoré le piloter dans d'autres circonstances. Lyndall était une navigatrice compétente, mais elle n'était pas en mesure de maîtriser trois brutes et Marcus. Paraître pathétique la rendait moins menaçante.

Marcus était au téléphone, debout sur les marches et regardant dans la nuit. Sans se faire remarquer, Lyndall déboutonna soigneusement le haut de son pyjama, reconnaissante de sa vieille habitude de dormir avec un débardeur en dessous. Ceci fait, elle serra un bras contre son torse pour maintenir le devant fermé, s'agrippant à la rambarde le long du bateau de l'autre main.

Pendant que le moteur tournait au ralenti, Lyndall prit ses repères.

De cet angle, elle pouvait voir directement sous la structure qui s'élevait de la mer sur de nombreux poteaux en bois épais. En dessous se trouvait une sorte de plate-forme en bois qui ne remplissait pas complètement l'espace. Il y avait suffisamment de place pour nager en dessous, mais pas pour qu'un bateau puisse suivre. Bien qu'elle puisse plonger maintenant, il y avait trois autres personnes ici qui ne reculeraient devant rien pour la retrouver.

Je dois juger cela parfaitement.

Ayant terminé son appel, Marcus monta sur le bateau et se stabilisa alors qu'il tanguait. Il jeta un coup d'œil à Lyndall puis aboya à son chauffeur :

— Changement de plan. Dirigez-vous vers St Andrews Beach et je vous donnerai les coordonnées exactes bientôt.

— C'est une course dangereuse et lente de nuit, patron. Trop de dangers, y compris The Rip.

— Tu trouveras un moyen d'accélérer les choses si tu veux faire le voyage retour.

Le chauffeur secoua la tête mais changea quelque chose sur un écran qu'il avait ouvert. Une carte marine clignota et il l'étudia un moment.

Marcus se laissa tomber sur le siège à gauche du chauffeur et se retourna vers Lyndall.

— Je ne te livre pas à Shaw. Il peut supporter la pression qui l'attend en ville et j'ai arrangé de t'échanger contre le tableau à un endroit où j'ai l'avantage. Accroche-toi bien parce que ça va secouer.

Son rictus aurait pu déranger Lyndall, mais son esprit tournait à plein régime. Le seul moyen d'atteindre St Andrews Beach en bateau était de contourner Point Nepean par l'étroite entrée de la baie. The Rip était un passage notoire qui avait emporté de nombreux bateaux au fil des ans, et pour un petit hors-bord, le naviguer de nuit, et probablement à grande vitesse, c'était flirter avec le danger. Marcus devait avoir un moyen de s'échapper après l'échange, à moins qu'il ne s'attende à ce que le hors-bord l'emmène simplement en mer.

Comment savait-il que Shaw s'avançait effectivement dans un piège ?

Le moteur rugit et le hors-bord s'éloigna de la structure où Lyndall avait passé plus de deux jours. Il vira dans un arc si serré que le bateau s'inclina et la surface de l'eau ne fut plus qu'à quelques centimètres du côté de Lyndall.

Utilisant toute sa force, elle se jeta par-dessus bord.

TRENTE-SIX

— Elle est sur le hors-bord, Liz ! La voix de Pete était difficile à entendre par-dessus un soudain rugissement. J'y vais tout de suite. Fais revenir Reuben.

La ligne coupa et Liz appela Reuben.

Il mit une minute à répondre et dut crier pour couvrir le bruit de son jet-ski.

— Je suis près du bateau des parcs.

— Lyndall est sur le hors-bord. Liz avait ses jumelles braquées sur la structure. D'accord, il s'éloigne. Oh merde !

— Quoi ?

— Reuben, il change de direction. Vers Sorrento, je suppose.

— J'arrive.

Liz transmit l'information à Candace, restant brève et demandant que l'hélicoptère avec Hamish fasse demi-tour pour suivre Pete et Reuben afin de les localiser. Si Bonner déplaçait Lyndall vers un nouvel endroit, avait-il même l'intention de l'échanger contre le tableau ?

Un message de Ben s'afficha sur son téléphone.

Bonner veut me rencontrer pour l'échange. Plage de St Andrews. Retourne à terre. Coordonnées à venir. J'appellerai en route mais j'ai besoin que tu sois là-bas.

Je retourne à terre maintenant.

Le jet-ski s'était rapproché de la structure et pour la première fois, Liz pouvait la voir facilement sans jumelles. Il y avait un sillage visible autour... un large cercle comme celui d'un bateau.

Le hors-bord était toujours là, rôdant si lentement que le bruit du moteur était minime. Quelqu'un balayait l'eau d'une lumière vive, sous le bâtiment.

Lyndall s'était-elle échappée ?

Liz tendit l'oreille pour entendre l'un des jet-skis. Personne n'était proche. Pete l'avait à l'œil, alors les avait-il perdus, ou était-il comme elle, à distance pour observer ce qui avait fait revenir le bateau ? Utilisant les jumelles, elle essaya de trouver Lyndall alors que le hors-bord disparaissait à nouveau de l'autre côté.

— Allez, allez, marmonna-t-elle.

Reuben devait être proche maintenant, à moins qu'il n'ait pris une route plus directe vers Sorrento puis les derniers kilomètres de la péninsule. Ou avaient-ils été envoyés à terre, lui et Pete ?

— Donc je suis toute seule ici.

Liz envoya des messages aux deux hommes et aucun ne répondit.

Elle démarra le jet-ski, le laissant tourner au ralenti pour s'assurer de ne pas alerter quiconque dans le hors-bord. Puis, aussi prudemment que possible, Liz accéléra juste assez pour avancer et se rapprocha.

Son téléphone s'alluma avec un message de Pete.

Reuben et moi sommes sur le hors-bord. Arrête d'avancer.

Liz coupa le moteur et tira sur le guidon pour changer de direction. Elle était à environ deux cents mètres de la structure et leva les jumelles alors que le hors-bord réapparaissait.

Trois personnes étaient visibles. L'une était Marcus Bonner, tenant une grande lampe torche et l'orientant autour des poteaux en bois. Un autre conduisait tandis que le troisième était à la proue, scrutant l'eau. Cet homme cria soudainement quelque chose que Liz ne put comprendre clairement, mais Bonner bougea rapidement, se penchant de l'autre côté du bateau et repêchant quelque chose.

Il le brandit.

C'était un vêtement qui ressemblait exactement au haut de pyjama que portait Lyndall lorsque Bonner l'avait enlevée de chez elle.

TRENTE-SEPT

Pauvre folle, tu vas te noyer.

Les poumons de Lyndall réclamaient de l'air à grands cris, ses oreilles bourdonnaient et ses yeux la brûlaient. Elle avait nagé vers le bas aussi loin qu'elle le pouvait supporter, puis vers les jambes de la structure, s'agrippant comme elle pouvait au bois visqueux et recouvert de bernacles tandis qu'elle remontait lentement.

Inclinant son visage en arrière pour exposer le moins possible d'elle-même, elle haleta pour respirer.

Elle était sous la plate-forme et songea à y grimper, mais le hors-bord s'approcha.

Elle avait espéré avoir plus de temps avant qu'ils ne remarquent son absence.

Marcus criait son nom.

Un requin pourrait bien l'emporter, elle s'y résignerait volontiers plutôt que de se rendre à cet homme monstrueux. Mais cela lui donna une idée de l'endroit où se trouvait le bateau alors qu'il tournait en rond, d'abord plus loin, puis réduisant l'écart à chaque rotation. Il avait une lampe torche mais n'était pas assez près pour la voir. Pas encore.

Avant que le hors-bord ne revienne, elle était certaine d'avoir entendu d'autres embarcations par ici. Plus petites. Et une qui était lente et avait le son d'un chalutier de pêche.

Je deviens folle. La prochaine étape, ce sera de voir des sirènes.

Lyndall ralentit et rendit sa respiration plus superficielle, observant la lumière se rapprocher. Si elle ne bougeait pas bientôt, Marcus la trouverait et bien qu'il puisse être réticent à entrer dans l'eau pour la récupérer, un de ses hommes n'aurait pas le choix. Attendant que le bateau soit juste passé, elle plongea à nouveau sous la surface et nagea loin de la structure.

Cette fois, elle dut remonter pour respirer plus rapidement, ce qu'elle fit en nageant comme un chien tout en regardant en arrière. Toujours aucun signe du hors-bord. Elle tourna la tête pour chercher le rivage. Des lumières scintillaient au loin en une longue rangée. Tout ce qu'elle avait à faire était de nager.

Il y eut un cri derrière elle, puis Marcus se mit à hurler son nom encore et encore. Trop effrayée pour regarder, Lyndall se força à plonger sous l'eau une fois de plus, donnant de vigoureux coups de pied pour descendre assez profondément afin d'échapper à une lampe torche, au cas où ils l'auraient repérée.

Elle devait atteindre la terre ferme.

Le doux visage de Melanie avait besoin d'être embrassé. Celui de Vince aussi.

Je dois juste nager. Juste nager.

TRENTE-HUIT

Pete n'était qu'à une centaine de mètres du hors-bord, utilisant une petite pagaie et les courants. Il possédait le même modèle et savait où chercher de petits trésors comme celui-ci. C'était lent, mais il avait l'avantage de la discrétion.

Il avait perdu de vue le hors-bord lorsqu'il s'était initialement éloigné de son amarrage, et c'était quelque chose pour lequel il était furieux contre lui-même.

Lyndall était sur ce fichu engin une minute plus tôt et puis, quand il s'était suffisamment rapproché pour voir à nouveau, elle avait disparu de son siège. Son cœur avait plongé dans son estomac et il avait hésité, ne sachant pas pendant une seconde s'il devait aller la chercher ou suivre le bateau. Il y avait une chance qu'elle ait simplement glissé sur le plancher du bateau à cause de son virage serré.

Alors, il avait suivi.

C'était un court trajet et il avait dû utiliser toutes ses compétences en jet ski pour éviter d'être vu lorsque le bateau avait fait demi-tour. C'était déjà assez difficile de ne pas utiliser de lumières, sans parler de devoir gérer d'autres embarcations faisant de même.

Il avait reçu un message de Ben et l'avait ignoré. Au lieu de cela, il avait échangé des messages avec Reuben, qui faisait un large détour pour trouver un point de garde entre le phare et le chemin direct pour quitter la baie. Reuben était un excellent tireur et avait assuré à Pete qu'il n'hésiterait pas à utiliser son fusil s'il s'agissait de protéger Lyndall ou Liz.

Pete avait remarqué qu'elle se rapprochait depuis un moment et lui avait finalement envoyé un message pour qu'elle s'arrête. Elle l'avait fait. Et puis le hors-bord était revenu et Bonner avait sorti quelque chose de l'eau.

— Non, non, non.

Il saisit son téléphone et composa le numéro de Reuben.

— Ils ont repêché le haut de pyjama de Lyndall dans la mer. On doit la retrouver.

— J'arrive.

Pete alluma les feux de son jet ski et poussa l'accélérateur.

TRENTE-NEUF

Entendre le jet-ski si proche fit sursauter Liz. Pete fonçait droit sur le hors-bord. Et de l'obscurité, un autre arriva. Reuben, également à pleine vitesse.

Marcus hurla à son pilote, qui mit le moteur en marche si brusquement que l'homme à la proue tomba à la mer. Le bateau ne l'attendit pas, et tandis que le pilote slalomait entre les deux jet-skis, Marcus avait trouvé un fusil et se préparait à tirer.

En quelques secondes, les trois embarcations avaient disparu, ne laissant qu'une mer agitée dans leur sillage et le bruit résiduel de leurs moteurs.

Un coup de feu.

Puis un autre.

Liz composa le numéro de Ben et alluma les feux du jet-ski.

— Liz, puis-je te rappeler...

— Désolée, non. Il semble que Lyndall soit tombée par-dessus bord du hors-bord. Pete et Reuben sont à sa poursuite, il vient de quitter le phare de South Channel Pile en direction du sud-ouest. Des coups de feu ont été tirés mais hors de ma vue.

— Compris. Où es-tu ?

— À deux cents mètres au nord du phare et je commence les

recherches pour Lyndall. J'ai besoin d'une assistance urgente et nos gars aussi.

— L'hélicoptère est déjà en route. Nous allons informer Hamish et la police maritime.

— Prévenez-les que Lyndall pourrait être quelque part dans la mer, sans gilet de sauvetage. Il y a aussi un des hommes de Bonner dans l'eau et je vais le récupérer en premier.

— Tu auras de l'aide dans quelques minutes.

— Je dois y aller.

L'homme de Bonner était au bas des marches, jurant et agitant le poing vers l'obscurité. Liz s'approcha à quelques mètres de sa position.

Elle pointa son arme dans sa direction et brandit des menottes.

— Écoutez-moi. Mettez-en une et allez vous asseoir en haut des marches en attachant l'autre à la rambarde. Si vous me causez des problèmes et que je dois le faire moi-même, je ferai en sorte d'ajouter des années à votre peine. Compris ?

Le visage sombre, il hocha la tête, et quand elle les lui lança, il fit exactement ce qu'elle avait dit, s'asseyant sur la marche du haut.

Liz fit un lent tour de la structure.

— Lyndall ! C'est Liz et c'est sans danger !

Elle ne s'attendait pas à une réponse car de nombreuses minutes s'étaient écoulées depuis que Lyndall était tombée à l'eau. Liz était convaincue que c'était volontaire et qu'elle avait abandonné le haut de son pyjama comme signe. Si elle avait été heurtée par le hors-bord, son corps serait probablement visible, ainsi que du sang, et il n'y avait ni l'un ni l'autre.

Tu nages vers le rivage.

Liz suivit la route la plus directe, lentement et régulièrement, s'arrêtant tous les cinquante mètres environ pour appeler Lyndall et utiliser sa lampe torche. Elle était à plus de deux kilomètres de la structure quand un hélicoptère rugit au-dessus d'elle, si près de l'eau qu'il laissa le jet-ski tanguer. Hamish avait la porte ouverte et lui fit un signe de la main. Il volait incroyablement vite et devrait rattraper Pete et Reuben bientôt.

S'il vous plaît, soyez sains et saufs. Vous tous.

Elle devait garder ses craintes concernant les coups de feu au fond de son esprit. Ce n'était pas son travail et ils étaient tous deux exceptionnels dans le leur.

D'ici, la jetée était à moins d'un kilomètre. Lyndall aurait-elle pu nager si loin en si peu de temps ? Même quelqu'un qui pratiquait régulièrement la nage en mer ne pourrait peut-être pas couvrir cette distance si rapidement, surtout la nuit. Sans parler du fait qu'elle avait été enfermée pendant deux jours et n'était pas habillée pour nager.

Elle retraça son chemin mais cette fois en zigzaguant sur un large chenal.

Un bateau se profila dans l'obscurité. Pas le hors-bord mais pas non plus une unité de police. Le moteur ronronnait tandis que Liz réduisait la distance, reconnaissant la forme d'un chalutier. Il était vieux et petit, sans nom ni immatriculation aux endroits habituels.

— Police ! J'ai besoin d'aide pour trouver une personne tombée par-dessus bord, cria-t-elle aussi fort que possible par-dessus le bruit des moteurs.

Vêtu d'un ciré qui le couvrait presque de la tête aux pieds, un homme agita le bras au-dessus de sa tête en signe de reconnaissance. Le moteur changea de son tandis que le navire ralentissait encore.

— Avez-vous vu quelqu'un dans l'eau ?

— Hein ? Dolo ? L'accent était impossible à deviner et la façon dont l'homme se tenait parlait d'un grand âge. Celle-là ?

Il fit un geste vers la poupe où il y avait une petite porte et tandis que Liz manœuvrait son engin vers celle-ci, il se traîna, voûté, et l'ouvrit. Elle n'était qu'à un demi-mètre environ au-dessus de Liz et une paire de jambes apparut par l'ouverture.

Des jambes trempées portant un pyjama.

L'homme grognait en aidant la personne à s'asseoir.

— Lyndall ! Oh mon Dieu, Lyndall.

Un visage fatigué mais familier lui sourit.

— Tu peux me donner un coup de main ?

Avec beaucoup d'aide du vieux pêcheur, Lyndall réussit finalement à monter sur le jet-ski et entoura Liz de ses bras comme si elle ne voulait plus jamais la lâcher, la tête contre son dos. Elle portait un pull trop grand qui empestait le poisson et le diesel, mais Liz s'en moquait.

Le pêcheur ferma la porte.

— Comment vous appelez-vous ? cria Liz.

— Hein ? Il haussa les épaules.

— Merci.

Avec un signe de la main, il se détourna et disparut de vue. Liz éloigna le jet-ski puis le fit pivoter pour prendre quelques photos du chalutier. Il fallait reconnaître ce qu'il avait fait ce soir. Puis elle appela Candace.

— Liz ! Tout ce que je sais, c'est qu'il y a eu des coups de feu !

— Je l'ai, Candace. Lyndall est saine et sauve.

Les mots semblaient irréels, mais la femme qui la serrait était bien réelle.

— Dieu merci. Où êtes-vous ?

— En route pour la jetée de Rye. Peux-tu s'il te plaît organiser une assistance pour nous accueillir ? Une ambulance pour l'examiner.

— Pas besoin d'ambulance, marmonna Lyndall.

— Arrivez sur la rive et je m'en occuperai.

Liz rangea le téléphone.

— J'irai doucement. Accrochez-vous bien, s'il vous plaît.

— Va vite. Je n'ai pas eu beaucoup de sensations dans le hors-bord.

Cela fit rire Liz à voix haute.

— Oui, madame.

QUARANTE

La réception d'un message sur son téléphone indiquant que Lyndall était saine et sauve fit presque pleurer Pete. Ce n'était ni le moment ni l'endroit, alors il se contenta de murmurer un petit mot de remerciement à quiconque l'écoutait.

Il était sur le point d'arrêter cette poursuite insensée le long de la côte, car les conditions devenaient trop dangereuses à mesure qu'ils s'approchaient de la pointe de la péninsule.

Reuben se plaça à côté de lui et fit un geste vers leur droite et en haut, où l'hélicoptère de la police gagnait du terrain. Il acquiesça et leva une main pour leur indiquer de s'arrêter, puis réduisit la puissance.

Ils avaient zigzagué pour garder le hors-bord en vue sans se faire tirer dessus, et n'avaient pas eu une seule fois l'occasion de tirer eux-mêmes. Mais maintenant que ses mains étaient libres, Pete fit pivoter le fusil de son dos, le prépara et le pointa sur le hors-bord qui se déplaçait rapidement. Il était encore à portée et il tira et rata.

Non loin de lui, Reuben fit exactement la même chose. Et rata son tir.

— Il ne s'échappera pas ! cria Pete, frustré, en visant à nouveau.

Un autre raté.

Mais Reuben prit son temps, même si la cible atteignait la limite de portée. Ce tir eut un résultat immédiat avec le conducteur qui tomba au fond du bateau. Bonner s'agrippa à une rambarde pour rester debout alors que le bateau tanguait, puis se dirigea vers le poste de conduite et a coupa le moteur.

— Légendaire, mon pote, dit Pete en avançant à nouveau son jet ski, mais pas aussi vite.

L'hélicoptère planait au-dessus du hors-bord et un cercle de lumière brillante inondait la mer autour. Bonner protégea ses yeux de son bras, mais son autre bras se leva avec son fusil et en une seconde, il visa dans la lumière.

D'un seul mouvement, Pete et Reuben tirèrent et un autre coup de feu partit de l'hélicoptère.

Le corps de Bonner tressaillit et tomba en arrière.

Comme au ralenti, l'hélicoptère réduisit sa hauteur de moitié. Hamish était à moitié sorti de la porte, sécurisé par un harnais, son fusil pointé sur le bateau en dessous. Puis il regarda vers les jet skis et leva le pouce.

Liz n'avait pas quitté le bout de la jetée depuis que les ambulanciers avaient emmené Lyndall pour la mettre à l'abri loin de la plage. Elle ne voyait rien d'ici, mais Ben lui avait ordonné de ne pas retourner sur l'eau.

Elle brûlait d'adrénaline et faillit lâcher son téléphone quand il sonna.

— Tu l'as trouvée, Lizzie. Je n'oublierai jamais ça.

— Oh, Vince, j'avais du mal à en croire mes yeux, mais oui, elle est à l'abri et, autant que je sache, indemne. Épuisée, affamée et en colère.

Vince rit doucement.

— Je viens de raccrocher avec elle et oui, tout ça. Mais elle est plus que reconnaissante envers toi et ton équipe, et moi aussi. Même envers ce crétin.

Liz regarda vers la mer.

Allez, mec. J'ai besoin que tu m'appelles.

— Liz ? Il va bien, n'est-ce pas ?

— Tu connais Pete, toujours au milieu des ennuis. Mais je suis sûre qu'il va bien.

— Merde. Bon, je te laisse, mais tiens-moi au courant.

Un autre appel arriva alors qu'elle raccrochait avec Vince.

La voix de Meg était joyeuse.

— Heureusement que tu es en vie. Et bon travail pour avoir retrouvé notre Lyndall.

— Sauf que ce n'est pas moi. Pas dans l'eau en tout cas. Un pêcheur l'a récupérée.

— Eh bien, nous lui ferons aussi une fête. J'ai appelé parce que tu as deux jet skis en route pour la jetée. Un garde de sécurité va venir les surveiller cette nuit avant qu'on les retape, qu'on remplisse leurs réservoirs et qu'on les rende à leur charmant propriétaire.

Le soulagement envahit chaque partie de Liz et elle s'est effondrée sur le sol.

— Oh, Dieu merci.

— Oui, on ne voudrait pas avoir à remplacer tout ce matériel, rit Meg. Ni eux. Probablement.

— Et Bonner ?

— À confirmer, mais nous saurons après l'autopsie si c'est Pete, Reuben ou Hamish qui a tiré le coup fatal. Je parie sur Hamish.

— Alors, c'est fini.

— On l'espère. Plus ou moins, en tout cas.

— Je vais voir si Lyndall est encore là. Elle ne veut aller nulle part d'autre que chez elle.

Lyndall était assise sur le marchepied arrière de l'ambulance, portant des vêtements secs et parlant doucement au téléphone. Quand elle vit Liz, elle s'excusa auprès de son interlocuteur et ouvrit les bras.

Liz l'enlaça, s'asseyant à côté d'elle et laissant l'autre femme verser des larmes. L'ambulancier les laissa seules et pendant un moment, elles restèrent ainsi. Puis Lyndall se redressa et essuya ses yeux.

— Ça ne s'est jamais produit.

— Je ne vois pas de quoi tu parles. J'ai des nouvelles.

— Ils ont attrapé Marcus ?

— Officieusement... Marcus Bonner est mort. Il ne pourra plus jamais te faire de mal.

Au lieu du soulagement qu'elle attendait sur le visage de Lyndall, il y eut une soudaine douleur. Sûrement pas pour cette horrible excuse d'être humain. Mais Lyndall reprit son sang-froid.

— Mon fils, Claude, est toujours en vie. Je crains que Marcus ne soit la seule personne à connaître son lieu de résidence.

Et nous venons de t'enlever ta chance d'être réunie avec lui.

— Peut-être. Tu ne sais rien de tout ça parce que nous n'avons pas eu l'occasion d'en parler encore, mais il se trouve que je travaille avec un groupe d'élite de personnes qui font leur affaire de résoudre les problèmes. C'est grâce à eux que nous avons trouvé où Bonner te retenait. Ça et tes indices cryptés. Bon sang, la prochaine fois, laisse des instructions écrites !

Le rire de Lyndall était creux.

— Non, vraiment. Nous sommes intelligents, mais il y a eu des moments où nous n'avions aucune idée de ce dont tu parlais. Mais Liz sourit. Mon avis est que, si Claude doit être retrouvé, alors tu connais les bonnes personnes pour commencer une recherche. Tout n'est pas perdu.

L'aube était là et Liz était de retour au bout de la jetée. Cette fois, c'était pour regarder le soleil se lever, sachant qu'elle avait fait partie de quelque chose d'incroyable.

Plus tard, après que l'équipe se soit reposée et rechargée, il y aurait des débriefings et Liz s'inquiétait de ce qui en ressortirait. Son instinct lui disait que Bonner avait reçu des informations que seul quelqu'un de l'équipe, ou proche d'elle, pouvait connaître.

Lyndall était rentrée chez elle après un examen approfondi.

Vince était chez elle et la patrouille de sécurité restait pour une journée de plus, ou aussi longtemps que Lyndall le voudrait.

Pete était la seule personne encore à Rye et il était parti à la recherche de nourriture, ce qui semblait impossible à cette heure matinale. Elle lui avait suggéré de regarder par la fenêtre de la boulangerie au cas où le propriétaire y serait encore.

Ils étaient à l'abri et en sécurité. L'équipe. Lyndall.

Pour une fois, les méchants étaient morts ou arrêtés.

Et pour aujourd'hui, elle pouvait arrêter de regarder par-dessus son épaule.

Quand son téléphone sonna, elle répondit sans regarder, sachant que ce serait Pete se plaignant du manque de cafés ouverts.

Mais il y eut un long silence à l'autre bout, brisé seulement par un son familier. Le vrombissement d'un moteur... un bateau de pêche. Le cœur de Liz se glaça.

— Elizabeth. J'espère que ton amie Lyndall s'est bien remise.

— Papa ?

— Quoi ? Hein ?

Elle ferma les yeux, luttant contre un désespoir grandissant.

— Tu n'as même pas reconnu ton propre père. Tu aurais pu monter à bord et me faire un câlin.

Ses yeux s'ouvrirent brusquement.

— Pour t'arrêter, tu veux dire.

— Pas très gentil. J'ai sauvé ton amie des profondeurs sombres de l'océan.

— Est-ce que c'est toi qui l'y avais mise en premier lieu ? *Tu* es le cerveau derrière tout ça, n'est-ce pas ?

— Voilà qui est mieux. Un peu de reconnaissance.

— Il faut qu'on se rencontre, Papa. Face à face.

— Et nous le ferons, Elizabeth. Un mot d'avertissement. Tu as peut-être gagné cette fois, mais si tu crois que la marée a tourné... une phrase si appropriée... tiens-toi prête. Laissez le passé tranquille, toi et ton équipe, car il n'y aura plus de faveurs. Plus de chances. Votre Opération Nobody ? Reculez, ou je m'assurerai que personne ne survive. Bonne discussion. Refaisons ça bientôt.

Il était parti.

— Hé, Liz. J'ai trouvé du café.

Elle ne pouvait pas se retourner pour accueillir Pete. Pas encore.

Les premiers rayons de soleil touchaient la mer, près du phare de South Channel Pile.

ÉPILOGUE

Une semaine plus tard

Vince n'avait pas lâché la main de Lyndall depuis qu'ils s'étaient assis sur un canapé, face à Liz et Ben sur l'autre. Un plateau était posé entre eux avec des boissons chaudes et des parts de tarte aux pommes, préparée par Lyndall et Melanie, avec les pommes de Vince.

Si ce n'est pas un homme amoureux, alors qu'est-ce que c'est ?

Les yeux de Lyndall brillaient à nouveau et elle était allée chez le coiffeur où elle s'était fait faire un carré court qui menaçait clairement de redevenir bouclé. Elle s'était rendue disponible pour des entretiens et des séances d'identification et avait comblé les lacunes concernant son enlèvement, ainsi qu'une partie de son histoire.

Dehors, le ciel gris et la pluie persistante correspondaient au ton sobre de la réunion.

— S'il vous plaît, servez-vous de la tarte, dit Lyndall. Elle semblait peu disposée à bouger, ses doigts entrelacés avec ceux de Vince. Autant manger pendant qu'on discute de l'avenir.

Ben passa une minute à mettre de la tarte sur quatre assiettes, en offrant une à Liz et en prenant une pour lui-même. Mais aucun d'entre eux ne fit un geste pour y goûter.

— Tu es à l'abri de toute poursuite judiciaire, Lyndall, dit Ben. Il n'y a aucune suggestion que tu aies été impliquée ou au courant du rôle de ton mari en tant qu'assassin jusqu'après le troisième meurtre, et ensuite tu as déjoué le quatrième. Cela a demandé du courage.

— Je devais protéger mes enfants. Pourtant, j'ai échoué.

Liz ne supportait pas la douleur qu'elle avait vue surgir plusieurs fois ces derniers jours. Les émotions rigoureusement contrôlées de Lyndall étaient maintenant libérées et les larmes coulaient souvent. Candace travaillait avec elle mais le chemin vers la guérison serait long.

— Tu n'as pas échoué, Lyndall. D'après tout ce que j'ai entendu sur ton passé, tu étais confrontée à une force trop sombre et trop puissante pour qu'il y ait un autre dénouement et je sais que tu as dit que tu aurais dû aller voir les autorités françaises, mais il n'y a aucun moyen de savoir si on t'aurait crue et il y avait toutes les chances que le chef de cette organisation répugnante ait ses propres gens à des postes de pouvoir. L'infiltration est clairement l'une des caractéristiques du groupe.

Tout comme avec nous, et la police, et qui sait où d'autre.

— Lizzie a raison, dit Vince. Tu as fui le pays avec deux enfants et le seul filet de sécurité que tu as pu trouver. La micro-puce. Un outil de négociation.

— Ça n'a pas servi à grand-chose.

Ben se pencha en avant.

— Maintenant que nous en connaissons le contenu, ce n'est pas étonnant que Marcus et ses hommes le voulaient récupérer. Il nomme des dizaines d'agents européens et beaucoup sont probablement encore actifs. Cela fera une différence, Lyndall.

Malheureusement pour Liz, aucune des données récupérées n'incluait d'informations en dehors de l'Europe. Pas de hiérarchie en Australie. Pas de mention de Marcus ou de Kyle.

— Je suis impressionné par toi, dit Ben. Tu découvres que ton mari était plus qu'un marchand d'art et un tireur amateur et quand tu creuses plus profondément, tu apprends l'existence de la liste conservée sur la micropuce. La voler à Marcus était un acte de courage et l'intégrer dans un tableau était une idée géniale. Tu ne pouvais pas prévoir jusqu'où lui et Alain iraient pour la récupérer.

Alain avait suivi Lyndall et les enfants en Australie et l'avait suppliée de rendre la micropuce. Il est arrivé un moment où il a choisi sa famille plutôt que son employeur et c'est alors que lui et Jean-Paul ont été enlevés et assassinés.

Marcus a changé de tactique, promettant à Lyndall une grosse somme d'argent pour créer une nouvelle vie pour elle et Claude en échange du tableau. Après avoir attendu pendant des heures au lieu de rendez-vous convenu, Lyndall était rentrée chez elle pour découvrir que son plus jeune fils avait disparu et que l'amie qui le gardait était décédée.

— Ils le voulaient, mais quelqu'un d'autre a décidé de jouer à Dieu, dit Lyndall. J'ai appelé la police. J'étais affolée de ne pas trouver Claude et terrifiée, en voyant mon amie morte. Et un policier est arrivé, un seul. Il m'a tendu un sac et m'a dit de disparaître. Le sac était rempli d'argent et d'une lettre. Meg l'a maintenant et vous en connaissez le contenu. Je ne devais jamais révéler l'existence de la toile Les marées jusqu'à ce que quelqu'un vienne le chercher et tant que je suivais les instructions, Claude grandirait en sécurité et serait heureux.

Des larmes coulaient sur son visage et Vince l'attira dans ses bras.

— Ben, s'il te plaît. Liz ne pouvait plus supporter cela.

— Continue.

— Lyndall, tu te souviens que je t'ai dit que tout n'était pas perdu ? Que mon équipe n'abandonnerait pas ?

Elle avait toute l'attention de Lyndall, et celle de Vince.

— Nous ne voulions pas susciter de faux espoirs mais plus tôt aujourd'hui, Meg l'a trouvé.

Secouant la tête, Lyndall se leva et s'éloigna d'un pas lourd. Elle arriva jusqu'à la cuisine, puis fit demi-tour et s'arrêta, les bras croisés.

— Lizzie...

— Que veux-tu savoir ?

— Est-ce qu'il est en sécurité ?

— Oui.

— Le restera-t-il si je prends contact ?

Vince s'approcha de Lyndall, proche mais sans la toucher. Elle lui jeta un coup d'œil avant de reporter son attention sur Liz.

— Est-ce que savoir que je suis en vie mettra Claude en danger ?

— Nous ne savons pas. Tant que nous n'aurons pas retrouvé mon père, nous ne pouvons être sûrs de rien. Je suis vraiment désolée.

— Alors ne dis plus rien à son sujet. Pas maintenant. Laisse-moi réfléchir. Lyndall tendit la main à Vince, qui la prit. Trouvez-le, Liz. Ben. Parce que tant que vous ne l'aurez pas fait, aucun d'entre nous ne pourra être tranquille et je suis tellement, tellement fatiguée de fuir.

— Lyndall est l'une des personnes les plus coriaces que j'aie jamais rencontrées, dit Ben. Et toi aussi.

— Je suis d'accord pour elle, mais je ne me sens pas... en fait, je me sens tellement en colère. Elle a besoin de retrouver son fils ou, au moins, de le voir de ses propres yeux, même de loin. Nous pourrions arranger ça.

— Nous pourrions, mais nous ne le ferons pas.

Ils se tenaient debout près du SUV garé à proximité de la maison de Lyndall. Au loin, les ânes brayaient, mais en signe de bienvenue alors que Vince et Lyndall se dirigeaient vers leur enclos.

— Sois aussi en colère que tu en as besoin, Liz, mais canalise-la dans notre équipe. Nous sommes menacés de l'intérieur, autant que de l'extérieur.

— Penses-tu que Hamish travaille pour mon père ?

Ben grimaça.

— Je ne veux pas envisager cette possibilité, mais les preuves anecdotiques s'accumulent. Même jusqu'au fait qu'il ait tiré le coup qui a tué Marcus, car il est probable que Kyle voulait sa mort.

— Alors que faisons-nous, Ben ? S'il est infiltré, il ne va guère s'effondrer pendant un interrogatoire.

— D'accord. Je veux organiser une réunion avec Candace, Pete et nous, loin du quartier général ou de toute possibilité d'écoute. Je déteste faire ça, mais nous devrons peut-être mettre Hamish sur une piste et voir ce qui en ressort. Mais pas aujourd'hui.

Ils montèrent finalement dans le véhicule.

— Je rentre chez moi pour quelques jours, Liz. J'ai besoin de voir Ellie et Michael et de respirer un air qui n'a pas l'odeur des criminels. Il démarra le moteur et se dirigea vers l'allée.

Liz contempla par la fenêtre les champs paisibles. Ils avaient bien travaillé. Lyndall était chez elle. Un cartel du crime organisé avait été démantelé... du moins en partie. L'équipe, pour la plupart, se soudait. L'Opération Nobody était vraiment en cours et leurs prochaines étapes étaient cruciales pour son avenir. Ce soir, elle emmènerait sa sœur dîner et elles riraient, se raconteraient des histoires et observeraient les gens.

Et ensuite, nous trouverons Kyle.

SÉRIE DÉTECTIVE LIZ MOORLAND

Par peur de pardonner

De peur que les ponts ne brûlent

De peur que les marées ne changent

De peur que personne ne vive

À PROPOS DE L'AUTEUR

Phillipa vit à la périphérie d'une belle ville de l'État rural de Victoria, en Australie. Elle vit également dans les nombreux mondes de son imagination et accumule les histoires à côté de son ordinateur portable.

Elle écrit avec son cœur sur l'amour, les rêves, les secrets, la découverte, la mer, le monde tel qu'elle le connaît... ou tel qu'elle aimerait qu'il soit. Elle aime les fins heureuses, les suspenses palpitants et les personnages qui vous accompagnent longtemps après la dernière page.

Passionnée de musique, d'océan, d'animaux, de nature, de lecture et d'écriture, on la trouve souvent dans son potager en train de réfléchir à une nouvelle histoire.

Phillipa's website is www.phillipaclark.com

LIVRES EN ANGLAIS DE L'AUTEUR

Detective Liz Moorland

Lest We Forgive

Lest Bridges Burn

Lest Tides Turn

Lest Nobody Lives

Connected to this series through several characters is

Last Known Contact

Rivers End Romantic Women's Fiction

The Stationmaster's Cottage

Jasmine Sea

The Secrets of Palmerston House

The Christmas Key

Taming the Wind

Temple River Romantic Women's Fiction

The Cottage at Whisper Lake

The Bookstore at Rivers End

The House at Angel's Beach

The Secrets of Willow Bay

Charlotte Dean Mysteries

Christmas Crime in Kingfisher Falls

Book Club Murder in Kingfisher Falls

Cold Case Murder in Kingfisher Falls

Plan to Murder in Kingfisher Falls

Festive Felony in Kingfisher Falls

Daphne Jones Mysteries

Daph on the Beach

Time of Daph

Till Daph Do Us Part

The Shadow of Daph

Tales of Life and Daph

Bindarra Creek Rural Fiction

A Perfect Danger

Tangled by Tinsel

Maple Gardens Matchmakers

The Heart Match

The Christmas Match

The Menu Match

The Cookie Match

Doctor Grok's Peculiar Shop Short Story Collection

Simple Words for Troubled Times

(Short non-fiction happiness and comfort book)

———

www.ingramcontent.com/pod-product-compliance
Lightning Source LLC
Chambersburg PA
CBHW011032190726
48290CB00011B/2811